내 삶의 쉼표

YES24 블로거 29인의

내 삶의 쉼표

문학동네

Contents »

내 인생의 책

01 내 안의 '섬'을 찾아서 은이후니 _008

02 의도하지 않은 만남, 기억 속의 베케트 21cbach _021

03 청춘의 표정들 골드문트 _028

04 우리는 무엇을 알아야 할까? 루드빅 _039

05 소설이 삶을 변화시키는 결정적인 순간 설국 _044

06 그때 책이 내게로 왔다 안또니우스 _055

07 내 삶을 좌우한 『태백산맥』 패니래인 _064

08 나의 외딴방, 나의 글쓰기 dreams214 _071

09 대한민국은 지금 기억의 집 _081

10 나는 그곳에서 내면의 행복에 이르는 선물을 받았다 샨티샨티 _086

11 라 알리 레 하윱, 넌 특별한 존재야 트레제게 _093

12 그대 지금 글 쓰고 있는가 operion _104

내 인생의 영화

01 소년은 성장한다, 과거를 딛고 늙은소 _112

02 영화를 잃고 사랑을 얻었네 몽상가 _118

03 자연의, 삶의 여정의 아름다움을 보여주는 다큐멘터리 영화 〈Earth〉 밤비 _124

04 내 생의 알프레도 아저씨(들)에게 사유리와 히로키 _128

05 〈파리, 텍사스〉에서 사막의 환(幻)을 보다 은이후니 _138

06 내 인생의 영화 〈와이키키 브라더스〉 이목지기 _146

07 나는 그때 발레교습소가 왜 그렇게 좋았을까? 주디애보트 _153

08 땔감보다 물감, 세라핀 껌정드레스 _158

09 왜 다이하드가 생각나냐! 아바나 _168

10 흑백을 컬러로 물들이다 웰메이드 27℃ _172

11 바르셀로나에서는 이 남자를 조심하라! 하루 _178

12 행복 행복한왕자 _184

내 인생의 음악

01 차라리 시에 가까운 그의 노래들과 나의 지난날들 21cbach _188

02 만국의 아이들이여 단결하라! 힙합유치원 달새 _195

03 Dear 볼페를 아르뛰르 _202

04 이연실, 이정열, 그리고 밥 딜런 — 내 젊은 날 의식과 감성을 일깨운 노래 안또니우스 _218

05 모든 패배자를 위한 음악일기 — 내 안의 바비를 찾아서 앤더쑨 _228

06 Radiohead의 〈Creep〉과 바르셀로나의 여름밤 eusia _238

07 비의 일기장, 기억을 위한 사진들 빵굽는타자기 _244

08 생애 마지막까지 곁에 머물기 위해 초오록별 _255

심사평 _261

내 인생의 책

Book

01

내 안의 '섬'을 찾아서

은이후니 http://blog.yes24.com/ccypoet

블로그 축제 대상

섬

장 그르니에 | 김화영 옮김 | 민음사 | 1997

: 장 그르니에

프랑스의 사상가, 작가, 철학자. 고대 지중해 · 인도 사상에 경도되어 방랑의 철학교수 생활을 하고, 알제리에서 고등학생이던 알베르 카뮈를 가르쳤으며 그 사상에 큰 영향을 주었다. 존재에 대한 기쁨과 절망을 간결하고 깔끔한 문체로 써내려간 그의 작품은 시사성이 풍부하다. 『섬』은 남프랑스 지중해의 쏟아지는 햇빛 아래 점점이 떠 있는 섬과 사람들의 일상을 지극히 담담하고 서정적인 문체로 그리면서, 평범한 소재에서 발견한 삶의 비밀을 섬세하면서도 꿈꾸는 듯한 어조로 음악처럼 들려준다.

1. 열일곱 살, 『섬』을 만나다

저마다의 일생에는, 특히 그 일생이 동터오르는 여명기에는 모든 것을 결정짓는 한순간이 있다. 그 순간을 다시 찾아내는 것은 어렵다. 그것은 다른 수많은 순간들의 퇴적 속에 깊이 묻혀 있다. 다른 순간들은 그 위로 헤아릴 수 없이 지나갔지만 섬뜩할 만큼 자취도 없다. 결정적 순간이 반드시 섬광처럼 지나가는 것은 아니다. 그것은 유년기나 청년기 전체에 걸쳐 계속되면서 겉보기에는 더할 수 없이 평범할 뿐인 여러 해의 세월을 유별난 광채로 물들이기도 한다. 한 인간의 존재가 그 참모습을 드러내는 것은 점진적일 수도 있다. 저 자신 속에 너무나도 깊이 꼭꼭 파묻혀 있어서 도무지 새벽빛이 찾아들 것 같지가 않아 보이는 어린아이들도 있다. 그래서 그들이 문득 수의(壽衣)를 밀어붙이며 나사렛처럼 일어서는 것을 보면 우리는 의외라는 듯 깜짝 놀란다. 그런데 사실은 그 수의란 다름이 아니라 어린아이의 배내옷이었던 것이다. _「空의 매혹」, 29쪽

그리 길지 않은 내 마흔다섯의 삶을 결정지은 어느 한순간을 지금 와서 기억해내기란 쉽지 않다. 아니, 지나온 내 삶에 그런 순간이 과연 있기나 했을까 싶다. 그러나 위 인용문에서 '한순간'을 '한 권의 책'으로 고쳐 읽는다면, 상황은 달라진다. 나는 조금의 머뭇거림도 없이 아주 확신에 찬 어조로 대답할 수 있다. 장 그르니에의 『섬』. 그렇다면, 내 일생을 결정지은 한순간은 장 그르니에의 『섬』을 처음으로 읽었던 어느 가을날 저녁일지도 모르겠다.

그때 나는 열일곱 살이었다. 아래쪽으로는 분출구를 찾지 못한 테스토스테론이 어쩌지 못하고 위쪽으로 치밀고 올라와서, 하룻밤 사이에 마치

제주도의 오름처럼 내 얼굴에 새로운 등고선을 만들어내곤 했던 여드름만이 일생일대의 근심거리였던 고등학교 이학년생이었다. 불량해 보이려고 무던히도 애쓰던 선량한 친구 몇 놈과 함께 가끔씩 동네 아파트 옥상에 올라가 맥주파티를 열거나, 아니면 명동에 있는 단골 레스토랑의 어두운 조명 밑에서 빼끔담배를 피우곤 하던 조금 삐딱한 범생이였다.

헤세의 『데미안』을 일찌감치 졸업하고 카뮈의 『이방인』에게 새로이 경배를 드리고 있던 당시의 내게, 동네 서점에서 우연히 마주친 장 그르니에의 『섬』은 전혀 낯선 이름이었다. 나는 그저 이색적인 정사각형의 판형과 세련된 장정 디자인에 시선이 끌려 무심코 책을 집어들어 뒤적거렸을 뿐이었다. 그런데 뒤표지 책 소개글에 내게는 너무나도 낯익은 이름이 적혀 있는 것이 아닌가! 바로 당시 나의 우상이었던 알베르 카뮈였다. 호기심에 가득 차서 책을 펼친 나는, 카뮈가 이 책에 바친 유려하고 열렬한 서문을 읽어나가기 시작했다. 그리고 잠시 후, 나는 이 책을 사들고 서점을 나서고 있었다. 이렇게, 카뮈를 징검다리 삼아 나는 장 그르니에의 『섬』을 만나게 된 것이다.

이 책의 서문에서 카뮈는 장 그르니에를 스승이라고 부르고 있지만, 그리고 자신의 글쓰기가 이 위대한 스승에 대한 모방으로부터 출발했다고 고백하고 있지만, 『섬』에 실린 장 그르니에의 산문들은 여러 면에서 카뮈의 글들과는 다르다. 둘 다 가볍고 투명한 향일성의 언어를 구사하고 있지만 그 강도와 각도에는 많은 차이가 있는 것처럼 느껴진다. 비유적으로 말하자면, 카뮈의 글들은 바로 머리 위에서 수직으로 내리쪼이는 정오의 강렬한 햇살인 반면, 그르니에의 글들은 막 동이 터오르는 아침 또는 해가 뉘엿뉘엿 저물어가는 저물녘에 만나게 되는 섬세한 결이 느껴지는 부드러운 햇살이라고나 할까.

그래서 그런지 『섬』에 실린 장 그르니에의 글들에는 정오의 햇살로는 거의 드러내지 못하는 우리 삶의 그림자들이 곳곳에 나타나 있다. 이를테면, '행복으로 말할 것 같으면 우리는 그것을 우리의 오만한 직업으로 삼고 있는' 젊은 날의 카뮈(또는 내)가 미처 포착하지 못한 스러져가는 향기, 문득 나타났다가 사라지는 환영, 덧없는 희망, 이루지 못하고 헛되이 잊혀진 꿈 등 말이다. 그런데 어쩌면 우리 삶에 있어서 보다 중요한 쪽은 햇살을 받아 빛나고 있는 쪽보다는 바로 그 반대 방향으로 슬그머니 몸을 숨기고 있는 이러한 그림자, 즉 삶의 가려진 쪽이 아닐까.

달은 우리에게 늘 똑같은 한쪽밖에는 보이는 법이 없다고 한다. 흔히들 짐작하는 것보다는 수가 많은 어떤 사람들의 삶 또한 그러하다. 우리는 그들 삶의 가려진 쪽에 대해서는 다만 추리적으로밖에 알지 못하는데, 정작 단 하나 중요한 것은 그쪽이다. _「케르겔렌 군도」, 74쪽

이렇게 해서 나는 삶에 대해 의혹을 품게 되었다. 확신해 마지않던 미래에 대해 불안을 느끼게 되었다. 말하자면, 장 그르니에의 『섬』을 읽으면서 나는 비로소 내 오랜 배내옷을 벗게 된 것이다.

2. 스물네 살, 섬을 찾아 떠나다

하지만 고등학교 이학년 때 싹이 튼 이러한 의혹과 불안에도 불구하고, 나는 좌충우돌하면서도 나름대로 무난하게 대학을 마칠 수 있었다. 가끔씩 장 그르니에의 『섬』을 읽기는 했어도 시대가 시대였던 만큼(그 치열했던 80년대!), 그 안에 오래 머무르지는 못했다. 대학을 졸업하자마자 남들처럼 직장을 얻고 이어서 바로 군대를 갔다 오고(겨우 육 개월 방위) 다시 복직해서 일 년 정도 고달픈 샐러리맨 생활을 경험하고 나니, 그때야 갈증이 밀려왔다.

섬들을 생각할 때면 숨이 막히는 듯한 느낌은 어디서 생기는 것일까? 난바다의 시원한 공기며 사방이 수평선으로 자유스럽게 터진 바다를 섬 말고 어디서 만날 수 있으며 육체적 황홀을 경험하고 살 수 있는 곳이 섬 말고 또 어디에 있겠는가? 그러나 우리는 섬에 가면 '격리된다(isole)'—섬(ile)의 어원(語源) 자체가 그렇지 않은가? 섬, 혹은 '혼자뿐인' 한 인간. 섬들, 혹은 '혼자씩일 뿐인' 인간들. _「부활의 섬」, 100쪽

그래, 섬으로 가자. 어느 쪽을 바라보더라도 막히는 데 없이 하늘 끝까지 확 트인, 그래서 오히려 숨이 막히는 섬으로 가자. 그렇게 해서 간택이 된 나의 첫 여름휴가지는 소매물도. 통영시(당시에는 충무시였다)에서 통통배를 타고 두 시간이나 더 가야 나오는 외딴섬, 이골이 난 바다낚시꾼들이나 이따금씩 드나든다는 작은 섬 소매물도로 향하는 나의 배낭에는 내가 좋아하는 시인들의 시집 몇 권과 장 그르니에의 『섬』이 들어 있었다. 그저 나 혼자 막막한 바다나 하루 종일 바라보면서, 간간이 책이나 읽으면

서, 어쭙잖은 시나 몇 줄 끼적이면서, 사나흘 보내다가 올 생각이었다.

하지만 나의 계획은, 도착 첫날 민박집에서 만난 동숙인과 함께한 저녁식사 자리에서 서로 족보를 따지기 시작하면서부터 틀어지기 시작했다. 고등학교 교사라고 자신을 소개한 그는 내 고등학교 선배이자 대학교 선배(전공은 달랐다)임이 드러난 것이다. 결국 나의 의지와는 상관없이, 아마추어 사진작가이기도 한 그와 그의 동행들과 함께 사흘을 보내게 되었다. 가져간 책들은 거들떠보지도 않고, 그들과 함께 수영을 하고, 함께 등대섬을 오르고, 텅 빈 분교의 운동장에서 함께 시소를 타고, 밤바닷가에서 무수한 별들을 향해 함께 랜턴 불빛을 쏘아보냈다. 내가 기대했던 평온한 고적함은 없었지만 여행지에서 우연히 만난 이들과 함께 어울리는 기쁨과 즐거움이 있었다.

그렇게 나름 야무진 여름휴가를 다녀왔는데도 내 안의 목마름은 가시지 않았다. 몸은 사무실에 있었지만 내 마음은 일상으로의 복귀를 한없이 미루고 있었다. 도리가 없었다. 사표를 냈다. 그리고 며칠 후 퇴직금을 챙겨 다시 여행을 떠났다. 이번에는 소매물도뿐만 아니라 보길도, 제주도까지 이어지는 섬 순례였다. 장 그르니에의 『섬』이 동행했음은 말할 것도 없다. 이번에는 아무에게도 방해받지 않고 섬에서 『섬』을 읽을 수 있었

다. 소매물도 등대섬의 절벽 위에 우뚝 서서, 보길도 예송리의 검은 몽돌밭에 누워서, 제주도 함덕해수욕장의 현무암 갯바위에 앉아서. 무엇이 나를 이렇게 섬으로, 아니 『섬』으로 이끌었던 것일까?

따라서, 인간이 탄생에서부터 죽음에 이르기까지 통과해가야 하는 저 엄청난 고독들 속에는 어떤 특별히 중요한 장소들과 순간들이 있다는 것이 사실이다. 그 장소, 그 순간에 우리가 바라본 어떤 고장의 풍경은, 마치 위대한 음악가가 평범한 악기를 탄주하여 그 악기의 위력을 자기 자신에게 문자 그대로 '계시하여' 보이듯이, 우리들 영혼을 뒤흔들어놓는다. 이 엉뚱한 인식(recon-naissance)이야말로 모든 인식 중에서도 가장 참된 것이다. 즉 우리는 우리 자신을 인식하게 되는 것이다. 즉 잊었던 친구를 만나서 깜짝 놀라듯이 어떤 낯선 도시를 앞에 두고 깜짝 놀랄 때 우리가 바라보게 되는 것은 다름이 아니라 우리들 자신의 진정한 모습이다. _「행운의 섬들」, 80~81쪽

그렇다. 스물네 살 청춘은 나 자신의 진정한 모습을 만나고 싶었던 것이다. 장 그르니에가 몇 차례나 경험했던 계시의 순간들, 제로에서 무한으로 옮겨가는 그 충만한 순간들을 나는 단 한 번만이라도 경험하고 싶었던 것이다. 그러한 순간들은 필경 고독을 통하여 그 모습을 드러낼 터이니, 섬보다 더 좋은 장소는 없으리라 여겼던 것이다. 그러나 안타깝게도

스물네 살, 홀로 떠난 섬의 순례여행길에서 나는 그런 계시의 순간을 만나지 못했다. 섬들은 나를 받아들였으되, 내게 그 내밀한 속까지 열어 보이지는 않았던 것이다.

사실, 장 그르니에의 『섬』 역시, 쉽게 읽히는 듯하면서도 그 전모를 쉽사리 우리에게 다 드러내 보이지는 않는다. '이 책 속에서 정말로 다 말해버린 것이란 아무것도 없다'고 지적한 카뮈의 말처럼, 이 책에서 가장 긴 글이자 가장 쉽게 읽히는 글인 「고양이 물루」조차도 그르니에가 말하고 있는 것 이상의 것을 텍스트 너머의 침묵 속에 감추고 있다. 아끼고 사랑했던 한 마리 고양이의 죽음이 문제가 되는 것은 자의식 가득한 그 작은 짐승의 삶이 우리 인간의 삶과 별반 다를 바 없기 때문이라는 사실을, 그르니에는 예민한 독자의 몫으로 남겨두고 있으니 말이다.

우리 삶에도 그렇게 여백을 남겨놓을 수 있는 여유가 늘 있으면 얼마나 좋겠는가! 바쁜 일상의 틈에 잠깐 머무르다 가는 침묵 속에서 메아리처럼 들려오는 긴 여운을 들을 수 있고, 또 그 여운에 가슴 깊이 느꺼울 수 있는 여유가 우리에게 있다면 얼마나 좋겠는가! 그러기 위해서는 아마도 또 다른 섬이 필요할 터이다. 적어도 내게는 그랬다.

3. 서른일곱 살, 섬에서 살게 되다

나 자신의 진정한 모습과 만나는 데 실패한 내게 결혼은 손쉬운 선택이었다. 오랫동안 사귄 동갑내기 애인과 결혼한 때가 스물여섯 살. 이후 십 년 동안은 사회에서는 바쁜 직장인으로서, 집에서는 한 여인의 남편이자 어린 딸아이의 아비로서, 또한 양가 어른들에게는 아들이자 사위로서, 오로지 생활을 도모하는 데 바쳐졌다.

물론 간간이 느껴지는 갈증이 전혀 없는 것은 아니어서, 그때마다 나는 아내와 어린 딸아이를 데리고, 남해도, 돌산도, 거문도, 백도, 완도, 진도, 안면도, 선유도 등으로 이어지는 섬의 순례를 계속했다. 어느 해인가는 소매물도를 다시 다녀오기도 했다. 제주도를 다시 찾았을 때는 해안도로 일주만으로는 모자라 마라도와 우도에까지 다녀오고 나서야 직성이 풀렸다. 하지만 그 여행들은 오랜 목마름을 잠깐 속이는 것에 불과한, 말 그대로 휴가에 불과한 것일 뿐이었다. 나는 어느덧 그 여행길에 장 그르니에의 『섬』을 더이상 챙겨가지 않게 된 것이다.

그러다가 밀레니엄 버그로 조마조마한 가운데서도 새로운 천년이라

고 지구촌이 온통 떠들썩하던 2000년 1월, 나의 섬 순례는 새로운 전기를 맞이하게 되었다. 결혼 십주년 기념 여행지로, 해외로 눈을 돌리게 된 것이다. 아내와 함께 내가 간택한 곳은 새천년의 햇살이 가장 먼저 비춘다는 남반구의 작은 섬나라 뉴질랜드. 우리는 떠들썩한 패키지여행이 아니라 현지 교민에게 직접 의뢰하여 우리 가족끼리 오붓하게 다니는 자유여행 형식으로 뉴질랜드 남섬과 북섬을 보름 동안 다녀오게 되었다.

뉴질랜드는 나에겐 신천지였다. 과연 항간에 떠도는 말대로 '지상의 낙원'이었다. 여행을 다녀온 뒤 이민을 결심하는 데는 그리 오랜 시간이 걸리지 않았다. 복잡한 이민수속 절차를 내가 직접 여기저기 뛰어다니며 손수 밟고 마침내 영주권을 받아서 우리가 다시 뉴질랜드 땅을 밟은 것은 2001년 4월. 내 나이 서른일곱 살이었다. 관광객이 아니라 이제는 이 작고 평화로운 섬나라의 주민이 되어 살게 된 것이다. 장 그르니에의 『섬』이 내게 다시 찾아든 것은 그때였다.

혼자서, 아무것도 가진 것 없이, 낯선 도시에 도착하는 공상을 나는 몇 번씩이나 해보았었다. 그리하여 나는 겸허하게, 아니 남루하게 살아보았으면 싶었다.

무엇보다도 그렇게 되면 '비밀'을 간직할 수 있을 것이다. _「케르겔렌 군도」, 65쪽

우리의 새로운 터전이 된 이 작은 섬나라에서 나는 내가 이러이러한 사람이라는 것을 내보일 필요가 전혀 없었다. 누구도 그러한 것에 관심을 두지 않았으니 말이다. 남루하게 살고 싶지는 않았지만 적어도 겸허하게 살고는 싶었기에, 나는 넓고 푸르고 깨끗한 자연환경 이상으로 이곳 현지인들의 이러한 무관심이 마음에 들었다.

그렇지만 비밀이라면? 북반구에서 남반구로 사는 곳을 옮겨야만 했을 정도로 소중하게 간직하고 있는 무슨 대단한 '비밀'이 내게도 있었단 말인가? 이 물음 앞에서 나는 오랫동안 서성거렸다. 내게 이루지 못한 욕망은 있었어도 성취한, 그래서 숨겨야만 하는(왜냐하면 숨기는 것이 성취한 것을 온전히 간직하는 방법이 되고, 마침내 나중에 드러나게 될 때에도 숨긴 것일수록 더욱 빛이 나는 법이니까) 비밀은 없다는 사실을 나는 뼈아프게 인정할 수밖에 없었다.

따라서 나는 새롭게 내 비밀을 만들어야만 했고, 예전에 내가 이루지 못했던 욕망이 그 출발점이 된 것은 너무나 자연스러운 일이었다. 그것은 항상 책을 읽고 글을 쓰

면서 살고, 언젠가는 시인이 되자는 꿈이었다. 이렇듯, 장 그르니에의 『섬』은 내 안에서 오래 잠자고 있던 욕망을 다시 일깨워주었다. 카뮈 역시 『섬』을 처음으로 읽던 스무 살 무렵에 작가로서의 길을 결심하게 되었다고 고백하고 있으니, 아직 이 책을 읽어보지 않은 이들도 『섬』이 지니고 있는 문학적 향취가 얼마나 대단한지 미루어 짐작할 수 있을 것이다.

그렇지만 이 책을 단순히 섬세한 감성과 유려한 언어로 직조한 아름다운 문장들로 가득한 그 흔하디흔한 산문집으로 생각한다면 그건 오해다. 장 그르니에가 이 책에서 추구한 것은 감각의 섬세함을 넘어서는 정신의 깊이이며 언어의 유려함을 뛰어넘는 인식의 명징함이다. 이 책이 산문집이라기보다 철학적 에세이로 불리는 것은 바로 이 때문이다. '상상의 인도(印度)'라는 제목 아래 묶여 있는 일련의 글들이 그 대표적인 본보기가 되겠지만, 이러한 경향은 다른 글들에서도 어렵지 않게 발견된다.

알제이에서 보낸 2월 6일, 나는 바다를 구경하려고 변두리 아랍인들 동네 꼭대기로 올라가고 있었다. 엄청난 정적…… 그렇다. 날씨가 나빴는데도 엄청난 정적이었다. 바람에 펄럭이는 저 깃발을 보아라, 하고 입문(入門)하려는 제자에게 티베트의 승(僧)은 말한다. 펄럭이는 것은 그 깃발인가 바람인가? 이렇게 대답해야 한다. 그것은 깃발도 아니고 바람도 아닙니다. 그것은 정신입니다.

_「사라져버린 날들」, 130쪽

이러한 문체는 섬으로 치자면, 물 위로 드러나 있는 땅덩어리보다는 물 아래 잠겨 있는 섬의 뿌리 쪽에 더 관심을 두는 태도에서 나온 것이라 할 수 있을 터인데, 과연 책의 앞표지에 보면, 하얀 섬의 뿌리가 가느다랗게 몇 줄로 드러나 있는 것을 볼 수 있다. 그것도 바다 한가운데가 아니라 푸른 하늘 허공중에. 카뮈는 이를 두고 "『섬』은 우리들이 자연스럽게 발 딛고 있는 땅으로부터 뿌리를 뽑아내는 방법을 가르쳐주기 위하여 온 것이었다. 이리하여 우리는 문화(文化)라는 것을 발견한 것이다"라고 이 책의 서문에 적고 있다.

문화(文化)라니? 나는 감히 내 글쓰기가 거기까지 나아갈 꿈은 꾸지도 않는다. 다만 내 정신의 깊이, 내 인식의 명징함이 적어도 내 글을 읽는 몇몇 독자의 공감은 충분히 끌어낼 수 있을 정도의 글들을, 그런 시들을 오래도록, 바라건대는 내 죽음에 이르는 날까지, 쓰고 또 쓰고 싶을 뿐이다.

아, 열일곱에 처음 만나 다도해와 서해의 섬들을 떠돌다가 스무 해 뒤에는 남반구의 작은 섬나라 뉴질랜드까지 흘러와서 지금까지도 마흔이 넘은 사내의 비밀을 키워주는 밑거름이 되고 있는 내 인생의 책, 장 그르니에의 『섬』이여! 그대가 그토록 일찍 내 배내옷을 벗겨주었으니, 나는 내 무덤까지 그대를 들고 가서 기꺼이 나의 수의로 삼아주겠노라.

02

의도하지 않은 만남, 기억 속의 베케트

21cbach http://blog.yes24.com/21cbach

블로그 축제 우수상

01

02

01 **고도를 기다리며** 사뮈엘 베케트 | 오증자 옮김 | 민음사 | 2000
02 **몰로이** 사뮈엘 베케트 | 김경의 옮김 | 문학과지성사 | 2008

부질없는 기다림. 에스트라공과 블라디미르는 황량한 무대(세계)에서 고도를 기다린다. 고도의 실체는 극이 종결될 때까지 끝내 드러나지 않는다. 다만 파편적이고 연계성 없는 대화만이 가득하다. 처음 연극이 상연될 당시 사람들은 (일부 평론가들을 제외하고는) 이 단순한 극이 현대의 고전이 될 줄 아무도 예측하지 못했을 것이다. 고전으로 자리잡은 이후에 이 연극은 흔히 "현대인의 고독과 소외를 상징"한다는 천편일률적인 해석의 세례에 놓였다. 이 작품에 대한 정형화된 해석의 자장에서 벗어나기 위해서 나는 오랜 시간을 통과해야 했다. 고등학교 시절의 대학로 거리, 학부 시절의 대학 연극반 공연 등을 통해서 두세 가지 버전의 새로운 베케트를 만났지만 전혀 감흥이 없었으니까. 오히려 "에스트라공과 블라디미르는 바로 우리 자신"이라는 식상한 해석을 바탕으로 진지하게 연기하는 배우들이 오히려 측은해 보일 정도였다. 재미없어, 쟤네들 뭐 하는 거야. 여자친구의 어이없어하는 목소리.

늦게 입대한 군대에서 어머니가 보내준 베케트의 소설 『몰로이』를 읽으면서 베케트는 다시 다가왔다. 계획된 일과 속에서 반복되는 폭력적이고 황당한, '몰린 상황의 연속'이었던 군대에서, 베케트의 소설은 우연과 반복, 지루함에도 불구하고 묘한 몰입을 선사했다. 숲에서 사라진 자를 찾아나서는 자의 길고 지루한 독백은 부대에서 아침마다 외치는 '복무신조'와 사분의 사 박자 단순한 군가 멜로디와 어딘지 닮아 있었다. 새벽마다 피곤한 육신을 곧추세우고 막막하게 총을 쥐고 서 있어야 했던 나날들은 왠지 블라디미르와 에스트라공의 덧없는 기다림과 겹쳐졌다. 지금도 잊을 수 없는, 제대하는 날의 벅찬 희열 속에서 베케트는 다시 잊혀졌다.

고도는 이미 당도했으며 희망만이 앞날에 가득하리라는 순진한 기대 속에서. 제대하고 얼마 지나지 않아 막막한 느낌은 다시 찾아왔다. 내가 부딪혀 깨고자 하는 구조와 상황 들은 사라지지 않으리라. 사회 속에 편입되기 위해서 비슷한 영어책에 머리를 박고 도서관에 앉아 있는 수백, 수천의 학생들을 보면서, 내 머릿속에는 같은 복장을 하고 같은 시간에 같은 식단의 식사를 했던 군부대의 식당이 스쳐갔다. 끔찍했다.

그것은 어느 새벽 아파트 단지에 들어서는 순간 느낀, 벽면이 유리로 되어 있다면 이곳에 살고 싶을 사람은 아무도 없으리라는 예감과 같았다. 수십 층으로 된 박스 속에 비슷한 일상을 살아가는 사람들이 섹스하고 밥 먹고 잠을 자고 배설을 하는 거주 공간. 다들 특징 없이 살아가다가 죽고, 이 모든 것들은 덧없이 사라질 것이라는 사실. 그 무의미를 깨기 위해 누군가에게 사랑한다고 주장하며 감정의 특별함을 외치겠지. 그러다가 누군가를 붙들고 결혼하고 아이를 낳고 비슷한 고민을 하다가 후회하면서 죽겠지. 피할 수 없는 일상의 모습은 고등학교 시절에 대학로에서 보았던, 나무 한 그루만이 무대시설의 전부인 베케트의 황량한 무대와 다를 바 없지 않은가. 실종된 자의 흔적을 찾아 헤매는 『몰로이』의 탐정처럼, 모두들 누군가의 기록(흔적)을 읽으며 헤매다가 죽어가리라. 바로 문학이 그러했다. 무덤 속에 잠든 자들이 남긴 기록을 반복적으로 해석하고 첨삭하면서 의미를 부여하는 연구들은, 잊혀짐을 두려워하는 인간들이 지껄이는 넋두리 같았다. 글을 쓰는 행위는 자신을 잊지 말아달라는 몸부림처럼 느껴졌고, 그것을 읽는 행위는 그 몸부림에 동의하면서 '위안'과 '동감'이라는 모르핀을 주사하는, 자위행위와 같았다.

제대하고 난 뒤 지루한 그해 여름 내내 읽었던 베르나르마리 콜테스와 이오네스코, 아르토의 희곡들은 군대에서 읽었던 베케트의 소설과 희곡을 다시 상기시켰다. 그해 봄, 내가 제대하기 전에 갑자기 죽은 선배가 남긴 글들을 읽으면서 그도 잊혀지기를 두려워했다는 사실을 알았고, 그가 떠난 방식은 잊혀지기를 두려워하는 자의 전범으로 다가왔다. 그러나 역설적으로 그렇게 간 자들은 쉽게, 잊혀졌다. 그러니까 베케트 희곡의 의미 없는 대사처럼. 봄이 지나기도 전에 다들 웃으며 술을 먹고 자신의 학점과 취직, 연애를 걱정했다. 그 사실이 무서웠지만 나도 그 풍경의 일부로 존재할 수밖에 없었다. 게임방에서 아르바이트를 하던 나는 여름 내내 모니터에 머리를 박고 긴 일기를 썼다. 나만 아는 것들, 나에게 절실했던 기억들, 혹은 필요 없는 낙서들을.

낙서와 메모와 일기의 경계를 오가던 그 글들은, 군대에서 노트 수십 권 분량에 쏟아냈던 강박적인 글쓰기의 연장이었다. 무의미한 이 기록들은 결국 아름다운 시도 되지 못하고, 소설이라는 이야기의 형식도 갖추지 못한 채 지워지거나 방치되었다. 언어는 무력했으며 먹고 자고 술 마시는 나날들의 반복에 진절머리가 났다. 엎친 데 덮친 격으로 그해 겨울, 신춘문예에 낙방했다. 그래, 더이상 일기라거나 편지라거나 소설 따위를 쓰지 말자. 딱딱하고 진지한 척하는 비평도 버리자. 작은 가방에 그 동안 군대에서 휘갈긴 기록들—편지와 일기—과 퇴고하지 못한 원고들을 모조리 쓸어담았다. 군대에서 얼마나 많은 편지와 일기를 썼는지 활자들이 어지러웠다. 이것들을 바다에 처넣으리라. 어느 소설 속의 풍경을 따라한 치기였기에 지금 생각하면 민망하지만, 당시에는 절박한 심정에 휩싸여 나는 결연히 기차에 올라탔다.

동해로 가는 기차 안에서 나는 군대 시절에 받은 편지들과 내가 쓰고도 보내지 못한 편지들을 꺼내 읽었다. 군대에서의 사소한 일들을 상세하게 적은 글들은 동어반복의 연속이었고, 내가 그것을 받는 여자였다면 금방 던져버렸을 정도로 지루하고 상투적이었다. 하품이 나왔다. 안 보내기를 잘했다. 그녀가 봤다면 측은하게 여기거나 이해할 수 없었겠지. 나는 왜 그렇게 쓸데없고 무의미한 말들을 쏟아냈을까. 아, 쓰레기 같은 말들을 왜 적었을까. 한탄 속에서 베케트와 다시 만났다. 에스트라공과 블라디미르의 덧없이 길고 무의미한 말들과 내 글들은 닮지 않았는가. 편지와 일기 들을 꺼내서 천천히 읽던 중 내가 쓰고도 기억 못 했던 구절이 눈에 들어왔다. 일병 시절에 쓴 편지였다.

"다들 잠들기를 기다렸다가 다시 적는다. 랜턴을 약하게 켜고 쓰는 거야. (……) 이렇게 여러 장을 쓰지만, 알고 있니? **너에게는 지루할 이 말들을, 이렇게 끊임없이 써야지만 난 이곳을 버틸 수 있을 것 같아. 넋두리 같지?** 그런데 나에게는 이게 아직 너와 닿아 있다는 사실에 대한 확인 같아. 보고 싶다. (……)" _2004. 6. 10.

아, 젠장…… 기차간 사이 통로로 가서 담배를 물었다. 지금 읽으면 그토록 무의미한 언어들이, 당시에 나를 살게 한 절실한 것이었다는 사실이 낯설었다. 동해바다에 글들을 던져버리겠다는 치기는, 당혹스러움과 회상으로 바뀌었다. 묵호항에서 내린 나는 회를 한 접시 사먹고 바닷가를 두리번거리다가 서울로 돌아왔다.

오늘 새벽 리뷰를 쓸 목적으로 다시 베케트를 읽었다. 베케트의 대사들을 토막으로 잘라서 의미를 부여하는 몇몇 평론가와 전공자 들이 쓴 논문들이 눈물겨웠다. 이제야 두서없이 이어지는 에스트라공과 블라디미르의 대사들은, 현실의 결핍과 무의미에 대한 은유로 다가왔다. 마음 떠난 애인에게 끊임없이 자신의 사랑을 웅변하는 자의 언어, 엄마를 기다리며 우는 아이의 칭얼거림, 이성을 잃은 자의 혼잣말, 군부대에 날마다 울려퍼지던 군가와 구호 들, 팬들을 향해 "여러분 사랑해요"라고 외치는 연예인의 습관성 발언, 침대에서 의무방어전을 치르면서 마누라에게 심드렁하게 사랑한다고 말하는 아저씨들의 말, 변하지 않을 거라는 다짐들, 이른 새벽부터 교회에서 같은 기도를 몇 시간이고 되풀이하는 여자들의 웅얼거림, 그리고 시간을 버티기 위해 끊임없이 써댔던, 나의 지나간 언어들.

수많은 무의미와 반복들. 그 언어들과 베케트의 대사들은, 어쩔 수 없이 닮지 않았는가. 고도(구원)는 오지 않을 것이며 무의미와 반복은 계속되리라. 중요한 사실은, 그 많은 결핍과 무의미와 반복의 지루함 속에서도 에스트라공과 블라디미르는, 그리고 우리들은 살아 있다는 사실이다. 이 단순한 사실에 대한 자각—**살아간다는 것은 수많은 무의미들로부터 도망치는 과정이 아니라 그것을 껴안고 같이 가는 것이다**—은 많은 것을 바꿀 수 있지 않을까. 현대인의 은유인 에스트라공과 블라디미르는 그들을 흉내 내며 사는 수많은 에피고넨들 속에서 현존한다.

어린 시절에, 군대에서, 그리고 어느 겨울의 여행길에서 베케트의 지루한 언어들은 변모되면서 다가왔고 다시, 살게 하는 사소한 계기로 작동했다. 다시 읽어도, 역시 재미는 없었지만.

03

청춘의 표정들

골드문트 http://blog.yes24.com/beatlessea

블로그 축제 우수상

01

02

03

01 **거꾸로 선 꿈을 위하여** 진이정 | 세계사 | 2002
02 **기억의 집** 최승자 | 문학과지성사 | 2000
03 **행복한 책 읽기**— 김현의 일기(1986~1989) 김현 | 문학과지성사 | 2002

일기장을 펴 "내 인생의 책"이라고 적는다. 그리고 지난날들의 일기장의 페이지를 한 장씩 넘기며 나는 뒤로 걸어본다. 내 지난 풍경들을 본다. 앞만 보고 걸어온 지난날의 뒷모습. 너무 낯설다. 아직 인생이라고 적기에는 살아온 시간이 짧고, 인생이라 부르기에는 아직 살아보지 못한 날들이 너무 많다. 그래서 인생이란 단어를 지우고 그 단어를 대신할 말을 찾는 데 너무 오랜 시간이 걸렸다.

*

지나오고 난 뒤, 문득 뒤돌아서서 보는 길은 너무 가깝고도 멀다. 걸어올 때는 밤이었는데, 뒤돌아서 보니, 환한 대낮이다. 어둠을 품고 걷던 길들이. 시간이 지나 뒤돌아보면, 대낮의 밝은 빛을 안고 있다. 그래서 언제나 뒤돌아서 보는 시간은 그렇게 빛나 보이는 것인지도 모르겠다. 그 밤과 낮이 교차하는 길목에서 나는 어떤 표정을 짓고 살아야 하는지 몰랐으므로, 나는 내가 지을 표정을 그리기 위해, 밤이 오는 순간마다 책을 펼쳐 얼굴을 묻었다. 그리고 지난날 펼쳤던 책을 다시 열면, 그때의 얼굴이 묻어 있다. 한때는 웃었고, 한때는 울었던 내 붉은 표정이 지문처럼 묻어 있다.

열아홉 살. 스무 살의 문턱까지 치닫는 그때에 나는 "실패"라는 단어를 열었다. 무언가를 잃었고, 무언가에 졌다. 일 년 동안 편지를 주고받으며 마음을 키워온 첫사랑을 잃고, 가냘픈 숫자의 곡선을 타며 멍들던 시절은 하얗게 꺾였다. 그때부터 나는 곧이 서서 걷지 못하고, 거꾸로 서서 걸었다. 땅을 하늘 삼아 보는 길은 너무 낯설었고, 어지럼증에 취해 보는 세상은 예전보다 삐뚤어져 있었다. 결국 지난날 삼켜왔던 유년기가 목구멍까지 치밀어, 자꾸만 헛구역질을 하며 쓰러지던 시절. 어떤 표정을 짓고 일어서야 하는지 몰라서 계속 쓰러져 있기만 하던 시간들이 늘어만 갔던 그때, 나는 '거꾸로 선 꿈'을 만났다.

한참을 나는 숨죽이고 있었다. 모든 것이 현실이었다.

_「거꾸로 선 꿈을 위하여5」 중에서

내가 처음 이 책을 만난 것은 도서관의 먼지 쌓인 서가에서였다. 내가 걷는 길은 답답하고 어두운 터널로 가득했는데, 정작 열고 들어갈 문은 보이지 않았다. 그때 우연히 지나치던 책장에 무수히 꽂힌 시집 중 낡은 빛을 딛고 서 있는 책 한 권과 마주쳤다. 나는 문의 손잡이를 잡아 열듯, 시집을 꺼내 먼지를 털고 페이지를 열었다. 지금 와서 돌이켜보면, 그날 내가 그 시를 읽은 것은 운명이라는 생각이 든다. 아니, 그 책을 펼친 순간부터 세상의 모든 책과 사람은 서로 인연이 있어야 만난다고 여길 만큼, 책을 열어 확인한 '거꾸로 선 꿈'은 나의 꿈과 무척이나 닮아 있었다. 그리고 그 안의 시인은 나와 같은 병을 앓고 있는 듯했다.

눈물도 없이 나는 운다 울었다/너무 팔아먹을 것이 없었으므로/거꾸로 선 꿈의 세상에서, 가끔 나는 바로 선다/깜빡 꿈이란 걸 잊은 채 말이다/허나 고런 때래야 겨우 시가 되는 것이다 _「거꾸로 선 꿈을 위하여1」 중에서 그 꿈의 첫 페이지를 열었을 때 시의 마지막 구절이 눈에 들어왔다. 그리고 나는 그때 내가 거꾸로 서 있다는 것을 알았다. 곧이 서 있다면, 세상이 이렇게 어지러울 필요도, 자꾸만 헛구역질이 올라올 이유도 없었다. 한없이 모든 것은 땅으로 내리는데, 내 안에 있는 마음만 입 밖으로 치닫는 까닭. 눈물만 솟구치는 까닭. 그게 다 거꾸로 서 있기 때문은 아닐까. 가끔은 바로 서서 세상을 보지만, 그때는 꿈이라는 것을 잊은 때이므로, 내가 꿈을 꾸게 될 때 나는 다시 거꾸로 서 있다. 시인에게 거꾸로 서는 순간만이 시가 되듯, 나에게도 거꾸로 선 꿈이 있기에 아팠다.

나는 가난해, 나는 푸르러, 나는 쓰러져/나는 모든 것을 이해할 수 있다고 착각했다/밤새 밥통의 밥이 말라 있었다, 잠시라도 가만히 있는 것은 없다.

_「거꾸로 선 꿈을 위하여4」 중에서

그리고 몇 페이지를 지나 마주친 구절에서 시인은 나처럼 쓰러진다. 그리고 자신이 착각했다고 고백한다. 모든 것을 이해할 수 있다는 착각. 그리고 밥통 안에 어둠이 메말라 있는 것을 발견한 뒤, 그 모든 것은 — 어둠까지도 — 흘러간다고 말한다. 그 구절이 지나갔을 때, 나는 내가 체한 까닭을 눈치챈 기분이었다. 그래, 내가 이렇게 아픈 까닭은, 너무 지나친 꿈을 먹어서인지 몰라. 유년기에 너무나 많은 꿈을 삼킨 까닭에 이렇게 속이 쓰린 것인지도…… 모든 것을 이해할 수 없듯이, 모든 꿈을 이룰 수는 없어. 가만히 있는 것은 아무것도 없기에 우리는 한 순갈의 꿈이라도 퍼야 하는 거야. 쓰러져 있는 와중에 길목의 작은 개미 한 마리가 지나가듯, 나 말고 멈춰 있는 것은 아무것도 없다는 절망감 속에서, 희망이 내 앞을 지나치고 있다는 느낌이 들었다.

난 성실하게 꿈을 꾸어왔지/우린 꿈과 같이 있기만 해도 스캔들이 났던 거야. 혀도 코도 눈도 귀도 몸도 뜻도 없는 천국을 위하여

_「거꾸로 선 꿈을 위하여5」 중에서

나는 너무 많은 것을 원했다./아픈 몸이 낫고 나면, 나는 원하는 것이 없으리라

_「거꾸로 선 꿈을 위하여9」 중에서

너무나 성실하게, 너무 많은 꿈을 꾼 사람은 반드시 아프다. 나에게 스무 살은, 꿈이 낳은 추문으로 가득했기에 언제나 아팠다. 병이 나으면 시인도 사라지는 것처럼, 내 아픔이 가신다는 것은 내가 가진 꿈도 사라지는 것을 의미했다. 그 빼저린 자각이 몸 안에 들어왔을 때, 흘렸던 몇 방울의 눈물, 그리고 그 눈물과 함께 빠져나간 몇 개의 꿈들. 그들과 함께 내 스무 살은 갔다. 그리고 나는 그 공허한 빈터를 채우기 위해 그날 이후로 끊임없이 시를 읽었다. 지붕으로 던진 꿈을 대신할, 새로운 이빨을 낳기 위해. 거꾸로 선 꿈을 통해 배운, 첫 표정으로.

*

그대의 집, 대문 앞에선/이 세상에서 가장 쓸쓸한 바람이 불었고/머리카락보다 더 가벼운 젊음을 만나고 들어가는 그대는/내 어깨 위의 비듬을 털어주었지/그런 거야, 서로를 오래오래 그냥, 보게 하는 거/그리고 내가 많이 아프던

날/그대가 와서, 참으로 하기 힘든, 그러나 속에서는 몇 날 밤을 잠 못 자고 단련시켰던 뜨거운 말: 저도 형과 같이 그 병에 걸리고 싶어요 (……) 너무나 벅차 그 말을 사용할 수조차 없게 하는 그 사랑은 아픔을 낫게 하기보다는, 정신없이, 아픔을 함께 앓고 싶어하는 것임을 _황지우, 「늙어가는 아내에게」 중에서

스무 살이 지나고, 봄이 왔다. 대학에 들어갔고, 새로운 사람들을 만났으며, 술도 마셨다. 그러나 그 술자리가 끝나고 난 뒤 막차에 몸을 실을 때마다, 스무 살과 유년기에 품었던 마음들이 차창 밖을 스치고 지나갔다. 분명 스무 살은 지났는데, 새로운 것을 만나면 아프고 시린 이가 아프지 않을 줄 알았는데, 내가 탄 버스는 계속 스무 살 앞에 멈춘다. 낮과 밤이 오가듯, 낮이 되면 아무것도 모르고 웃다가, 밤이 되면 모든 것을 다 알아버린 아이처럼 울던 시기. 나에게 스무 살 이후의 봄은 지독한 환절기였다. 분명 봄은 봄인 것 같은데, 낮은 하릴없이 덥고 맑으며, 그런 낮이 가시고 차츰 어두워지면, 서늘하고 찬 공기가 온몸을 감싸는 계절. 작은 것들이 화려하게 꽃피는 봄의 무렵과, 차갑고 가시 돋친 바람이 부는 겨울의 무렵이 저마다의 자리를 포기하지 않고 버티는 계절 안에서 나는 그 봄의 변덕에 적응하지 못한 채, 매일같이 아팠다.

그러나 그때의 나에게 필요한 것은 병을 다스리는 약이나 진통제가 아니었다. 오히려 그 병을 같이 앓아줄 누군가가 절실했다. 아픔은 익숙해졌지만, 그 아픔을 홀로 앓는 외로움은 익숙해지지 않았다. 친구들은 모두가 즐거운 봄의 물결에 젖어 흘러가는데, 유독 몸이 아픈 나는 언제나 뒤처지고 멈춰 있는 기분. 결국 나는 병을 같이 앓아줄 누군가

의 가슴을 찾지 못해서, 언제나 시집으로 들어가, 세들어 살 수밖에 없었다.

어떤 아침에는, 이 세계가/치유할 수 없이 깊이 병들어 있다는 생각. 또 어떤 아침에는, 내가 이 세계와/화해할 수 없을 만큼 깊이 병들어 있다는 생각.

_「어떤 아침에는」 중에서

기억의 집에는 늘 불안한 바람이 삐걱이고/기억의 집에는 늘 불요불급한 슬픔의 세간살이들이 넘치고/살아 있음에 내 나날 위에 무엇을 쓸 것인가. 무엇을 더 보태고 무엇을 더 빼야 할 것인가 _「기억의 집」 중에서

그런 외로운 시간 속에, 내가 가장 오래 머문 집이 최승자의 시집이었다. TV를 틀면, 화려하고 즐거운 일들로만 가득하고, 주위의 친구들은 청춘을 누리며 봄의 화려함에 취해 사는데, 나 혼자만 이렇게 청춘을 시달리고 있는 건 아닌지 묻고 싶어질 때마다, 청춘은 오직 "괴로움과 외로움과 그리움"이라고 말하는 그녀의 시를 읽었다. 그녀는 자신의 외로움을 미화하지도, 절망의 괴로움을 승화시키려 하지도 않고, 언제나 최선을 다해 아팠다. 그녀의 시가 가진 절망의 자세는, 나에게, '정신없이 아픔을 함께 앓는' 사랑 그 자체였다.

시로써는 아무것도 할 수가 없다. 밥벌이를 할 수도 없고, 이웃을 도울 수도 없고 혁명을 일으킬 수도 없다. 다만 다른 사람들이 배고파 울 때에 같이 운다든가, 다른 사람들이 울지 않을 때에 그럼에도 불구하고 과감히 울어버릴 수 있다

는 것뿐이다. _『이 시대의 사랑』 뒤표지에서

스무 살 이후, 울어버리는 것은 결국 꿈을 잃어버리게 되는 것이라고 믿으며 언제나 울음을 참아왔던 나에게, 그녀는 시를 통해 우는 법을 가르쳤다. 비극적이고 슬픈 뉴스 앞에서 모두가 즐겁고 화려한 채널로 마음을 돌릴 때, 우두커니 슬픔을 지키며 정직하게 우는 것. 그리고 긍정적이고 밝은 미래를 향하여 달려가라고 격려하며 잔인하게 뒤돌아설 때, 같은 배고픔을 나눠먹으며 함께 우는 것. 그때 흘리는 눈물은, 꿈을 잃는 일이 아니라 오히려 꿈을 지키는 일임을 배웠다. 죽음도, 고통도, 슬픔도 버리지 않고 함께 안고 가는 길은 너무나 고난스럽고 절망적이지만, 그 길을 걷는 것은 절망이 아니듯, 그녀의 시는 대부분 비관적이고 절망적이었지만, 그녀의 시를 읽는 일은 절망이 아니었다.

때로 낭만주의적 지진아의 고백은 눈물겹기도 하지만, 이제 가야만 한다. 몹쓸 고통은 버려야만 한다. 한때 한없는 고통의 가속도, 가속도의 취기에 실려 나 폭풍처럼 세상 끝을 헤매었지만 그러나 고통이라는 말을 이제 결코 발음하고 싶지 않다. 파악할 수 없는 이 세계 위에서 나는 너무 오래 뒤뚱거리고만 있었다. 목구멍과 숨을 위해서는 동사만으로 충분하고, 내 몸보다 그림자가 먼저 허덕일지라도 오냐 온몸 온정신으로 이 세상을 관통해보자 내가 더이상 나를 죽일 수 없을 때 내가 더이상 나를 죽일 수 없는 곳에서 혹 내가 피어나리라

_「이제 가야만 한다」 전문

스무 살이 지나고 일 년 후, 일기장 위에 최승자의 「이제 가야만 한다」를 적었다. 더이상 이유 없이 아플 수는 없다고, 그렇다고 눈물 흘리지 않을 수는 없으니까 주저앉아 울지 말고, 다시 일어나, 가면서 울자, 고 적었다. 지난 일기장들에는 내가 왜 스무 살과 그 이후에 그토록 아팠는지에 대한 구체적인 이유가 씌어 있지 않다. 그렇기 때문에 나는 지금도 왜 스무 살에 아팠는지에 대해 쓸 수 없고, 이제 가야만 한다고 적으며 갑자기 눈물을 닦고 일어섰는지 모른다. 다만 최승자의 시들을 읽으며, 붉게 줄 친 문장들을 손으로 쓸어내리며, 그때의 내가 지었던 표정과 남겼던 눈물을 기억할 뿐이다. 아무 이유 없이 쓰러져서, 아무 이유 없이 앓았지만, 아무 이유 없이 울지는 않았다. 나는 시를 통해 울고, 시를 통해 만났으며, 시를 따라 걸었다.

그래, 나는 용감하게, / 또 꺾일지도 모를 그런 생각에 도달한다. / 詩는 그나마 길이다. 아직 열리지 않는, / 내가 닦아나가야 할 길이다. / 아니 길 닦기이다. / 내가 닦아나가 다른 길들과 만나야 할 길 닦기이다. / 길을 만들며, / 길의 흔적을 남기며, / 이 길이 다른 누구의 길과 만나길 바라며, /이 길이 너무나 멀리 혼자 나가는 길이 아니길 바라며, / 누군가 섭섭지 않을 만큼만 / 가까이 따라와주길 바라며 _「詩 혹은 길 닦기」 전문

*

청춘이 봄이라면, 봄은 환절기다. 환절기에 사람들은 감기에 쉽게 걸린다. 감기는 원인이 밝혀지지 않은 병이라 한다. 이유도 모르고 신열에 들

뜨며, 원인도 모르고 눈물을 흘리는데 정작 특효약은 없다. 전쟁의 역사가 없는 나약한 문명의 몰락처럼 자신을 지키기 위해 싸워본 적이 없던 스무 살 무렵에는 감기를 습관처럼 앓았다. 그러나 나는 스무 살을 통과하면서 이유 없는 아픔이 실은 나를 지켜내기 위한 고통임을 알았다. 사람들은 병을 치르면서 겪는 아픔을 병의 증상이라 말하지만, 사실 그 고통은 병으로부터 나 자신을 지켜내기 위한 투쟁의 증거인 것. 열에 들뜨는 몸과 시린 가시에 물린 듯 저려오는 가슴. 그렇게 들뜨도록 아픈 것이 우리가 병에 걸렸기 때문이 아니라 실제로 나를 지켜내기 위한 것이라는 생각이 들었을 때, 나는 병에 걸린 나 자신을 원망하거나 그 병을 낫게 하려 하기보다, 최선을 다해 아팠고, 울어야 할 때 울었다. 그리고 그때, 눈물이 떨어지는 곳에는 언제나 시가 적혀 있었다.

그는 갈수록 깔끔해지고, 선생다워진다. 나는 그런 그가 좋기도 하고 싫기도 하다. 남들이 다 병들어 있으면, 아프지 않더라도, 아프지 않다는 것을 널리 알리는 것은 좋지 않은 것이 아닐까. _김현, 『행복한 책 읽기』, 278쪽

이제 시간이 지나, 나 또한 점점 다듬어지고, 갈수록 어른스러워진다. 아픔을 어딘가에 두고 나오거나, 깜빡 잊고 살 때가 많았다. 그런 내가 좋기도 하고 싫기도 하다. "이제 가야만 한다"고 적으며 걸어왔던 길에, 가지고 왔어야 하는 아픔들을 군데군데 놓고 왔는데, 오랫동안, 다시 가져올 엄두를 내지 못했다. 그러나 이제 와서 이렇게 뒤돌아가보니, 그때 걷던 길 위에 묻었던 말들이 자라나 하얗게 꽃을 피우고 있다. 그 꽃잎 하나하나마다, 그때 품었던 표정이 맺혀 아름다운 몸짓을 그리고 있다. 나는

내 열아홉, 스물 그리고 그 이후의 표정들이 모여 맺힌 꽃. '청춘'이라는 그 하나의 꽃말을 품기 위해 남았던 그 모든 꽃잎들을 모아, 다시 일기장 앞에 섰다. 그리고 "내 인생의 책"이라고 적었던 일기장 위에 그 말을 지우고, 다시 "청춘의 표정들"이라고 고쳐 적는다. 그리고 가져온 꽃잎들을 페이지 사이에 남겨둔 채로 일기장을 덮을 때, 나는 가장 아름다운 표정으로 울고 있는 나를 만난다.

04

우리는 무엇을 알아야 할까?

루드빅 http://blog.yes24.com/bncorp

블로그 축제 우수상

이기적 유전자
리처드 도킨스 | 홍영남 옮김 | 을유문화사 | 2006

: 리처드 도킨스

리처드 도킨스는 간결한 문체와 생생한 비유, 논리적인 전개를 갖춘 글로도 그 능력을 인정받아온 동물행동학자이다. 그는 자신의 동물행동학 연구를 유전자가 진화의 역사에서 차지하는 중심적 역할에 대한 좀더 넓은 이론적 맥락과 연결시키기 시작했는데, 그 결과가 바로 『이기적 유전자』(1976)이다. 도킨스는 이 책에서 "인간은 유전자의 꼭두각시"라고 선언했다. 인간이 "유전자에 미리 프로그램된 대로 먹고 살고 사랑하면서 자신의 유전자를 후대에 전달하는 임무를 수행하는 존재"라는 것이다. 이러한 주장은 생물학계를 비롯해 과학계를 떠들썩하게 만들었고, 곧 세기의 문제작이자 화제작으로 떠오르게 되었다.

어린 조카애가 울먹이면서 묻는다. "삼촌, 지옥이 진짜로 있어?" 칠 년 전 이야기다. 조카는 초등학교 이학년 여자아이, 같은 반 친구로부터(아마 그 아이 부모가 기독교 신자였던 것 같다) 지옥에 대한 무시무시한 얘기를 듣고 왔단다. 거의 공황상태다. 엄마 아빠가 죽으면 어떻게 되냐며 눈물을 글썽인다. 황당하여 그런 건 없다고 달래보았지만 의심을 풀지 못한다(이 정도 나이의 어린아이들은 어른들의 이야기는 의례적인 걸로, 같은 또래들의 이야기는 진지하게 받아들이는 것 같다). 나는 그 아이 부모를 원망할 수밖에 없었다(기독교식 공포의 교육법이군). 어린아이들에게, 물론 어른들한테도 쉬운 건 아니지만, 눈에 보이지 않는 현상을 제대로 설명하기도 어렵고 이해시키기는 더욱더 난감한 일이다. 생각해보면, 나의 어린 시절도 세상에 대한 두려움으로 꽉 차 있었던 것 같다. 엄마의 부재에 대한 공포, 악몽의 후유증, 어둠, 악마, 귀신, 버려짐 등등. 기억나는 건 온통 두려움이었던 것 같다.

차츰 커가면서 두려움은 무관심으로 바뀌었다. 하긴 극복하지 못한다면 정신병원에 드나들 일이다. 그래도 종교, 영혼, 마음 등 신비주의 경향의 책들에 관심을 갖고 읽어보았다. 그러나 나 같은 사람은 도저히 실천하기 어려운 내용들이었고, 마음속에만 담아놓기에는 찝찝한 구석이 있었다. 금욕주의적 교리보다는 지금 살고 있는 현재가 중요했다. 나의 책읽기는 자연히 실용적인 책 위주가 되었고, 문학은 재미있고 쉬운 걸로, 교양을 쌓는 수준에서 인문사회과학 서적도 드문드문 읽었다.

"나이 50 이전까지 나는 정말 한 마리의 개와 같았다. 앞의 개가 그림자를 보고 짖어대자 나도 따라 짖어댄 것일 뿐, 왜 그렇게 짖어댔는지 묻는다면, 그저 벙어리처럼 아무 말 없이 웃을 뿐이었다." 장정일의 『공부』를 읽다가 발견한 글귀이다. 이탁오의 「성인의 가르침」이란 글을 장정일이 인용했는데, 장정일은 이 글을 읽고 핑 눈물이 돌았다고 썼다. 나는 어떤가? 얄팍한 수준에서 교활하게 아는 척하기도 했다. 아는 게 무엇인지 모르는 게 무엇인지도 모르고, 임기응변과 애드리브가 실력인 양 우쭐댔었다. 남의 생각을 나의 생각인 양 가관을 떨기도 했다. 지금 생각하면, 정말 한 마리의 개와 같았다.

2007년 여름의 일이다. 나는 오 년간의 미국생활을 접고 고향인 강원도 동해시로 내려왔다. 내 나이 사십대 중반을 넘어서고 있었다. 시골에서 내가 마땅히 할 일도 없거니와 그냥 지친 몸을 쉬고 싶었다. 이쯤 되면 인생을 돌아보게 된다(아무리 나이 먹어도 고집스럽게 사는 사람도 있긴 하지만). 더욱이 생각할 시간까지 주어졌다. 혼자 생각에 몰두하면 그냥 허무하다는 생각이 드는 모양이다. 짙은 허무함은 어려운 질문들을 만들어 낸다. **"나의 정체성은 무엇이냐?" "죽음 뒤편엔 무엇이 있을까?"** 어렸을 적에 겪었던 두려움이 재발하였다. 해답을 찾는 게 내 인생의 의미라고까지 생각했다. 하지만 내게 살갑게 조언을 해줄 스승은 없었다. 도서관을 찾았다. 철학책 위주로 닥치는 대로 읽은 것 같다(하다못해 '도'에 관한 책도 읽었다). 관념적인 이야기는 들어오지 않았다. '어떻게 살아야 하나?'가 아니라 '사실이 무엇이냐?'가 중요하고, 알고 싶은 것이다.

리처드 도킨스의 『이기적 유전자』를 읽었다(세계적인 진화생물학자가

리처드 도킨스

인간의 근원과 본성에 대해 과학적 방법으로 연구한 결과를 일반 독자들을 위하여 쉽고 명쾌하게 설명을 한 책이다). 그는 놀랍게도 "사람을 포함한 동물은 유전자에 의해 창조된 기계에 불과하다" "인간은 DNA라는 분자의 생존기계"라고 말한다. 나는 다윈의 자연선택이론에 대해 어느 정도 상식은 갖고 있었지만, **도킨스의 '이기적 유전자론'은 그야말로 충격이었다. 나의 본성이 나의 의지대로 움직이는 게 아니라 각각 독립된 DNA 분자에 의해 조정받고 있다니!** 그의 다른 책들 『만들어진 신』『확장된 표현형』『눈먼 시계공』『조상들 이야기』『에덴의 강』도 모조리 읽었다. 세상은 우연히 만들어졌다. 무기물에서 유기물로 발전했고, 수십억 년을 거쳐, 환경에 적응할 수 있는 형질을 가진 개체가 선택적으로 살아남아서, 유전자를 매개로 점점 진화를 거듭해왔다. 그는 『만들어진 신』에서는 신은 인간이 만들어낸 허상이다, 신이 만들어낸 지옥은 없다, 만약 지옥이 있다면 그것은 신의 이름으로 행해지는 악행과 위선 들, 비겁, 공포가 횡행하는 사회일 뿐이라고 말한다. 나 같은 어정쩡한 무신론자라면 꼭 읽어야 할 책이다(두뇌 속에 남아 있는 찝찝함이 사라지고 통쾌함을 만끽한다).

나는 도킨스의 책을 읽고 비로소 두려움으로부터 마음의 평안과 자유를 얻을 수 있었다. 이 두려움은 종교에서 말하는 죄의식에서 나온 것이 아니라,

생존과 번식을 위해 조상으로부터 유전자를 통해 물려받은 본능이었다. 본능은 선도 악도 아니다. 모든 생명체는 다 죽는다(물론 유전자를 남기겠지만). 어떤 생명을 가진 개체가 반복해서 사는 일은 없으며, 더욱이 불멸은 없다. 죽으면 '나'라는 정체성은 사라진다. 불확실한 미래나 존재에 대한 고민보다는 오늘의 실재적인 현실이 중요하다. **단 한 번뿐인 인생, 현재를 그때그때 보람 있게 사는 것이 의미 있는 삶이 아닐까? 우리는 물질로 태어나서 다시 물질로 돌아갈 뿐이다. '나'는 물질의 순환과정이었고 우연의 산물이었다. 그렇다, 나는 이제, 묵직함을 내려놓고 가볍게 살고 싶다.**

조카에게 하고 싶은 말은 "**남의 말을 쉽게 믿지 말아라, 그들도 모르고 하는 소리가 많단다**".

05

소설이 삶을 변화시키는 결정적인 순간

—「다시 한 달을 가서 설산을 넘으면」

설국 http://blog.yes24.com/kimmo-c

블로그 축제 우수상

나는 유령작가입니다
김연수 | 창비 | 2005

: 김연수

1990년대 초반에 등단한 이래 오래고 튼실한 문학적 내공으로 오로지 글쓰기로만 승부해온 소설가. 여섯 권의 장편소설과 네 권의 소설집을 펴내는 동안, 한국을 대표하는 크고 작은 문학상들을 잇달아 수상하고, 새로운 작품이 소개될 때마다 열혈 팬심은 물론이요, 문단 안팎의 신망도 그만큼 두터워졌다. 그의 세번째 소설집인 『나는 유령작가입니다』에는 인간의 진실을 찾아, 기록된 사실 이면에 숨겨진 굴곡을 다각도로 보여주는 아홉 편의 연작이 수록되었다. 진지한 문제의식, 우아한 농담, 밀도 높은 문장, 출중한 형식미가 어우러져 있어 소설가 김연수의 개성을 뚜렷이 느낄 수 있는 소설집.

1. 결정적 순간

인생에는 저마다 결정적인 순간이 있다. 마치 내 마음 한구석에 난 홈과 똑, 같은 모양의 조각을 찾아내, 그것을 홈에 끼워넣는 그런 순간—그래서 이제껏 조각나 있는지도 갈라져 있는지도 몰랐던 그 부분이 채워지면서 따뜻한 온기가 도는 그러한 순간 말이다. 더이상 어제의 나와 오늘의 내가 같을 수 없다고 말해지는 그런 순간.

인생에 수없이 크고 작은 결정적 순간들이 나를 향해 달려든다. 어떤 때는 그것의 파동이 내 몸 전체를 뒤흔들어 명백하게 "바로 이거다!" 싶게 만드는 경우가 있고, 어떤 경우에는 한참 지난 후에 돌아보고 나서야 그것이 결정적 순간이었음을 깨닫게 되는 경우도 있다.

"바로 이거다" 싶은 순간의 그 대상은 때로 사람이기도 하고, 사물이기도 하고, 한 문장이기도 하다. 지금 이후의 내 시간을 모조리 바꾸어버릴 것만 같은 느낌! 이런 강렬한 느낌은 그 대상에게 대개 무한한 애정을 일으킨다.

나에게도 잊지 못할, 결정적 순간이 있다. 아프리카에 나 홀로 뚝 떨어진 순간이라든지, '라디오헤드'의 음악을 맨 처음 들었던 그 순간이라든지, 대부분의 경우는 그 상황이 주는 황홀감과 당혹감에 취해 그것이 나에게 갖는 의의를 따져볼 틈이 없다. 훗날에야 돌이켜보면서 고개를 끄덕이게 되는 경우가 다반사다. 하나 다른 사람들이 그러하듯 내게도, 마치 운명 같은 확신으로 다가왔던 결정적 순간의 체험이 있었다.

2. 삶의 방식이 온전히 바뀌어버린다

첫번째 체험은 초월자의 존재를 느낀 경험이다. 나는 모태신앙이었지만, 열여덟 살까지는 교회를 학교처럼 '출석'했다. 그러니까, 일요일이니까 가고, 가라고 하니까 가고, 믿도록 태어났으니까 믿는 그런, 사이비 신자였다. 보통의 사람들도 위급하고, 벼랑 끝에 몰리게 되면 신의 존재를 찾기 마련이다. 부끄럽게도 나 역시 (그 당시에는) 일생일대의 가장 위급한 상황—즉, 전국의 학생들과 암기 실력을 겨루고, 빠르게 문제 푸는 속도를 견줘 대학 입학의 '찬스'를 잡아야만 했을 때—제 발로 교회에 찾아가기 시작했다.

그 당시 내 상황이란, 정말이지 '형편없었다'.

인문계 중하위권이라는 애매한 성적은, 인생을 바꾸고 싶은 욕망에 비추어 포기하긴 뭣하고 죽도록 노력해도 아득하게만 느껴지는 가능성일 뿐이었다. 서로 격려하던 친구들에게서 나 홀로 떨어진 반 배치며 아직도 오래 앉아 있기 힘겨워하는 체력, 거기다 비염까지! 내 안에는 내가 속해 있는 그 세계에서 벗어나고자 하는 욕망만이 득시글거렸다. 학교 경계 너머에 있는 세계 속으로 뛰어들어가고 싶은데, 주변의 그 어떤 것도 나를 구원해줄 수 있을 것 같지 않았다. 완전한 패배를 인정하고 전의를 상실한 채 그렇게 초월적 존재에게 의지하기 시작했다.

다행히도 그분은 저 필요할 때만 찾아와 온갖 투정에 원망을 서슴지 않는 나 같은 비루한 신자도 기꺼이 포옹해주셨다. 혼자 있다는 고독감에서 누군가와 소통하고 있다는 확신에 이르자, 나는 내가 대학에 입학하지 않

아도 하등 두려울 게 없다는 생각에 다다랐다. 서서히 내 신체와 삶의 방식이 완전히 새롭게 짜이는 듯한 체험을 했다. 난 그저 그 당시에 내가 할 수 있는 최선을 다했을 뿐이었는데, 이전에는 할 수 없다고 생각했던 일들을 할 수 있게 되었다.

누군가는 이것이 내 마음가짐의 문제라고도 하지만, 나는 구원을 받았으므로 그분의 도우심이라고 말할 수 있는 것이다. 하여 나는 당시로서는 한 번도 생각해보지 않았던 대학—그만큼 굉장한 대학이라기보단 말 그대로 내가 가게 될 거라고 한 번도 상상하지 않았던 대학—에 입학해, 전혀 계획에 없었던 길로 '인도'되었다.

이때부터 나는, 그 어떤 일이 벌어져도 그렇게 당황하거나 불안해하지 않는 느긋한 성격으로 변하기 시작했다. 마치 인생의 가장 큰 고비인 것만 같은 문제가 내 앞에 있다고 해도, 지구 밖에서 보는 분에게 그것은 얼마나 하찮은 것일까 싶은 것이다. 그리고 나는 먼 미래를 미리 가늠해보지 않는 사람이 되었다. 대학교에 입학하고, 그 이후 내 앞에 펼쳐지는 수만 갈래의 길을 지나치면서, 미리 앞날을 계획하고 걱정하는 것은 그다지 유용한 일이 아니라는 것을 체득했다. **이렇게 어떤 결정적인 체험을 하고 나면 삶의 방식이 온전히 변화하게 된다.**

3. 진실을 쓸 수 없는 글, 그 너머의 상상력

두번째 결정적인 체험은 정말 뜻밖의 순간에 일어났다. 대학교 사학년 이학기. 졸업을 앞둔 마지막 학기에 훌륭한 리포트와 논문으로 학업성취도를 높이려는 건전한 욕구로 가득했던 나는, 닥치는 대로 읽고 쓰고 생각하는 바람직한 시절을 보내고 있었다.

그러던 어느 날, 김연수의 『나는 유령작가입니다』에 실린 중편소설 「다시 한 달을 가서 설산을 넘으면」의 문체 분석을 하라는 리포트 과제를 받았다. 친구 몇 명과 나는 과사무실에 모여, 소설을 프린트해 밑줄을 쳐가며 소설을 분석하기 시작했다.

그 소설은 이전에 한번 우연히 접한 적이 있었으나, 첫 페이지부터 나오는 『왕오천축국전』의 한자어에 눈이 캄캄해져 세 페이지를 못 넘기고 덮은 소설이었다. '완전히' 어렵겠다, 는 답을 내놓고 읽어서 그런지 읽고 나서도 좀체 맥락을 잡기가 어려웠다.

5·18과 『왕오천축국전』이 왜 한 맥락에 있는 것이냐는 등, '나'가 '그'

인 줄 알았는데 아니었다는 등의 이야기를 나누고, 우리는 서로 아무것도 이해하지 못했다는 것을 확인했다. 곧 우리는 이해의 실마리를 먼저 발견해 득의양양하게 해석해주고 싶다는 욕구에 불타올라, 마치 숨겨진 비밀문서라도 해독하듯 경쟁적으로 텍스트를 읽어내기 시작했다.

방법이 없었다. 읽고 또 읽는 수밖에는. 물론 장편소설이 아니었기에 가능한 일이었지만, 언제 이렇게 텍스트를 열심히 읽었나 싶을 정도로 소설을 '읽어댔다'. 무언가 잡힐 듯 말 듯, 알 듯 말 듯 유혹하는 텍스트가 어쩐지 도전적으로 느껴지기만 했다. 밑줄을 그어대던 연필 심끝이 뭉툭해졌을 쯤, 다 읽은 소설을 내려놓았고, 다시 한번 읽기 위해 첫 장을 폈을 때였다.

그 순간, 아주 놀랍게도 소설 속의 단어들이 머릿속에서 명료하게 재배치되기 시작했다. 모든 단어와 문장이 하나의 주제를 향해 맹렬하게 달려가고 있음을 느꼈다. 정말이지, 이 글을 읽고 있는 사람은 '대체 이게 무슨 말이야, SF도 아니고!' 라면서 투덜거릴 수도 있겠지만, 실로 놀라운 독서 '체험'을 했다.

첫 페이지에서부터 마지막 페이지까지 모든 구절과 단어 들이 한 방향으로 배치되어 글을 읽어가는 눈길을 만들어나갔다. 그 순간 나는 텍스트와 내가 대화를 하고 있는 듯한 기분에 취했다. 명료해지는 느낌. 가슴에 팍 안기는 느낌. 이것은 이때껏 그 어떤 소설을 읽었을 때도 경험해보지 못한 그런 놀라운 재미였다. 소설의 세세한 결이 나를 스쳐 지나가는 그런 느낌!

이 소설은 처음부터 끝까지 소통 불가한 상황을 보여주고 있다. 소설의 배경이 되는 1980년대는 군사독재 시절로 정부가 시민들과의 소통을 거부하고 힘으로 제압하던 시대였다. 그러한 사회적 배경 속에서 주인공인 '나'는 가족들과도, 원정대 팀에서도 홀로 동떨어져 있는 상태다. 그는 시대와 어울리지 않는 연애소설을 쓰면서 더욱 고독한 존재로 변해가고, 겨우 욕설로 자기의 말을 내뱉었을 때도, "닥쳐, 닥쳐! 이 새끼야, 닥쳐!"라고 단번에 제지당한다.

소통하지 못하는 상황은 짐작과 상상을 불러일으킨다. 이때 짐작과 상상은 진실일 수도, 아닐 수도 있는 것이기에 오해를 불러일으키기도 하고, 해석을 요구하게 된다. 첫 장면부터 등장하는 『왕오천축국전』과 씌어진 책들이 그러하다. 이미 씌어진 것들은 상호간의 소통이 불가하다. "나는 이렇게 썼다"로 시작하는 첫 문장은 그래서 의미심장하다. 우리는 그저 씌어지지 않은 것, 씌어질 수 없는 것에 대해 해석할 수밖에 없다. 그렇게 '나'는 '그'와 그의 시간을 해석해나간다.

세상엔 말할 수 있는 것만큼 말해질 수 없는 것이 많다. 사랑, 아픔 등 우리의 감정을 낱낱이 '진실되게' 말하는 일은 애초에 불가능한 일처럼 느껴진다. 진실만을 쓰기 위해 감정적인 것을 배제하고 사실(fact)만 언급한다고 해서, 그 감정이 고스란히 씌어질 수 있을까? '그녀에게 있어서의 나의 존재' '유서를 썼을 때의 그녀의 심정'은 정확하게 알 수도, 납득을 할 수도 없기 때문에 사실이 될 수 없다. '정상을 오른 것'이라는 사실은 기록될 수 있지만 '육체적 한계를 넘어선 지점'은 기록될 수 없다. 그렇다면, 과연 사실(fact)이 진실일까?

그래서 그는 벌거벗은 산 '낭가파르바트'에 오른다. 마치 수사 하나 덧붙이지 않은 사실(fact)이라는 개념의 시각적 이미지처럼 느껴진다. 하지만 결국 그 등정 역시 실패하고 만다는 점이 의미심장하다.

하지만 과연 그렇다고 해서, 씌어지지 않은 것에 진실이 있을까?

원문이 사라졌으므로 우리가 상상하는 모든 문장은 원문이 될 수 있었다.

결국, 씌어지지 않은 것 역시 진실이라고 말할 수 없다. 그것 역시 '알 수 없는 것'이므로, 상상력과 추측을 발동시킬 뿐이다. "『왕오천축국전』의 원문을 상상하면서 주석을 다는 나나, 내 일상을 상상하면서 괴로워하는 그나 서로 목숨을 의지하면서도 서로의 마음을 이해하지 못한 채 그저 짐작만 할 뿐인 원정대원들이 모두 마찬가지"라고 한다. 사람들은 누구나 씌어진 것과 씌어지지 않은 것, 진실과 진실이 아닌 것이 혼동된 상태에

서 살아가고 있다. '그저 상상할 뿐이다.'

그는 내가 모든 것을 이해한다고 말했지만, 내가 이해하는 것은 다른 사람들도 다 이해하는 것이다. 주석을 다는 행위는 그런 것이다. 주석이란 선택할 수 있는 많은 해석 중에서 가장 많은 사람들이 합당하다고 생각하는 해석을 채택하는 일에 불과하다. 거기에는 그 어떤 진실도, 상상도, 이해도 없다.

주석을 다는 해석자인 '나'의 절망 깊숙한 곳에, 작가 자신의 절망까지 이어져 있는 듯 느껴졌다. 가장 깊숙한 울음을 느끼는 지점도 바로 이 부분이었다. 글은 결코 진실을 말할 수 없다. 씌어진 것은 소통할 수 없다는 것을 명백히 밝혀두지만, 결국 작가는 끊임없이 진실되지 않은 도구로 글을 써야 하는 숙명을 지녔다. 이것은 얼마나 아이러니한가.

어느새 나에게는 작가 김연수와 해석자인 '나'와 '그'가 뒤섞여, 글로써 진실에 닿고자 애를 쓰는 그 사람과, 아무리 글을 써도, 해석해도 진실에 닿을 수 없다는 절망을 안고 있는 그 사람 모두가 겹쳐 보였다. 그리고 그것은 이제 어떻게 쓸 것인가의 문제로 내 앞에 놓여 있는 것이다.

소설을 해석하던 그날 밤, 짧고도 길었던 밤을 아마 나는 잊지 못할 것 같다. 그렇게 절망을 발견했지만, 금세 '나'처럼 진실을 상상할 수 있게 되었다. '낭가파르바트 봉우리는 모든 고통과 슬픔과 절망을 고스란히 받은 채 벌거벗고 있다.' 그리고 그는 그 슬픔과 절망 속으로 걸어가 따뜻하게 감싼다. 진실과 거짓이 혼재된 어지러운 이 현실 속에서, 우리가 상상 말고도 따뜻하게 감싸고, 안아줄 수 있는 일을 할 수가 있다.

그때 그는, 우리는 도달하게 된다. 바로 거기. 한 달을 가서 설산을 넘으면 갈 수 있는 곳, 문장이 끝나는 곳, 더이상 이해하지 못할 바가 없는 곳, 모든 여행이 끝나는 세계의 꿈. 다시 꿈이 시작되는 그곳에 말이다. 그렇게 나는 깊은 위안을 받았다.

4. 책을 읽어가는 즐거움

책을 읽는 행위는 마치 문을 두드리는 것과 같다. 특히 소설책은 사회과학책처럼, 사실을 알려주려는 책처럼 명료한 언어로 씌어 있기 않기 때문에 더욱 그렇다. 소설이 진짜 하고 싶은 말을 듣기 위해서는 여러 번 읽으며, 소설과 독자 사이에 문을 두드려야 한다. 때때로 나와 소설의 주파수가 딱 맞아 단번에 내게 제 본심을 꺼내놓는 소설을 만나기도 한다. 그리고 아무리 두드려도 도무지 내가 해석할 수 없는 언어와 주파수만 흘려놓는 경우도 있다. 이렇게 생각하니 소설을 읽는 일이 훨씬 재미있다고 생각했다.

적어도 나는 이미 한 번 해보았으므로, 굳게 닫혀 있는 다른 소설의 문을 여는

일도 잘할 수 있겠다는 자신감도 얻었다. 「다시 한 달을 가서 설산을 넘으며」는 소설 자체가 주는 내용적 즐거움도 무척이나 크고 풍족했지만, 내게는 그 소설을 읽어내려가는 과정이 더욱 특별한 기억으로 남아 있다.

누군가 내게 언제부터 진짜 소설을 읽기 시작했냐고 묻는다면, 이제껏 읽은 책 중 글 읽기에, 삶에 결정적 영향을 끼친 책이 무엇이냐고 물으면, 아마 난 이 소설을 떠올릴 것이다. 이 소설 덕분에 내 삶에 있어 소설은 이제 다른 차원의 어떤 것이 되었으니까. 어제의 소설과 오늘의 소설이 더이상 내게 같은 의미가 아닌 것이 되었으니까 말이다.

06

그때 책이 내게로 왔다

안또니우스 http://blog.yes24.com/ahn8197

블로그 축제 우수상

01

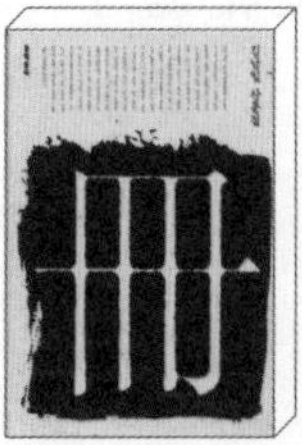
02

03

04

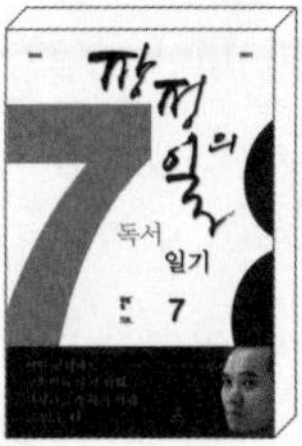

05

01 **방법서설** 르네 데카르트 | 다락원 | 2009
02 **책冊** 김남일 | 문학동네 | 2006
03 **행복한 책읽기** — 김현의 일기(1986~1989) 김현 | 문학과지성사 | 2002
04 **월든** 헨리 데이비드 소로우 | 강승영 옮김 | 이레 | 2004
05 **장정일의 독서일기7** 장정일 | 랜덤하우스코리아 | 2007

1. 고1 윤리시간 : 무너진 지적 오만, 드디어 알을 깨고 나오다

선천적이라 하면 의아하게 여기겠지만, 좋아하는 정도를 넘어 끊으려야 끊을 수 없는 질긴 인연으로 책과 이어지게 된 까닭을 더는 명료하게 내세우기 어려울 것 같습니다. 어느 때부턴가 거의 본능적으로 책이 흡인하는 강력한 힘에 빨려들어 부지불식간 그 자장 안에 머물게 되었기 때문입니다. 내게 다가온 그것을 운명처럼 받아들인 것이죠. 그러기에 애초부터 진입장벽이란 말은 무색했다 할까요. 조금의 준비과정이나 망설임도 없이 책이 펼치는 신비로운 지경으로 나아갔던 것입니다. 즐거운 놀이마냥 삶의 한 부분으로 자연스레 자리매김된 것이지요. 그래서인지 책이라면 버벅거리며 고개부터 절레절레 흔드는 또래들이 우습게 보였습니다. 그들보다 한두 수쯤은 너끈히 앞서 있다는 우월감으로 잔뜩 힘이 들어가기도 했고요. 스스로 지존이라 믿어 의심치 않았던 거죠.

그렇게 하늘 높은 줄 모르던 고등학교 일학년 때였습니다. 윤리시간에 좀처럼 보기 드문 강의로 명성이 자자하던 선생님 수업을 듣게 되었지요. 설레는 맘으로 수업에 참여하고 있던 어느 날이었습니다. 선생님이 서양 근대철학에 관한 내용을 가르치면서 **데카르트의 『방법서설』**에 대해 얘기를 꺼내더니만 느닷없이 이 책 읽어본 사람 있으면 손들어보라고 하셨습니다. 책에 관한 한 최고라고 자부하고 있던 차에 듣도 보도 못한 독서 경험을 묻는 것이어서 당연히 손드는 사람이 아무도 없을 줄 알았더니만 웬걸, 한 아이가 나서는 게 아닙니까. 그것도 과시하듯 우쭐거리며 기고만장한 모습이 아니라 고요히 손을 들더니 두런두런 얘기를 풀어나가기 시작했고요. 어떻게 저럴 수가 있을까 경탄이 나올 정도였습니다. 그후론 물론 선생님과 그 아이 둘만의 대화가 한동안 오갔을밖에요. 마치 그 공간에 다른 이들은 아무도 없기라도 한 것처럼 말입니다. 시간이 정지된 듯 아득했던 기억이 아직도 새롭습니다. "코기토 에르고 숨(Cogito ergo sum)" 같은 원어가 등장하는 것은 물론 온통 암호 같은 이야기들뿐이어서 도무지 범접하기 어려운 신성불가침의 아성을 바라보는 듯했지요. 일순 까무룩하게 의식을 놓을 뻔했던 것도 같습니다. 부러우면서 서럽고 안타깝기도 한 그 시간이 왜 그리 길던지요. 싸아하게 밀려오던 소외감, 그 속엔 이제 자칭 지존의 자리를 미련 없이 내주어야 할 때가 왔다는 각성도 묻어 있었습니다.

다음날부터 그 아이에게 의도적으로 다가갔습니다. 고맙게도 그런 내 마음을 물리치지 않고 곁을 선뜻 내어주더군요. 알고 보니 그 아이는 속칭 '도서관 학파' 였습니다. 하여 나도 기꺼이 도서관 지킴이가 되기로 마음먹었습니다. 물론 열람실에서 학과공부에만 전념하는 독서실족이 아닌 서고를 기웃거리며 책의 내밀한 속살을 엿보곤 하는 순수 도서관족으로 말입니다. 바야흐로 도서관 학파 둘의 전성시대가 열린 것이지요. 그렇게 약간은 겉멋이 든 채 그 아이를 따라 도서관을 누비다보니 한국단편문학선집 정도나 읽던 나에게 역사나 철학 같은 심오한 책들이 눈에 들어오기 시작했습니다. 새로운 세계가 서서히 열리고 있었던 것이지요. 그때의 경이로움이라니. 우선 그 아이에게 끌린 연유가 되었던 『방법서설』부터 집어들었습니다. 그런데 이게 웬일입니까, 여간 만만찮은 게 아니더군요. 그 비밀스런 고갱이를 좀처럼 내보이지 않았던 것입니다. 나의 직관력 정도로는 어림없는 미답의 영역이 즐비했던 것이지요. 책이 내게 이럴 수는 없다고 속으로 항변해보았지만 달리 어쩔 도리가 없었습니다. 높디높은 벽을 느낄밖에요. 나의 처참한 지적 수준에 대해 비로소 냉정하게 돌아볼 수 있게 된 것이지요. 불끈 오기가 치솟았습니다. 정면돌파, 그때 속으로 무수히 되뇐 말입니다. **터무니없는 자존의 막 안에 홀로 군림하던 내가 알을 깨고 미지의 지평으로 막 나아가는 순간**이었지요.

2. 대입 재수 기간: 기존의 사고틀로는 다가가기 어려운 지점, 비주류의 세계를 접하다

누구든 기존의 방식을 고수하려는 안이한 태도를 갖기 쉽습니다. 그것이 물질적인 것이든 의식에 관련된 것이든 말입니다. 특히 정신적인 사고틀은 한번 짜이면 교정하기가 여간 어려운 게 아닙니다. 그런데 어떤 계기를 만나면 극적으로 지향을 바꾸기도 하지요. 내게도 그런 순간이 있었습니다. 고등학교를 마친 다음 대학을 준비하는 것도 아니고 그냥 노는 것도 아닌 어정쩡한 상태, 잠재적 대입 준비생 시절이었던 것 같습니다. 주제에 사람들, 그것도 의식 있는 이들과의 교유는 끊이지 않았지요. 그때 외모에서부터 지적인 면에 이르기까지, 심지어 인간적인 심성조차 드높고 빼어나 모두들 선망하던 선배가 있었습니다. 그 선배를 대구 모 공원 안에 있던 시립도서관에서 종종 보곤 했지요. 그런데 그 선배가 더욱 제 눈길을 끌었던 것은 늘 문고본 두 권을 들고 다녔기 때문입니다. 곁눈질로 표지를 넘겨다보니 **박현채님의 『민중과 경제』**와 **한완상님의 『민중과 사회』**였습니다. 그즈음 시리즈물로 간행된 듯하더군요.

그 모습을 볼 때마다 대체 그 책이 얼마나 매력적이기에 선배가 저렇게 애지중지할까 궁금했습니다. 하여 어느 날 용기를 냈지요. 선배에게 부탁하여 그 책을 빌린 것입니다. 재수생의 본분을 한참이나 일탈한 것이었죠. 얇고 작은 책이어서 처음엔 개론서 정도로 알고 가볍게 훑어보려 했는데, 그게 아니었습니다. 도무지 읽히지 않았습니다. 고1 때부터 데카르트의 『방법서설』이니 니체의 『차라투스트라는 이렇게 말했다』 등 웬만해서는 소화하기 어려운 책을 비록 겉핥기 정도이기는 하지만 접해본 바가 있어, 어떤 책이라도 거리낌 없이 다가갈 수 있다 자부하고 있던 나였습니다. 그런데 우리나라 학자가 우리말로 펴낸 평범해 보이는 책인데도 전혀 감이 잡히지 않아 막막하기 이를 데 없었던 것입니다. 특히 『민중과 경제』는 더욱 그러했습니다.

왜일까 한참을 고민했던 것 같습니다. 시간이 꽤 흐른 뒤에야 그것은 문체나 내용의 난해함 때문이 아니라 그간 배워왔던 경제 지식과는 지향점이나 지적 배경, 이론적 전제 등이 근본적으로 다른 데 있다는 것을 깨닫게 되었습니다. 그 책은 바로 정치경제학 계통의 입문서였던 것입니다. 하니 학교 수업을 통해 주류 경제학의 세례를 듬뿍 받아 이미 그 세계에 길들여져 있던 나의 논리구조로 순순히 들어올 리 만무할밖에요. 하여 이번에는 기존의 사고틀을 개입시키지 않고, 그리하여 가치판단이나 나름의 분별력도 발휘하지 않고 그냥 오롯이 받아들이리라 마음먹고 다시 읽어보았습니다. 그랬더니 신기하게도 조금씩 읽히는 게 아닙니까. 하여 좀 더 주의 깊게 몰입했더니 어느 순간 의미가 명료하게 쏙쏙 들어오며 머릿속이 환해지기 시작했습니다. 바로 그때 **주류 경제학의 그것과는 차원이 다른 정치한 이론 틀에다가 따스한 인간미까지 배어 있는 것이** 생생하게 느껴졌습니다. 단번에 빨려들게 되었지요. 그후부터 『전후 30년의 세계 경제 사조』, 증보판 『민중과 경제』와 『농업경제론』 등을 섭렵하며 박현채님이 펼쳐둔 드넓은 지평으로 서슴없이 나아가 그를 사숙하는 지경에까지 이르게 되었습니다.

대학 진학 시에는 조금의 망설임도 없이 경제학을 선택하였고 이제 어쭙잖게도 아이들을 가르치는 일을 업으로 삼게까지 되었습니다. 비록 경제학의 본령은 고사하고 그 언저리에도 이르지 못한 얼치기에 불과하지만 그때의 충격과 감동의 여운이 아직도 고스란히 남아, 경제학이 가슴으로 다가가야 할 따스한 학문임을 마음판에 깊이 새겨두고 있습니다. 그리고 생각처럼 잘되지는 않지만 이러한 깨달음을 머리보다 먼저 가슴으로 나눠주며 손발로 실천하려 늘 다잡고 있기도 합니다.

3. 김남일의 『책』을 읽고 : 책과의 운명적인 조우를 추체험하다

한때는 잘 읽히지 않는 책이라도 기어이 독파해내고야 말겠다는 열망으로 몰입하곤 했습니다. 그런데 이젠 그런 정열이 많이 식었음을 문득문득 깨닫고 나의 청년 시절도 어느새 저물었구나 하고 자인하곤 합니다. 하여 그 푸르던 날 패기만만하던 때처럼 책과 직접 대결하여 쾌감을 느끼기보다는 감명 깊은 독서 경험을 한 이들의 후일담이나 지적 편력에 관한 책에 손이 먼저 가게 되었다고 할까요. 그리고 그 재미도 여간 쏠쏠한 게 아닙니다. 단단히 맛을 들였지요. 그런 것 중에서도 책으로 살고 죽었던 **김현의 『행복한 책 읽기』**나 남독이라 할 만큼 다분야의 책을 섭렵하기로 유명한 **장정일의 『독서일기』** 등이 눈길을 끌었습니다. 하지만 나름의 매력이 있긴 해도 왠지 딱 이거다 싶지는 않아서 나의 내면이 흔쾌히 받아들이지 않고 멈칫거리고 있음을 알아차렸지요. 그러던 어느 날 우연히 집어든 한 권의 책에서 흘러나오는 강렬한 전류에 그만 저릿하게 얼어붙고 말았습니다.

청년의 발 앞에 누렇게 색 바랜 신문지 한 장이 굴러왔다. 청년은 우연히 그 신문지를 주워들었다. 읽는 둥 마는 둥 하던 어느 순간, 숨이 콱 멎었다. 「사평역에서」라는 신춘문예 당선 시였다. (……) 청년은 쿵쾅거리는 가슴을 어쩌지 못했다. (……) 눈앞에 무엇인가 전혀 새로운 물상이 보이는 듯싶었다.

청년은 얼른 방 안으로 들어갔다. 일기장을 꺼내 정신없이 쓰기 시작했다. 가슴속을 콱 메우고 있던 커다란 덩어리가 한꺼번에 녹아내리는 것 같았다. 울었을까. 만일 그랬다면, 그것은 슬픔과는 전혀 다른 종류의 감정 때문이었을 것이다.

이듬해, 아니면 그 이듬해 청년은 작가가 되었다.

시 한편이 생을 바꿨다고 말한다면 거짓일 것이다. 그러나 누구든 생의 어느 갈피인가에는 시 한 편이 숨어 있을 것이다. _김남일, 『책』, 94~95쪽

그러면서 그때 내게로 왔던 『방법서설』과 『민중과 경제』가 겹쳐지는 게 아닙니까. 내게 각별한 의미로 다가왔던 그것들처럼 청년 김남일에게도 「사평역에서」 등속이 오늘의 그를 있게 한 원천이 되었던 것입니다. 존재를 규정하는 의식이 그렇게 스며든 것이지요. 어느 날 문득 다가와 새로운 세계에 눈뜨게 하고 그 이후 삶의 방향을 극적으로 선회하도록 만든 것입니다. 그 마력이라니.

김남일의 『책』은 이렇게 책과의 실존적 만남, 운명적 조우의 감격을 직접 독파하지 않고도 간접적으로 추체험해볼 수 있게 합니다. 자신의 진짜 이야기를 군더더기 없이 풀어나가고 있는 김남일을 좇다보면 어느새 그의 내면과 교감하며 동조하는 지경에까지 이르게 되어 마치 내가 책을 읽고 있는 듯 생생하게 다가오기 때문입니다.

김남일에게 더욱 마음결을 빼앗기게 되는 것은 애써 숨기고 싶을 어두운 구석까지 주저 없이 드러내기 때문입니다. 자신의 행동과 그 시절의 상황에 대한 뼈저린 성찰과 회한마저 고스란히 말입니다. 이런 결곡한 영혼이 또 어디 있을까요.

『월든』을 읽은 충격으로 그간 일관되게 지녀왔던 이념적 지향이라 할 수 있는 휴머니즘이 전부가 아님을 벼락같이 깨닫고 자신의 짧음을 절감했다든지, 또 존재의 자양분을 공급받는 유일한 통로라고 여겼던 책을 통해 인간의 소리를 듣는 것보다 자연의 소리를 듣기 위해 때론 책을 놓아버려야 한다는 원초적인 권고를 아프게 받아들였던 기억 같은 것 말입니다. 압권은 『전쟁의 슬픔』을 읽고 베트남 인민의 승리도 결국 한 개인에게는 엄청난 파괴와 이로 인한 트라우마만을 남겼음을 뒤늦게 알게 되어 민족민주진영의 역사 발전에 대한 확신마저 의미 없게 여겨지는 참담한 경험까지 하게 되었음도 솔직하게 밝히는 대목입니다.

이렇게 절절하게 울리는 내밀한 고백을 듣고서 어찌 김남일이 이끄는 그 아릿한 세계로, "사이렌에 이끌리는 율리시스처럼 어떤 압도적인 힘"

(160쪽)의 자장 안으로 빨려들지 않을 수 있겠습니까. 하여 그 소용돌이에 휘말려 하염없이 젖어들밖에 다른 도리가 없게 됩니다. 그러니 그의 책 읽기가 바로 나의 그것이 될밖에요. 이렇게 음미하는 가운데 자연스레 내게 다가왔던 책들과의 짜릿했던 만남의 순간도 더불어 반추하게 되었던 것입니다.

『방법서설』이 그랬고 『민중과 경제』가 또한 그러했습니다. 그 외에도 오늘 나의 존재를 규정하고 있는 의식의 원천이 뭇 책에 닿아 있음을 뼈저리게 절감합니다. 그러니 나의 나됨을 있게 한 책들에게, 또 그 책을 매개로 이어졌던 소중한 인연들에게 어떻게 고마운 마음을 전해야 할까요?

07

내 삶을 좌우한 『태백산맥』

패니래인 http://blog.yes24.com/painbird76

블로그 축제 우수상

태백산맥
조정래 | 해냄 | 2007

: 조정래

천만 부 돌파라는 한국출판 사상 초유의 기록을 세우며 민족의 소설로 우뚝 선 대하소설 3부작 『태백산맥』 『아리랑』 『한강』을 통해 한국의 수천만 독자들에게 벅찬 감동과 희열을 안겨준 이 시대의 거장. 『태백산맥』은 한반도가 해방과 분단을 맞은 1948년부터 6·25전쟁 휴전 후 분단이 고착화된 1953년까지를 배경으로 한 작품이다. 20세기 한국인에게 가장 큰 영향을 미친 소설로 주목받아온 이 작품은 이념의 대립으로 인한 민족 분단의 아픔을 문학으로 승화시킨 치열한 작가정신으로 한국문학사의 독보적인 위치에 오르게 되었다.

초등학교 육학년 때, 누이가 한 사내를 집에 데려왔다. 혼인을 허락받기 위함이었다. 출판사에 다니던 그 사내는 어린 내게 이것저것 물었다. 공부는 잘하느냐, 좋아하는 과목은 무엇이냐는 등. 공부는 중간에서 뒤쪽을 기었고, 골목대장을 자처하던 난, 대개의 그 나이 어린이답게 체육을 좋아한다고 말했다. 사내는 국어를 잘하느냐고 물었다. 난 당연히 못한다고 대답했다. 사내는 방금 전의 살가움은 온데간데없이 어떻게 국어를 못할 수 있냐고 나를 나무라는 듯 말했다. 난, 어떻게 처음 본 사람이 갑자기 나를 꾸짖을 수 있는지 서러운 듯 울었다. 그날 흘렸던 눈물을 이십오년여가 지난 오늘도 난 기억한다.

그 사내는 얼마 지나 내 매형이 되었고, 난 보란 듯 국어에 매달려, 중학교 땐 문예반에 들 정도로 국어와 친해졌다. 처음엔 착한 누이를 훔쳐간 못된 매형이 싫어서 파고든 공부였는데, 어느덧 제일 좋아하는 과목이 되었다. 그 이후 매형과 한결 가까워졌지만, 몇 년 전의 그 '트라우마'를 잊을 수 없었다. 난 쉽게 그에게 곁을 주지 않았다. 내가 아직도 그 일로 당신에게 화가 나 있음을 그에게 알리고 싶었으나, 정작 그는 관심도 없는 듯 볼 때마다 국어 잘하느냐 물었다. 난 전생에 국어 못해 죽은 귀신이 있나, 하고 되묻고 싶었으나, 그저 네, 라고만 말했다.

서울서 직장생활을 하던 누이와 매형은 한 달에 한 번 우리집엘 왔다. 매형과 누이가 온다고 하면, 기분이 묘했다. 왜 이렇게 자주 와, 엄마에게 짜증 섞인 투로 얘기했으나, 올 때까지 시간은 참 더뎠다. 처가에 온 매형의 손엔 늘 서류봉투가 들려 있었다. 은근히 지적으로 보였다. 몰래 들여

다본 그 속엔 한겨레신문과 『출판저널』, 원고지 몇 장, 플러스펜 등이 들어 있었다.

그러던 어느 일요일, 열차시간에 늦어 급히 상경을 하느라 매형은 서류봉투를 깜박 놓고 갔다. 그 속에는 책 한 권이 들어 있었다. 조정래의 『태백산맥』이었다. 난 남의 일기장을 훔쳐보는 것처럼 그것을 집어들었다. 그 책이 한 사람의 인생을 바꾸게 될 책이라는 사실을 나도, 매형도 몰랐을 것이었다. 당시 자주 들르던 동네 서점을 통해 우연히 박세길의 『다시 쓰는 한국현대사』를 읽고 이미 조금씩 '의식화'의 길로 접어들고 있던 난, 쉽게 『태백산맥』의 숲속으로 발을 들였다. 그날 1권을 다 읽자 날이 밝아 있었다. 정하섭과 소화가 하룻밤을 보내는 대목에서 가슴이 마구 쿵쾅거렸다. 2권을 안 사고는 못 배겼다. 결국 문제집을 사야(산다고 말해야) 했다. 그렇게 한 권씩 10권까지 다 읽고 나니 어느덧 중3 여름방학이 끝나 있었다.

그렇게 태백산맥의 첫 종주를 마쳤다. 여순사건에서 시작해 한국전쟁에서 끝난 소설의 역사적 무대에 대해, 나름의 판단과 인식을 할 식견이 내겐 없었다. 과문한 나이에 과분한 글을 읽었으니, 이처럼 남은 것이 그리 많지는 않았으나, 강렬한 전라도 사투리의 인상만은 뚜렷했다. 경기 태생인 탓에, 평소에 듣지 못했던 전라도 사투리를 문자로 처음 접했을 때, 마치 외계어(가 있다면)를 본 느낌이 들 정도 생경했다. 그러나 이것도 잠시, 10권을 다 읽을 즈음에는 말끝에 '~잉'이라고 붙는 그 사투리의 특징이 정겨웠다. 아울러 수많은 등장인물에 압도됐다는 것도 일러둬야겠다. 대하소설을 처음 읽은 나는, 염상진, 염상구, 김범우, 하대치, 정하섭, 소화 등을 제외한 다른 등장인물이 언급될 때, 그를 파악하고자 앞뒤를 왕복해가며 난독했다. 수많은 인물과 사건을 씨줄과 날줄로 엮어 현대사를 복원하고 싶었다는 저자의 말뜻은 세번째 종주를 마친 뒤에나 알았다. 좀 일찍 알았으면 태백산맥 종주를 중간에 포기했을까, 아마 그렇지는 않았을 것 같다. **『태백산맥』은 우리 현대사에 대한 이야기인 동시에 우리네 삶에 대한 이야기**였다. 인간군상의 음모와 암투, 사랑과 배신, 갈등과 충돌을 감칠맛 있게 그려냄으로써, 어린 독자에게 마치 추리소설을 읽는 듯한 긴장감도 더불어 선사했기 때문이다.

고2 겨울방학 때, 두번째 종주에 올랐다. 그 산맥 속에는 학교에서 배우지 못한 우리 역사가 있었으므로 학교에서 알려주지 않는 내 길도 있으리라 여길 정도의 깜냥은 못 됐고, 그저 다시 읽고 싶다는 생각에서였다. 공산주의가 절대악이라 가르친 반공주의 교육 덕분에 공산품이라고 씌어진 생필품을 볼 때마다 괜한 소름이 돋았던 내가, 어느덧 '불온문서'에 정이 든 것이다. 『태백산맥』의 산자락을 어슬렁거리면서 왜 우리는 분단이 되었나, 왜 한국사회는 지금의 이 모양 이 꼬락서니가 되었나, 라는 물음이 솟구쳤고, 그에 대한 답이 책 속에 어렴풋이 보였다. 내가 『태백산맥』을 탐독한다는 것을 알게 된 매형과 이런저런 얘기를 나누다, 내 매형에게 이런 대단한 소설을 어떻게 쓸 수 있냐고 묻자, 그는 『태백산맥』은 80년대 만개한 진보적인 역사학에 빚지고 있다는 식의 말을 했다. 당시 별다른 꿈이 없던 난, 매형의 이 말을 듣고 처음으로 역사가라는 직업에 대해 고민했다. 두번째 종주를 하며 비롯된 한국사회와 현대사의 대한 관심은 결국 나를 사학과로 이끌었다. 그리고 한동안 종주를 하지 않았다. 『태백산맥』보다 더 섹시한 책들이 많았고, 역사학은 현실에서 왕왕 무력했다. 내가 다시 세번째 종주를 하게 된 것은 대학 졸업을 앞둔 사학년 여름방학 때였다. 다시 진로에 대한 선택을 할 시점이었다. 난 밀린 토익공부를 뒤로하고 다시 종주에 올랐다. 작정한 것은 아니었다. 책장 정리하다 우연히 펼쳐든 책에서 그녀의 편지와 낙서를 발견했기 때문이었다.

그녀를 처음 만난 것은 사학과 신입생 OT 때였다. 새내기 동기생 가운데 그녀는 대번 눈에 띄었다. 귀여운 얼굴에 수줍게 웃던 그녀를 눈여겨본 난, 뒤풀이 마치고 집으로 가는 길, 우연을 가장하여 그녀와 동행했다. 그리고 그날 밤, 난 그녀가 내 삶에 깊숙이 들어오리라는 것을 직감했다. 한 학기 동안의 내 집요한 구애 끝에 난 그녀와 CC가 되었다. 수업을 같이 듣고, 밥도 같이 먹고, 농활, MT도 같이 가고, 행복한 날들이었다. 그 사이 우린 많은 이야기를 나누었고, 난 그녀 앞에서 지적 허영과 치기 어린 허세를 부리곤 했다. 그때 수작을 부리면서 내가 빌려준 책이 『태백산맥』이었다. 난 아마 내가 이 책을 두 번이나 읽었으며, (점수 맞춰서 온 게 아니라!) 이 책 때문에 사학과에 왔노라고 힘주어 말했다.

난 세 학기 마치고 군대를 갔고, 그녀는 일병 때까지 면

회를 왔다. 상병이 되었을 때, 한동안 연락이 없던 그녀는 내게 소포를 보냈다. 그 속엔 내게 빌려간, 아니 내가 빌려준 『태백산맥』 10권과 편지가 들어 있었다. 미안하다며 헤어지자는 것이 주된 내용이었다. 잊을 수는 없을 것이라고 덧붙였다. 난 편지를 넣은 책을 다시 관물대에 넣었다. 말년 때 보안검열에 걸려 압수당할 뻔했지만 용케 그 책과 편지를 들고 제대했다. 책 속 그 편지를 다시 읽은 그날, 난 술을 먹었다. 그 편지는 죽은 줄 알았던 내 그리움에 불을 질렀고, 난 그녀와의 추억을 더듬듯 다음날부터 다시 종주에 올랐다. 한 달 반 후 세번째 종주를 마쳤을 때, 그리움은 다스릴 만한 것이 되어 있었고, 갈 길은 흐릿했다. 다만 이런 생각이 들었다. 역사학이 세상을 바꿀 수는 없지만, 역사학이 세상을 감동시킬 문학의 거름이 될 수는 있겠구나. 길은 정해졌다. 대학원엘 가는 것이었다. 도피가 주된 이유였지만, 학부 때 못(안) 한 공부에 대한 미련도 컸다. 난 곧장 현대사 석사과정에 진학했고, 그 이후 밥벌이 때문이긴 하지만, 『태백산맥』에 대한 보은을 한답시고 진실화해위에서 여순사건을 조사하며, 논문도 못 쓴 수료생으로 오늘도 허송세월하고 있다.

돌이켜보면 누구나 그러하듯 몇 번의 우연과 몇 번의 필연으로 지금 여기 내가 있다. 그 가운데 **『태백산맥』은 중요한 순간마다 내 삶을 좌우했다.** 『태백산맥』을 읽지 않았다면 난 어떤 삶을 살고 있을까. 돈이 되는 학과를 가서 취업을 했을까. 그럼 내 삶이 조금은 윤택해졌을까. 그렇다고 하더라도 지금의 난, 『태백산맥』의 그늘 아래에서 산 지난 세월을 후회하지 않는다. 세 번의 종주를 후회하지 않는다. **비록 생각대로 살지 못하고, 사는**

대로 생각하는 얼치기일지라도 그 산맥을 거닐면서 행복했으므로, 그 산그늘 아래에서 즐거웠으므로. 지금 난 그것으로 족하다. 훗날 내 역사학이 세상을 위로할 문학의 밑줄기가 될 수 있을까. 잘 모르겠다. 다시 네번째 종주를 시작해야겠다.

08

나의 외딴방, 나의 글쓰기

dreams214 http://blog.yes24.com/dreams214

블로그 축제 우수상

외딴방

신경숙 | 문학동네 | 2001

: 신경숙

존재의 텅 빈 심연을 응시하는 예민하면서도 따뜻한 시선, 삶의 미세한 기미를 포착해내는 울림이 큰 문체와 풍성한 묘사의 소설 언어로 인간과 세계에 대한 사랑과 연민을 그려냄으로써, 한국문학의 새로운 신화를 만들어온 작가 신경숙. 그가 오직 문학만이 보여줄 수 있는 힘과 깊이와 아름다움을 담아 선보인 『외딴방』은 '90년대 한국문학의 위대한 성취'로 일컬어지는 작품으로, 한 외로운 영혼의 진지한 행로를 따뜻하게 포용하고 있는 감동적인 노동소설이자 뛰어난 성장소설이다.

1

조금 전 『외딴방』을 다시 다 읽었다. 어지럽혀진 책상을 정돈하고, 자질구레한 쓰레기를 버리고, 커피 한 잔을 타서 방으로 돌아온 뒤 이 글을 쓰기 위해 컴퓨터 앞에 앉아 있다. 피식 웃음이 난다. 『외딴방』을 다시 읽기 직전까지, 근 한 달을 거시경제학 공부에 매달려왔던 나였다. 『외딴방』을 읽기 전까지, 거시경제학 복습을 다 끝내기 위해, 밖으로 놀러나가고 싶은 마음을 반으로 줄이고 책상 앞에 앉아 있던 나, 약속도 취소하고 책상 앞으로 다시 돌아왔던 나. 그 한 달의 '나'와, 『외딴방』을 손에 쥐고 있었던 며칠간의 '나'가 과연 같은 사람인가 싶어서, 두 명의 '나'가 너무 달라서 그냥 어리둥절하기도 하고 피식 웃음도 난다. 어느 '나'가 진짜 '나'에 가까운 모습일는지.

『외딴방』을 읽으며, 그 동안 단단하게 조여맸던 내 마음이 다 풀려버렸다. 마음 깊숙한 곳에 쑤셔넣고 또 쑤셔넣었던 어떤 기억들이 자꾸만 제멋대로 내 마음 한가운데로 들어와, 내 마음에 가득 차버린다. 현재에 충실하자며 책 한 글자라도 더 보고자 애쓰고, 마음이 약해질 때면 미래를 생각하며 다시 마음을 다잡았던 나는 스물스물 사라져버린다. 『외딴방』의 '나'에게 온통 마음을 빼앗긴 채 그녀의 이야기를 내 일기 읽듯 읽어가면서, 나는 자꾸만 뒤를 돌아보게 된다. 나의 과거를. 그리고 어떤 그리움.

『외딴방』은 십 년이 지나도록 작가에게 아프고 쓰라리고 깊은 상처로 남아 차마 정면으로 마주 볼 자신이 없어서 외면하고 또 외면했던, 그녀의 열여섯에서 열아홉, 그 사 년의 이야기이다. 열여섯의 그녀가 시골에서 서울에 올라와, 큰오빠와 외사촌과 셋째오빠와 함께 외딴방에 살았던 사 년. 다른 형제들 때문에 고등학교에 진학하지 못했던 그녀가, 서울에 올라와 직업훈련원에서 훈련을 받은 뒤 공장을 다니며, 회사에서 보내주는 산업체 특별학급 영등포여고 야간반을 다녔던 그 사 년. 그녀는 오후 다섯시를 가장 사랑했다. 공장의 힘든 근무가 끝나고, 교복으로 갈아입고 학교로 등교하던 시간, 그 오후 다섯시.

*

지난 2월 말의 나, 짐을 싸다 말고, 책꽂이 앞에서 고민에 잠겼다. 방학동안 대구 집에 있다가, 이제 다시 개강을 맞이하여 서울의 기숙사로 올라가기 위해 짐을 싸던 도중에. 이번에는 무슨 책을 가져가야 할까. 내가 샀던, 내가 읽었던, 내가 좋아하는 책들을 모두 기숙사로 또 가져갈 수는 없었다. 매번 짐을 쌀 때마다, 나는 행복한 고민에 휩싸인다. 이 행복한 선별작업을 오늘 또 하고 있다. 이번 선별작업의 기준은, 지난번에 서울에 가져갔다가 결국 읽지 않고 그대로 다시 가져온 책은 무조건 제외할 것. 그러다가 『외딴방』이 눈에 띈다. 책을 넘겨보다가, 내가 밑줄쳐놓은, 내가 접어놓은 한 페이지에서 멈춘다.

"열여섯에, 그 파란 대문 집 마루에 앉아 오빠의 편지를 기다리다가 내 발바닥을 쇠스랑으로 찍어버렸던 열여섯에, **나는 생은 독한 상처로 이루어지는 거라는 걸 어렴풋이 느꼈다. 그 독함을 끌어안고 살아가기 위해서는 무엇**

인가 순결한 한 가지를 내 마음에 두지 않으면 안 되겠다고. 그걸 믿고 의지하며 살아가야겠다고. 그러지 않으면 너무 외롭겠다고. 그저 살고 있다가는 언젠가 다시 쇠스랑으로 또 발바닥을 찍어버리겠다고."

그 페이지에 오래 멈춰 있다가, 다시 이번에는 천천히 페이지를 넘기다가, 또다시 어떤 페이지에 멈춰 선다.

"풍속화 속의 고독의 날들 속에서 내가 자주 힘겹게 떠올린 건 도시로 나오던 그날 밤, 외사촌이 보여준 사진집 속의, 아득한 밤하늘 아래, 별을 향해 높고 아름답게 잠든 새들이었다. 나, 그들을 내 눈으로 보러 갈 날이 있을 것임을 힘겹게 나에게 기약하며 그 풍속화 속에서의 나날들을 살아내곤 했다. 훗날, 살아가는 피로와 관계의 부재 속에 처절하게 외로워졌을 때도, 그날 밤 외사촌이 들고 있던 화보 속의 새들, 백로들. 숲속에, 밤이 온 숲속에, 마치 세상의 모든 일을 다 용서한 듯, 서로 올망졸망 기대어 숲을 아름다이 잠으로 뒤덮고 있던 백로들의 무리를 내 눈으로 보러 가겠다는 마음 버리지 않았다. 나, 언젠가, 기차의 창틀에 팔을 흔들리며, 눈앞을 가로막는 능선을 넘어서 가리라고, 절망과 고독의 날일수록 남몰래 나에게 기약하였다."

『외딴방』을 책꽂이에서 꺼내 굳이 이 구절을 확인할 필요가 없을 정도로, 내 마음에 고이고이 새겨놓았던 구절들이다. 이미 다 외울 대로 외워버린 구절인데도, 나는 이 구절들을, 이 페이지들을, 이 책을 놔두고 떠날 자신이 없어진다. 서울의 나의 외딴방, 기숙사 방에서 이 책과 함께하고 싶다. 결국 『외딴방』을, 택배 박스도 아닌, 가방에 넣고 『외딴방』과 함께 서울행 기차에 올라탄다.

*

그리고 지금, 서울의 나의 외딴방에서, 『외딴방』을 다 읽었다. 읽는 도중 무언가 이상하였던 느낌을, 책을 덮고 난 지금은 알 것 같다. 나는 분명히 저 문장들에 엄청 감명을 받아 내 가슴속에 새겨놓기까지 했는데, 왜 지금 다시 저 문장들을, 『외딴방』을 보는 동안은, 처음에 읽었을 때만큼의 감흥이 오지 않는지, 그것이 이상했다. 이젠 알겠다. 저 구절을 처음 본 순간부터, 처음 『외딴방』을 다 읽은 순간부터, 내게 저 구절은 더이상 『외딴방』의 한 구절이 아니었다. 그것은, 내가 처음 만나서 내 마음에 새긴 그 순간부터 어느새 나의 일부가 되어 나와 함께 살아왔던 것이다. 그래서 지금 내가 다시 저 구절을 만났을 때 무언가 새로운 것을 깨달았다는 감동을 받을 수가 없는 것이다. '아! 나도 앞으로 저 구절처럼 살아야겠구나'라는 생각 대신 '아, 내가 저 구절대로 몇 년을 살아왔구나'라는 생각을 하게 된 것이다. 그렇게 나는 나와 함께 살아온 내 마음의 촛불을 오랜만에 다시 바라볼 수 있었다.

『외딴방』의 열여섯, 열일곱, 열여덟, 열아홉의 그녀를 살게 한 건, 작가가 되고 싶다, 글을 쓰고 싶다는 그녀의 바람과 희망이었다. 학교에서 최홍이 국어선생님을 만나, 선생님이 "너 소설을 써보는 게 어떻겠니?"라고 말한 그 순간부터, 선생님에게서 조세희의 『난장이가 쏘아올린 작은 공』이란 책을 건네받은 순간부터, 그녀는 그 꿈을 기둥 삼아 살아간다. 공장의 컨베이어벨트 앞에서, 틈이 날 때마다 그 책을 노트에 옮겨 적으며 그녀는 꿈을 키워간다. 힘이 들 때마다 그녀를 지탱해준 것은, 언젠가는 이 외딴방에서 벗어나 작가가 되겠다는 꿈이다.

"그것만이 나를 지켜줄 거야."

그녀의 모습을 보며, 나는 지금의 나를 보고 있는 듯도 하고, 예전의 나를 보고 있는 듯도 하다. 지금의 나. 책상 위에 놓인 탁상달력을 바라본다. "흔들리지 말 것. 약해지지 말 것. 우선순위, Myself, Study!"라고 씌어 있다. 그래도 흔들리거나 약해질 때마다, 내 마음속으로 가만히 이 말을 되뇐다. '출발역에서 도착역까지.' 2월 말에 서울로 올라오는 기차표를 예매하는 웹페이지에, 출발역과 도착역을 입력하는 칸이 있었다. 출발역과 도착역. 가끔은 막막해질 때가 있다. 지금의 내가 어디에 있는지, 무엇을 하고 있는 건지, 무엇을 위해 살고 있는 것인지. 그럴 때, 조용히 나의 출발역과 도착역을 생각해본다. 쉽지 않았던 나의 대학교 출발. 그리고 몇 년 후에 도착할 나의 대학교 졸업, 그리고 나의 목표 성취. 그러고 나면 내가 지금 어디 서 있는지 조금은 뚜렷해지고, 나를 감쌌던 막막함이 걷힌다. 작가가 되겠다는 그녀의 꿈이 그녀를 지탱해주었듯, 나 또한 나만의 꿈이 나를 지탱한다.

예전의 나. 고등학생인 나. 대구의 내 방을 떠나, 더 넓은 세계, 서울로 꼭 가고야 말겠다는 꿈이 나를 지탱하고 있다. 매일 밤 열두시면 어김없이 나를 찾아오는, 라디오 DJ 유희열의 목소리를 들으며 그렇게 나는 꿈을 꾼다. 재수해서 들어간 대학교를 한 학기 다니고 휴학하고 다시 내 발로 대구로 내려와, 다시 반수 혹은 삼수를 시작한 나. 이제 나의 꿈은 선명하고 또렷하고 확실하다. 법조인이 되는 것. 재수할 때처럼 그저 마냥 대학생이 되고 싶은 것이 아니라, 이젠 확고하게 법대생이 되고 싶다. 대학교의 멋진 여름방학도 마다하고 내 발로 다시 학원으로 들어간 나는, 내 손으로 다시 책을 펼쳐들고 수학 공부를 하기 시작한다. 그 힘들었던 재수를 다시 내 뜻으로 시작하게 한 건, 법대생이 되고 싶다는 꿈, 법을 공부하고 싶다는 꿈, 나를 업그레이드하고 내 능력을 진정 최대로 발휘해 보고 싶다는 꿈, 오직 그 꿈 하나이다.

어쩌면 산다는 것은 그런 게 아닐까. 자신만의, 무엇인가 순결한 한 가지, 무엇인가 절대로 변하지 않는 한 가지를 내 마음에 두고 그것을 믿고 의지하며 살아가는 게 아닐까. 내게 그 '무엇인가'는 '나 자신'이다. 나 자신의 미래에 대한 꿈과 목표와 희망, 그리고 그에 대한 절대적인 믿음이다. 그리고 그 '무엇인가'를 품은 나를 지탱해주는 '누군가'는 나의 사랑하는 가족과 친구들이다. 내가 언제 어디에 있든 어떤 상황에 있든, 내가 웃고 있든 울고 있든 항상 나의 가까이에서 혹은 멀리서 함께해줄 그 누군가.

2

내게 글쓰기란 무엇인가?

작가는 『외딴방』의 처음과 끝에서 그렇게 묻는다. 어쩌면 이 책은 작가가 그 물음에 대한 답을 찾아가는 과정에 놓여 있는 건지도 모른다. 작가는, 『외딴방』의 그녀는 말한다.

"글쓰기란, 그런 것인가. 글을 쓰고 있는 이상 어느 시간도 지난 시간이 아닌 것인가. 떠나온 길이 폭포라도 다시 이 지느러미를 찢기며 그 폭포를 거슬러 돌아오는 연어처럼. 아픈 시간 속을 현재형으로 역류해 흘러들 수밖에 없는 운명이, 쓰는 자에겐 맡겨진 것인가."

열아홉의 여름에 그 외딴방에서 갑자기 뛰쳐나왔던 그녀는, 글쓰기를 통해, 다시 자신의 아픈 열여섯에서 열아홉의 과거와 마주한다. 어느 날 그녀가 좋아하던 희재 언니가, 시골집에 내려가려고 하는데 깜빡 잊고 방문을 잠그지 않았다며 그녀에게 저녁에 집에 돌아왔을 때 자기 방문을 대신 잠가달라고 부탁한다. 그렇게 그날 저녁 그녀는 희재 언니의 부탁대로 언니 방의 자물통을 채워주었을 뿐인데, 여러 날이 흐른 후 희재 언니의 그 남자가 방문을 부수고 들어간 그 방에는 희재 언니가 죽어 있다. 그렇게 그녀의 열아홉에 희재 언니가 결코 지워지지 않는 상처로 아픔으로 남아 있었기에, 그녀는 『외딴방』을 쓰기 전까지 그녀의 열여섯에서 열아홉, 사 년의 시간을 외면하고 또 외면해왔던 것이다. 『외딴방』의 그녀에게 육체로 목소리로 남아 불쑥 그녀를 고요하게 만드는, 그녀에게 지워지지 않는 한 이름, 희재 언니. 십몇 년 만에, 그녀는 자신의 글 속에서 희재 언니를 다시 만난다. 그리고 십여 년이 지난 지금에야 희재 언니를 그녀의 글 속에 띄워 흘려보낸다.

내게 글쓰기란 무엇인가? 지난여름, 캐나다 밴쿠버로 여행을 떠났다. 여행가방 속 맨 위에는, 나의 일기장이 있었다. 비행기에 올라타자마자 나는 내 일기장을 펼치고 일기를, 나의 글을 쓰기 시작했다. 밴쿠버에서 밤마다 나는 일기를 썼다. 새로이 느낀 것들, 깨달은 것들, 새로운 다짐들을 잊지 않고 잘 새겨두기 위해. 그리고 누군가가 절실히 보고 싶고, 눈물이 나고, 슬프고, 마음이 아플 때, 그 마음을 둘 곳이 없어서, 나는 내 마음을 글 속에 담았다. 캐나다 로키에서의 삼박사일간의 여행중에도, 나는 글을 썼다. 지금도 기숙사 책상 서랍 가장 아래 칸에는 지난 일기들이 있다. 그리고 나는 오늘밤도 어젯밤처럼 일기를 쓸 테지.

일기장을 가장 절실하게 찾게 되는 때는 마음이 어지럽고 슬프고 우울하고 힘들 때이다. 그럴 때 일기를 쓴다. 글을 쓰다보면, 어지럽고 울렁대던 마음이 가라앉기 시작한다. 그 글 속에 어지럽고 슬프고 여린 내 마음을 놓고 오기 때문인지도 모르겠다. 보람차고 기쁘고 가슴 벅찬 순간에도 꼭 일기를 챙겨서 쓴다. 이 기쁜 마음을, 벅찬 마음을 잊지 않고, 더 오래오래 간직하기 위해.

일기를 쓸 때, 그리고 지난 일기들을 다시 꺼내 읽을 때, 나는 그 순간 가장 온전한 '나'가 된다. 지난 일기 속에, 오늘의 일기 속에, 진짜 '나'가 있다. 글을 쓰며, 그 글을 다시 읽으며 끊임없이 나 자신과 대면하고 대화한다. 그 글 속에서 나는 가장 안락하다. 넘치는, 결코 사그라지지 않는 아픔과 눈물이 나를 엄습할 때, 나는 나의 글 속에서만큼은 그 눈물을 감당할 수 있다. 글 속에서만큼은 내 아픔과 눈물과 슬픔을 내 손으로 감싸

안고 보듬어안을 수 있다.

내게 글쓰기란, 그렇게, 나를 가장 나답게 만드는 한 가지. 내가 가장 나다운 나 자신을 만나는 길. 내가 나약하고 흔들리는 나 자신을 보듬어 안고, 내 눈물을 닦아주는 장소이다.

대한민국은 지금

기억의 집 http://blog.yes24.com/summer1228

블로그 축제 네티즌상

100℃

최규석 글·그림 | 창비 | 2009

: 최규석

1977년 경남 진주에서 태어나 상명대학교 만화학과를 졸업, 1998년 서울문화사 신인만화공모전에서 금상을 수상하며 등장했다. 사실적이면서도 유머를 잃지 않는 그림체와 예민한 감각으로 현실의 이면을 들추는 이야기 구조는 그가 가진 강력한 무기다. 1987년 6월 민주항쟁을 다룬 『100℃』는 작가 특유의 촌철살인 같은 유머와 한국 민주주의 역사의 큰 획을 그은 6월 민주항쟁 이야기가 어우러져 감동과 재미를 동시에 주고 있다.

참으로 부끄러운 고백입니다만, 전 '노사모'인 남편을 만나기전까지만 해도 한나라당 지지자였습니다. 아니, 지지라기보다는 뼛속부터 보수적이고 치맛속까지 한나라당인 부모님의 정치적 보수성과 지역적 편견을 그대로 답습했다고 하는 게 옳을 것입니다. 젊은 날, 저에게 정치적 중립이나 정치적 소신 같은 것은 존재하지 않았습니다. 심지어 성인이 되어 투표권이 주어진 날조차 부모님이 찍으라고 한 한나라당 후보에게 귀중한 한 표를 행사할 정도였으니까요. 분명 정치적으로 무엇이 옳고 그른가를 알 만한 나이였음에도 불구하고 저의 선택권은 부모님의 정치적 성향에 의해 결정되었던 것입니다. 그 알 만한 나이에 왜 그랬어? 라고 물으시면, 전 정말 아~ 부끄러워 더욱더 얼굴이 화끈화끈거린다는.

중고등학교 시절 시내에서 바람을 타고 변두리까지 날아오는 최루탄가스를 마시며 수업을 했고, 격렬하고 가슴 들뜬 민주주의 성과를 이룬 6·10 민주항쟁을 십대 후반에 직접 체험한, 슈바이츠가 말한 한 세대 전체의 운명을 체험한 세대임에도 젊은 날의 후진 정치성향을 보인 것은, 일상의 정치와 당면해 있는 한국의 근현대사와 연결하기에는 저의 정치적 그리고 역사적 의식의 미성숙과, 다양한 사람들을 만날 수 없었던 좁은 사회생활도 한몫한 것이 아닐까 생각합니다. 우습죠? 투표권이 주어졌다면 세상 돌아가는 이치를 제법 알았을 만한 나이인데도 불구하고 말입니다. 부모님의 정치성에 영향을 받았다는 것은 필경 구차한 변명에 지나지 않을 것입니다. 사실 가방끈 짧은, 하루하루 먹고살기 바빴던 부모님이 정치에 대해 뭘 알겠습니까! 평생 동안 그분들은 떠돌아다니는 소문만을 귀담아 듣고 편집광적인 미디어의 놀음에 놀아난 것뿐일 텐데. 오히려 제법 책도 읽어 인문적 소양도 쌓였던 제가 한나라당에 지지를 보내고 투표를 한 것이 더 문제인 거지요. 지식과 현실의 괴리가 바로 이런 게 아니겠습니까!(그럼 우파 지식인들은 뭐냐? 고 반문하겠지요! 그건 그 사람들 사정이지 싶습니다. 평생 그렇게 살다가 죽든가 말든가!)

여하튼 한때 한나라당에 적을 두고 있었다는 수치스러움은 최규석의 『100°C』를 읽으면서 더욱 짙어져 얼굴이 화끈화끈 달아오르고 눈시울이 뜨거워졌습니다. 6·10 민주항쟁에 대한 자료는 그렇게 많지 않은데다, 그다지 쉽게 읽히는 글이 아니어서 그런지 애써 찾아봐도 민주항쟁에 대한 글을 많이 접하지 못했던 저에게, 6·10 민주항쟁을 만화 형식으로 풀어낸 최규석의 『100°C』는, 현재 자유를 누릴 수 있다는 것에 대해 다시 한번 생각게 한 책이었습니다. 내가 가진 자유와 민주주의의 성취는 타인의 희생을 담보로 획득한 것은 아닐까 하고 말입니다. 5·18 민주화운동, 6·10 민주항쟁은 권력자가 이루어낸 민주주의가 아니라 대한민국 국민들이 이루어낸 민주주의라는 것을 말입니다. 수많은 사람들이 일상의 안위를 버리고 거리로 나와 함성을 지르던 날, 저는 TV화면에 나온 수많은 사람들을 물끄러미 보았을 뿐이었습니다. 역사에 만약이라는 것은 없지만, 그래도 만약에 민주화운동과 민주항쟁이 없었다면, 우리는 지금 노무현 같은 대통령을 만날 수 없었겠지요. 그리고 '노통'이 있었기에 민주화운동과 민주항쟁이 역사적인 평가를 제대로 받을 수 있었다고 생각합니다. 그리고 더불어 최규석 같은 만화가가 있어 6·10 민주항쟁은 우리의 기억 속에 빛을 발하며 역사의 한 부분을 차지하고 있는 것인지 모릅니다. 진보니 보수니 이런 단어보다, 무엇이 가치 있는 것인지 그리고 진정한 가치가 무엇인지 아는 것이 더 중요한 것 아닐까요. 탐욕스런 권력자들에 의해 폄하되는 5·18 광주항쟁이나 6·10 민주항쟁은 우리가 민주주의를 쟁취할 수 있었던 가치 있는 역사적 사실이기 때문입니다. 최규석, 당신이 있어 고마워!

그리고 이 책에서 무엇보다도 제가 제일 부러운 것은 부모와 자식 간의 정치적 화합입니다. 반공소년 영호는 지금까지 자신이 배운 반공교육이 잘못되었다는 것을 대학에 들어온 뒤 비로소 깨닫게 되지만, 부모와의 정치적 이견 때문에 현실참여 문제로 갈등을 합니다. 하지만 현실의 부조리함을 외면하지 않고 5공 정부에 저항을 하기로 결심하죠. 영호의 부모는 자식의 변절(?)에 분노를 느끼지만, 아들이 감옥에 간 뒤에야 현실을 바로 보며 반정부시위에 적극적으로 지지를 보냅니다. 그리고 마침내, 6·10 민주항쟁을 인정합니다. 어쩌면 영호의 가족처럼 정치적 문제로 인한 부모와의 갈등은 이젠 우리 사회에 만연해 있는 가족의 모습일지도 모릅니다. 전 친정어머니나 시어머니와는 정치이야기를 피하는 편입니다. 예전에 '노통' 때문에 의절할 뻔한 사건도 있고 해서 정치이야기는 서로를 위해 거의 하지 않습니다. 서로를 이해하지 못하는 거죠. 저는 (시)어머니를, (시)어머니는 저를. 정책을 비판하는 것이 아닌, 지역색과 인신공격의 말은 흘려듣습니다. 수백 번 정책에 대해 비판을 해도 한나라당이라는 이유만으로 용서하는 친정어머니를 이해 못 하지만, 정치적 이견이 있다고 해서 가족간에 의절은 차마 못 하겠더라구요. 그리고 정치적인 문제로 가족간에 의절하는 건 아니다 싶었구요. 하지만 고집불통 두 분의 한나라당 지지는 정치에 대한 회의가 들게 하고, 왜 우리 가족은 정치적 화합을 이루어내지 못할까 하는 마음이 들기도 합니다. 정치적 이견이라는 간극은 간극대로 껴안고 살아가야겠구나 싶습니다. 그것이 바로 민주주의니까요. 최규석이 그린 가족간의 정치적 화합이 내러티브를 이끌어내는 중요한 장치이기도 하겠지만, 언젠가 저 또한 가족간의 정치적 화합을 이루기를 염원해봅니다.

슬슬 꿈틀대는 이명박 독재에 맞선 거리에서의 활발한 시위를 보면서, 희망은 살아 있다는 것을, 그리고 아이들에게 물려줘야 할 민주공화국 대한민국이라는 유산을 지켜야 한다는 것을 이 책의 메시지는 찐하게 말합니다.

10

나는 그곳에서 내면의 행복에 이르는 선물을 받았다

샨티샨티 http://blog.yes24.com/nopark9

블로그 축제 네티즌상

다람살라의 선물

다카노 데루코 | 이수경 옮김 | 글로세움 | 2005

: 다카노 데루코

일본의 대표적인 오지여행가. 스무 살 무렵부터 세계 각지에 친구들을 만든다는 일념으로, 다큐멘터리 기획자로 일하는 틈틈이 중동, 남미, 유럽, 아프리카 등 세계 삼십 개국 이상을 돌아다녔다. 다큐멘터리 기획자 특유의 여행지 묘사가 돋보이는 티베트, 인도 여행기 『다람살라의 선물』은 때 묻지 않은 티베트의 전통과 자연이 주는 감동, 사람들의 순수함을 보여주어 현대인들에게 뭉클한 감동을 준다.

싱그러운 잎사귀를 달고 짙은 초록의 향연 속으로 빠져든다는 인생의 여름을 지나 내리막길로 치닫기 시작한다는 중년 초입에 먼 곳으로 여행을 떠났다. 일상이 심드렁하고 지쳐만 갈 때, 동경하던 그곳에만 다녀오고 나면 일이 술술 잘 풀릴 것만 같은 막연함이 먼저 떠올랐다. 인도여행을 갈망하며 지냈던 지난날, 나이 마흔을 앞두고 나이 들어감에 초조한 모습보다는 인생의 2막이 다가왔음을 인식하며 삶의 전기를 마련하고 싶은 욕망이 머리를 들고 일어섰다.

인생의 전환점을 찾자는 의미심장한 명분으로 인디아 에어에 몸을 싣고 한 달 정도 익숙한 곳과 결별하고 길을 나섰다. 객관화된 여행정보 없이 인도 관련 책을 들추며 인도에 대한 환상만 가득 품은 채, 나를 찾아 떠나는 순례의 길에 올랐다. 무작정 결심을 하고 떠난 여행길은 녹록치 않았다. 문명적인 생활 속에 편안히 지냈던 자신을 혹독한 시련 속으로 밀어넣고 학대하는 일만 계속되는 듯했다. 땅덩이가 워낙 넓은 곳이지만 황폐화된 곳이 너무 많아서인지 생산적 소출을 기대하기에는 너무나 척박한 곳이 많았다. 길거리에 널브러진 오염원들, 그 위를 아무렇지도 않게 지내는 많은 인디아들을 만나면서, 품었던 환상은 무너져내리기 시작했다.

입국수속을 밟으며 비로소 말로만 듣던 인도에 발을 내디뎠다는 설렘과 두려움이 교차하는 순간이다. 현지인이 미리 잡아둔 버스를 타고 파하르 간지에 도착했을 때 매캐한 먼지와 더럽고 혼잡한 거리가, 앞으로의 여행이 호락호락하지 않을 것이라는 선입견을 낳고 말았다. 새벽이었지만 거리를 어슬렁거리며 활보하는 소들, 퀭한 눈으로 주시하는 하층민들의 우수에 젖은 눈동자, 이리저리 돌아다니는 개들은 점점 현실을 깨닫게 했다. 오토바이를 개조한 릭샤를 끌고 호객행위를 하는 릭샤꾼들과 사람들, 짐승들이 뒤섞여 아수라장을 연상케도 했지만 별 사고 없이 잘 굴러가는 것을 보면 신기할 정도다. 인도에서의 생활이 지속되면서 늘어나는 시행착오는 다음 여행에 대한 두려움과 기대를 동반하는 호기심을 강하게 불러일으켰다. 곡예운전으로 도로 위를 질주하며 오토릭샤를 몰던 릭샤왈라의 위협적인 운전에 놀라는 이방인을 향해, **"노 프라블럼"** 한마디를 내뱉고 지나쳐버리고 마는 모습에 아연실색하고 주변을 두리번거리며 긴장 속에 지냈던 날들이 스쳐 지나간다. 여행 당시 무척 힘들었던 점을 들어 인도여행에 염증을 느끼면서도 웅장함이 더하는 유적을 접할 때나 순박한 현지인들을 만날 때면 지금껏 품었던 감정은 이내 사라지고 새로운 여행지를 향한 설렘이 강하게 일었다.

2006년 겨울 다람살라를 방문했을 때 만난 티베트인들의 해맑은 미소를 떠올리며 국내의 한비야에 견줄 만한 일본의 오지탐험가 데루코의 티베트 기행담을 접했다. 자신의 인생을 바꾸고 싶은 욕망에 길을 떠난 여행의 도정을 따라가다보면 어느새 책의 끝이 보인다. 다큐멘터리 제작자이기도 한 저자는 중국의 티베트 자치구인 라사, 히말라야 기슭의 라다크를 거쳐 다람살라로 간다. 중국의 식민지 통치를 견디다 인도로 망명한 달라이 라마를 따라 망명한 이가 십만 명 이상이라니, 티베트인들에게 달라이 라마는 살아 있는 부처로 숭상되는 인물이라는 말이 실감난다. 티베트박물관에서 접한 사진 한 장이 떠오른다. 달라이 라마 사진을 들고 행복한 미소를 띠면서 삶의 행복을 만끽하는 듯한 표정을 짓고 있는 노파의 깊게 팬 주름살 속에는 환희가 넘쳐흐른다.

저자는 달라이 라마를 친견하고 싶다는 꿈을 품고 달라이 라마 친견 신청을 해둔 뒤 짐을 꾸려 용감하게도 티베트로 떠난다. 아직까지는 외부인 출입이 금지되어 있는 영어(囹圄)의 땅이자 자유가 억압당하는 곳이지만, 간절한 소망을 현실로 치환해놓은 것이다. 처음 티베트 땅에 도착했을 때 현지인들은 한결같이 만면에 미소를 띤 채 '줄레이'라고 외친다.

'어찌 보면 세상의 행복과는 거리가 멀어 보이는 이들의 얼굴에 해맑은 미소라니?'

그 이유는 책을 보면 자연스레 알 수 있다. 기도가 이들의 생활 속 일부로 자리하여 한결같이 다른 사람이나 이 세상 모든 이에게 평화가 깃들기를 갈구하는 기도 내용 속에 그 답은 들어 있었다. 이들이 세상 모든 존재의 행복을 기원하는 까닭은 그 모든 존재에 자신도 포함돼 있기 때문. 세상만물은 서로 얽혀 있는 탓이다. **이들의 '세계평화'는 거창한 개념이 아니다. 걸어가는 이웃을 배려하여 차를 태워주고, 타다 남은 재 같은 육신을 독수리 밥으로 내어주는 것이다.**

연 강수량이 이십 밀리미터도 안 되는 곳. 밀 보리만 겨우 키워 먹는 티베트 사람들은 좋은 일을 하면 좋은 일이 돌아오리라 믿으면서 산다. 그리고 단순한 선량함으로 여행객을 감동시킨다. 삶의 본질을 숨기고 가식과 수식에 찌들어 사는 현대인은 한없이 부끄러움을 느끼며 자신을 돌아볼 수 있는 공간이다. 저자는 늘 따스한 미소로 타인을 대하는 티베트인들에게 감동받으며 자신의 진솔한 마음으로 여행지에서 만난 이들과 대화하고 함께 지내는 시간 속에서 현지인들과 우정을 쌓아나간다. 인도로 분류되어 있지만 전혀 인도 같지 않은 도시 라다크에서 만난 의사 체완은 오래 살면서 한 명이라도 더 많은 환자를 돌보고 싶어한다. 자신의 안위보다는 타인의 평안한 삶을 지켜주는 도우미로 남기 위해 기도하는 친구를 보면서 자신의 이기심을 반성한다. 실연의 상처를 안고 떠났던 저자가 외국인 남자를 일본으로 귀화시키고 싶어했던 자신의 지난 기억을 떠올렸기 때문이다.

그토록 기다렸던 달라이 라마와의 인터뷰 또한 심오할 것 없는 담백한 내용이다. 인간에게 가장 중요한 것이 무엇이냐고 묻는 저자에게 달라이 라마는 행복한 인생이라고 답한다. 행복을 위해선 물질적 풍요와 부드럽

고 상냥한 마음, 타인을 배려하는 자세가 필요하다고 덧붙이기도 한다. 달라이 라마는 **"다른 사람에게 보탬되는 삶을 살려고 노력했기에 죽음을 두려워하진 않지만 막상 죽음이 닥치면 조금쯤 두렵지 않을까 생각한다"**며 소탈하게 웃기도 했다.

이 책을 읽는 동안 머릿속에는 **평화, 행복, 만족** 등의 단어가 떠나질 않았다. 늘 남을 밟고 일어서려는 노력만 기울였지 타인을 배려하며 살자고 하면서도 손해보려고는 하지 않았던 지난 삶을 반성한다. 모두가 행복해지기를 바라는 기도를 단 며칠이라도 올리며 내 안의 평화를 유지하고 싶다.

다람살라 남갈 사원을 찾았을 때 온몸을 적시는 땀에도 아랑곳하지 않고 사원 앞에서 오체투지하는 아저씨를 본 적이 있다. 그토록 간절한 무엇이 있기에 쉼 없이 기도를 하는지 자못 궁금해졌다. 한참을 기다리니 기도를 끝내고 합장하느라 두 손을 모은 뒤 물을 마시는 이에게 다가갔다. 일행 중에 티베트어를 할 줄 아는 이가 **"당신은 무엇을 위해 기도하십니가?"**라고 묻자 그는 주저함이나 머뭇거림 없이, **"인류의 행복과 평화를 위해 기도하고 있습니다"**라고 대답한다. 그 말을 듣는 순간 그 동안 자신의 행복을 빌고 욕심만 채워주길 바라는 기도만 해왔던 자신을 돌아보게 하였다.

지금껏 직장생활을 해오면서 육아와 아이들 교육에 아내가 전적으로 책임져야 하는 현실이 못마땅하다며 푸념을 늘어놓을 때가 많았다. 긍정적인 사고보다는 불평과 불만만을 늘어놓았던 자신이 자꾸만 돌아봐진다. 중국의 온갖 핍박을 피해 죽을 각오로 히말라야를 넘어 다람살라에 망명왔으니, 적대국으로 규정짓고 증오의 칼날을 갈아도 시원찮을 판국에 화해와 용서의 몸짓으로 그들의 평안을 함께 빈다니 놀랍기만 하다. 난방이 거의 안 되는 인도, 그중에서도 다람살라에서 혹독한 추위로 몸살감기를 얻었지만 다시 한번 찾고 싶을 정도로 내면의 행복으로 가는 선물을 한 아름 안고 내려왔다. 다람살라에서 만났던 티베트인들의 생활은 다소 어리숙해 보이기도 하지만 자연적 질서를 따르며 순박하게 살아가는 일이 행복으로 가는 길로 내비쳐질 정도였다.

라 알리 레 하읍, 넌 특별한 존재야

트레제게 http://blog.yes24.com/khsar16

블로그 축제 네티즌상

나무소녀
벤 마이켈슨 지음 | 홍한별 옮김 | 박근 그림 | 양철북 | 2006

: 벤 마이켈슨

1952년 남아메리카 볼리비아에서 태어났다. 열 살 때부터 글을 쓰기 시작해서 서른다섯 살이 넘어 전업작가의 길로 들어섰다. 일반 독자뿐 아니라 비평가들의 찬사와 함께 재미와 작품성을 동시에 인정받은 작가로, 전미 도서관협회 추천도서상, 국제 도서협회상 등 화려한 수상경력을 지니고 있다. 『나무소녀』 등의 작품에서 자연과 더불어 살아가는 사람들을 통해 참다운 가치를 발견해내는 탁월한 능력을 보여준 작가는 작품 구상을 위해 많은 곳을 여행하며 영감을 얻고, 그 노력의 결과를 작품 속에 고스란히 녹여낸 작품을 꾸준히 소개하고 있다.

처음 국어 수행평가가 서평 다섯 장 쓰기라는 사실을 듣고는 정말 놀랐다. 이제까지 한두 장 분량의 글은 써보았지만, 다섯 장이라니…… 정말 막막했지만 예시자료를 보고 나니 어쩌면 이 글을 쓰고 나면 뜻있고 보람있을 수도 있겠다는 생각이 들었다. 먼저 내게 주어진 과제는 권장도서 목록 중에서 원하는 책을 고르는 일이었다. 여러 가지 책 제목들이 적혀 있는 목록 중에서 낯익은 책이 눈에 띄었는데 바로 『나무소녀』였다. 나는 이 책을 중학교 일학년 때 이미 읽었다. 처음엔 그냥 가벼운 내용인 줄 알았지만, 한 장 한 장 페이지를 넘길수록 전쟁의 참혹함과 끔찍함이 고스란히 내게 전해지는 것 같았다. 전쟁에 대해 많이 알지 못했던 나였기에 그때 읽었던 내용이 아직까지 머릿속에 남아 있었는지, 시간이 많이 흐른 뒤에도 '나무소녀'라는 제목을 보자마자 어렵지 않게 서평 쓸 책을 선택할 수 있었는지도 모르겠다. 중학교 삼학년이 되어 이 책을 다시 읽어보니 일학년 때와는 또다른 느낌이 들었다. 처음 읽었을 땐 그저 전쟁이 끔찍하구나, 불쌍한 나무소녀, 라는 생각만 들었는데 이번에 두번째 읽고 나니 내가 나무소녀와 동화된 것 같은 느낌이 들기도 했고, 전쟁에 아파하는 어린이들에게 관심을 가지게 되었던 것 같다. 서점에는 전쟁과 관련된 소재의 다른 책들도 많이 있었지만 굳이 『나무소녀』를 선택하게 된 건, 전에 읽어봤기 때문이기도 하지만, 주인공이 나와 비슷한 또래의 여자아이였기 때문에 읽는 내내 조금은 공감하기 쉬웠기 때문이기도 했을 것이다. 또한, 다른 책들과 달리 실화라는 점이 내 마음을 움직였던 것 같다. 실화라는 사실은 이번에 처음 알게 돼 놀랐는데, 단지 꾸며낸 이야기라고 생각하며 읽었을 때의 느낌과 실화라는 것을 알고 읽었을 때의 느낌은 정말로 확연히 달랐다. 슬픔과 안타까움이 전보다 두 배로 크게 다가

온다는 느낌이 들었다. 이 책은 자칫 어려울 수도 있는 문제를 나무소녀의 눈으로 그려내고 있어서 훨씬 다가가기가 쉬웠던 것 같다.

우리는 아무런 잘못하지 않았어

우리 마을 사람들은 대부분 공산주의니, 민주주의니, 사회주의니, 자본주의니 하는 말을 들어보지도 못했다. 우리는 그저 살던 대로 계속 살아가고 우리 부모, 조부모, 증조부모가 일구던 땅을 계속 일굴 수 있기를 바랄 뿐이었다. 엄마와 아빠는 사람들을 도우라고 가르쳤다. 이쪽 편이나 저쪽 편만을 도우라고는 하지 않았다. 평화롭게 살아가고자 하는 게 자본주의자가 되는 행동이든, 아니면 사회주의자나 공산주의자가 되는 행동이든 간에 우리는 조금도 신경쓰지 않았다. 그저 조상들이 살던 대로 살 수 있도록 내버려두기만을 바랐다. _68쪽

평화롭게 살던 나무소녀의 마을에는 뜻하지 않은 불행이 다가온다. 호르헤 오빠가 갑자기 군인들에 의해 잡혀가면서 평화는 깨져가고, 나무소녀의 일상은 급격하게 나쁜 방향으로 흘러간다. 책에서 위 문장을 읽고, 정말로 안타깝다는 생각이 들었다. 전쟁이 일어나는 이유도 모른 채 고통받고 아픔을 겪는 건 말도 안 되는 일이라고 생각한다. 아무것도 모르고 가족과 함께 농사를 지으며, 학교를 다니며, 작은 것에도 웃음짓던 그 사람들에게 억지 논리를 들이밀며 공산주의라는 것 때문에 사람들을 무차별하게 죽이는 일은 정말로 어이없다고 생각한다. 대부분의 사람들은 단지 가족과 함께 소박하고 평화롭게 살기를 원한다는 것을 정말 모르는 걸까……

땅에 발이 닿자마자 숲에서 나와 강으로 가서 파블로, 빅토리아, 루벤, 리사, 페데리코에게 달려갔다. 하나씩 몸을 돌려보았지만 살아 있는 아이는 하나도 없었다. 마누엘 선생님한테는 가보지 않았다. 선생님은 벌써 구름 위를 떠다니고 있을 게 분명했다. 나는 전속력으로 강 하류 쪽으로 달렸다. 총알이 '턱' 하고 조그만 아이들의 몸을 뚫는 둔탁한 소리가 머릿속에서 메아리쳤다. _79쪽

호르헤 오빠가 사라진 후에 군인들은 무차별적으로 사람들을 죽이기 시작했다. 어린아이건 누구건…… 선생님이 이들에게 에스파냐어를 가르치고 공산주의적 생각을 주입시킨다는 억지 때문에, 나무소녀를 제외한 모든 아이들과 선생님이 군인들의 총에 맞아 죽임을 당했다.

이 책은 '과테말라 내전'에 관한 이야기이다. 세계에는 과테말라 내전 이외에도 여러 가지 이유로 인한 내전이 일어나고 있다. 여러 가지 이유들로 내전이 일어나고 있다고는 하지만 고통 받는 것은 무고한 일반인들이 대부분이라고 생각한다. '아프리카 2차 대전'이라고 불렸던 콩고 내전에서 300만, 수단 내전 150만, 르완다 내전 80만, 앙골라 내전 50만, 보스니아 내전 25만, 부룬디 내전 25만, 과테말라 내전 20만, 시에라리온 내전 20만, 라이베리아 내전 15만, 알제리 내전 10만, 그밖에도 코소보, 스리랑카, 콜롬비아에서도 수많은 전쟁 희생자가 생겼다. 희생자의 대부분이 나와 같은 어린아이들이라고 생각하니 가슴이 아팠다. 자신이 군인이라는 이유만으로 사람들을 과연 함부로 죽여도 되는가에 대해 의심이 들었다. 사람을 죽이면서 희열을 느끼는 그들이 과연 우리와 똑같은 인간이라고 말할 수 있을까……? 이 세상에서 가장 잔인한 건 사람이라고 하던

데 그 말이 결코 틀린 말은 아닌 것 같다. 사람이 사람을 죽이는 것. 과연 그 대상이 자신의 사랑하는 가족이었어도 총을 겨눌 수 있었을까? 한없이 이기적인 사람들이 벌인 전쟁에서 고통받는 건 바로 우리의 이웃들이라는 생각이 든다.

다들 죽고, 나는 살아서 이 모든 걸 겪어야 한다니……

학교 선생님, 친구들이 모두 곁을 떠나간 후, 가족들과 이웃들도 역시 학살 속에서 살아남지 못했다. 남은 건, 나무소녀와 동생뿐이었다.

한때는 나무를 통해 하늘에 가까이 다가갈 수 있었다. 그러나 광장에서 나무에 올라갔기 때문에 나는 지옥에 가까워진 것이다. 나는 그날 스스로 다짐했다. 불타는 마을 한가운데, 마치치나무 아래 반쯤 정신을 잃고 쓰러져서, 연기가 하늘을 검게 뒤덮고 시체 타는 역겨운 냄새가 안개처럼 짙게 깔린 가운데, 나는 하늘과 땅과 세상에 남아 있는 모든 신성한 것에 대고 엄숙하게 맹세했다. 다시는 나무에 올라가지 않으리라. _125쪽

나무소녀는 학살 속에서 살아남기 위해 나무 위로 올라갔다. 사람들이 잔인하게 죽고 강간당하는 모습을 나무 위에서 혼자 지켜보던 나무소녀는 자신이 살아남은 것에 죄책감을 느꼈을 것이다. 하지만 그 누구였더라도 그렇게 했을 것이라고 생각한다. 얼마나 끔찍했을까. 사람들이 내 앞에서 차례차례 죽어간다는 생각을 하면 치가 떨리고 무섭다. 나무소녀가 나무에 더이상 올라가지 않는다는 대목에서 나무소녀의 충격과 죄책감이 고스란히 느껴지는 것 같다. 나무소녀처럼 끔찍한 광경을 바로 눈앞에서

본다고 생각하니 소름이 돋는 듯한 느낌이 들었다.

이 부분을 읽고 퍼뜩 생각났던 것은 작년에 본 5·18 광주민주화운동에 대한 이야기를 다룬 〈화려한 휴가〉라는 영화였다. 영화 속에서 사람들에게 총을 쏘고 칼로 찌르는 모습들이 너무 잔인했다. 책 속에서도 사람들을 무차별로 죽이고, 주인공 앞에서 가족들이나 친구들이 죽어가는 장면이 영화 속 내용과 일치했다. 내가 이런 경험을 직접 겪어보지는 않았지만 그 아픔만큼은 고스란히 전달되었던 것 같다. 나와 같은 민족을 죽인다는 게 과연 옳은 일이라고 생각했을까? 『나무소녀』도 〈화려한 휴가〉도 제발 학살은 일어나서는 안 된다고 말한다. 영화 속의 내용보다 훨씬 더 잔인한 장면을 본 나무소녀가 받은 정신적인 충격은 정말 컸을 것이다. 나무소녀가 이 모든 일들을 겪어내는 것이 너무 안타까웠다. 어린아이들이 왜 고통받아야 하는 건지……

고통받는 나무소녀의 모습 속에서 소년병의 모습이 겹쳐 보였다. 『집으로 가는 길』 『넌 네가 얼마나 행복한 아이인지 아니?』 등의 책에서 소년병에 관한 이야기들을 읽은 적이 있다. 현재 정치적으로 불안한 국가들에서 어른들이 일으킨 전쟁 때문에 소년병들이 강제징집당하고 있고, 심지어 시에라리온 내전에서는 다섯 살 미만의 어린아이들마저 전쟁에 동원되기도 했다고 한다. 내가 충격받았던 것은, 소년병들이 마약을 먹고 환각상태에서 전쟁에 참여한다는 것이다. 자기 손으로 가족들과 이웃들을 바로 앞에서 죽이는 경우도 있다고 하는데, 아무리 환각상태라고 하더라도 나중에 그 아이가 받을 정신적인 충격은 헤아릴 수가 없다고 생각한다. 남을 죽이지 않으면 소년병 아이들 자신이 죽을 위험에 처하기 때문에 어쩔 수 없이 사람을 죽여 손에 피를 묻히는 것이다. 내전이라는 배경 속에서 나무소녀와 소년병의 상황은 서로 다를 수 있지만 우리만큼 어린아이들이 고통을 받고, 이유 없이 어른들의 전쟁에서 아파해야 한다는 점에서는 통한다고 생각한다. 나무소녀가 한없이 불쌍했다. 도와주고 싶었다. 혼자 가장이 되어서 동생을 지키는 건 정말 아무나 할 수 있는 일이 아니라고 생각한다. 홀로 살아남았기에 더 안타깝지만 난 나무소녀가 일어날 거라 믿는다.

희망, 웃음, 행복 우린 다시 그걸 얻을 수 있을까?

산미겔 수용소에는 식량과 구호품이 지금보다 열 배는 더 필요하다. 그리고 우리가 무엇보다도 절박하게 바라는 것 한 가지는, 트럭이 가져다주지 않는다. 그건 바로 희망이다. 전쟁이 곧 끝나리라는 희망, 가족들이 고향에서 다시 만날 수 있으리라는 희망. _152~153쪽

나무소녀는 드디어 걷고 또 걸어, 수용소라는 곳에 도착했다. 위 문장이 가슴에 와 닿았다. 우리는 언제나 희망을 안고 살아간다. 그런데 너무 고통받고 힘든 기억 때문에 결국은 희망이라는 두 글자를 머릿속에서 잊게 된 것이다. 희망이 없다면 내가 왜 살아야 하는지에 대한 해답을 찾지 못하고 혼란 속에서 쉽게 죽음을 선택하기 일쑤일 것이다. 아무리 힘든 일이 닥쳐도 희망이란 것으로 인해 또 하루를 살아가는 것일지도 모른다. 이 구절을 읽으면서 희망이 정말로 소중한 것이라는 생각이 들었다. 그렇기에 희망을 잃고 살아가는 사람들이 너무 불쌍하게 느껴졌다.

공을 똑바로 잘 차는 게 중요한 게 아니었다. 웃는 게 중요했다. 나는 공을 찰 때마다 일부러 헛발질을 하고, 넘어지는 척하기도 했다. 마침내 라우라의 입가에 희미한 미소가 떠올랐다. 나 자신도 마음속에는 울음이 치받치는데 웃으면서 즐거운 척하기는 쉽지 않았다. 그렇지만 같이 노는 아이들이나 구경하는 아이들의 얼굴에 조심스러운 미소가 스치는 걸 보면 기분이 좋았다. _170쪽

웃음을 되찾아주기 위한 나무소녀의 노력. 이 대목은 나를 조금 부끄럽게 했다. 나는 나무소녀처럼 힘든 경험을 한 적이 별로 없다. 굳이 꼽아본다면, 수련회에서 '한마음 만들기'라는 훈련을 했었는데, 밀폐된 공간에서 삼학년들이 다 같이 훈련을 받으니 옷도 전부 땀으로 젖고 너무 힘든 경험이었다. 그때뿐만 아니라 힘든 일을 겪었을 때면 집에서 편안하게 휴식을 취하고 싶다는 생각이 정말 간절하게 든다. 나는 솔직히 집을 떠나본 적도 없고 나무소녀처럼 힘든 경험을 한 적도 없었지만, 힘들 땐 가족이 생각나기 마련이다. 전쟁 속에서 살아남은 나무소녀는 얼마나 가족들이 생각나고 집이 생각났을까? 나는 조그마한 일이라도 부모님이 떠오르기 마련인데…… 그렇게 힘든 상황에서도 다른 사람에게 웃음을 주기 위해 노력하다니…… 전쟁의 아픔 속에서도 나는 이렇게 다른 사람에게 웃음을 줄 수 있을까? 성숙해진 나무소녀의 모습에서 나 자신을 반성하게 되었다. 나는 힘든 일이 생길 때면 피하고 이겨내려는 노력은 별로 하지 않았던 것 같다.

오히려 내가 힘들 때 나를 도와주었던 나무소녀와 같은 사람들이 많았던 것 같다. 전쟁으로 아픔이 있는 아이들에게 공을 주어서 웃게 해줬던

것처럼, 내가 힘들 때 나에게 희망을 주었던 사람들이 많이 있었던 것 같다. 내가 시험을 망치거나 기분이 안 좋았을 때에도 항상 내게 힘을 주려고 친구들이 앞에서 웃어주고 격려를 해주곤 했었다. 미래에 대해 불안해하거나 걱정거리가 있을 때에도 선생님들과 부모님께서 언제나 격려를 해주셔서 내가 불안감을 떨쳐버릴 수 있었던 것 같다. 무언가 큰일을 남에게 베풀어야만 나무소녀와 같은 사람이 될 수 있다는 것은 아니라고 생각한다. 나도 나만 생각하기보다는 나무소녀와 같은 마음으로 누군가를 웃게 하고 희망을 줄 수 있는 사람이 되었으면 좋겠다.

나무에 오르면, 하늘에 더 가까이 다가갈 수 있어

"나무소녀는 아주 특별해. 겁쟁이가 아니야. 자기가 어떻게 할 수 없는 일을 가지고 스스로를 나무라지 않아. 나무소녀는 높이 올라가면 떨어질 수 있다는 걸 알지. 그렇지만 올라가면 새들을 만날 수 있다는 것도 알아. 아주 강하기 때문에 삶에서 좋은 것을 누리기 위해서 나쁜 것을 겪어야 할지라도 그걸 피하지 않고 마주할 수 있어. 희망을 찾기 위해 어떤 고통에도 굳세게 맞서지. 삶에서 아름다운 것들을 찾기 위해 추한 것들을 만날 위험도 무릅쓰고, 나무소녀는 다른 사람들은 무서워서 감히 덤비지 못할 때에도 아름다움을 찾을 수 있어."

"너는 겁에 질리게 하는 것에 당당히 맞서야 나무소녀가 될 수 있어." _197쪽

이 문장을 보고 나도 나무소녀가 될 수 있을까, 라는 생각이 들었다. 나는 내가 하지 못할 거라고 생각한 것은 도전도 하지 않고 포기하곤 한다. 많은 도전을 통해서 내가 더 성숙해진다는 것을 알고 있다. 나도 이제부터 똑같은 틀에서 살기보다는 내가 원하는 것을 찾기 위해 힘든 일도 마

다않고 도전하는 정신을 기를 수 있었으면 좋겠다. 그리고 내가 두려워하는 것들에 대해 피하지 않고 맞서는 용기를 기르고 싶다. 나무소녀가 되기 위해서 항상 노력해야겠다.

『나무소녀』의 결말은 나무소녀가 어떻게 되었는지 구체적으로 알려주지 않는다. 하지만 결말이 궁금하진 않다. 위 문장 안에서도 왠지 나무소녀가 희망을 가지고 꿋꿋이 다시 일어섰을 것이라는 걸 느낄 수 있었다. 내전이라는 배경에서 극한의 상황까지 추락했어도 다시 한 계단 한 계단 회복하는 것이 정말 대단하고 놀랍다. 어린 시절 너무 힘든 생활을 겪은 나무소녀에게 진정으로 잘되길 기도해주고 싶다. 고통받는 모든 아이들이 어린 시절 얻지 못했던 행복한 삶을 살기를 바란다.

이 책을 읽고, 서평을 쓰는 데에 오랜 시간이 걸렸지만 결코 시간이 아깝지는 않았던 것 같다. 뿌듯하고 보람찬 느낌이랄까. 마지막으로 나무소녀를 읽고 나서 『지도 밖으로 행군하라』라는 한비야씨의 책이 생각났다. 그 책에는 월드비전이나 유니세프와 같은 단체들이 나오는데, 내전으로 인해서 난민이 된 사람들을 여러 가지 방법으로 도와준다. 하지만 내 생각에 나무소녀와 같은 아이들을 도와주는 일이 보편적으로 확산된 건 아니라고 생각한다. 이 책을 읽고 나는 전쟁으로 인해 고통받는 사람들을 도와주고 싶다는 생각이 들었다. 전쟁에 대해서 생각해보게 된 계기가 된 활동이었다. 조금은 힘들었지만 앞으로 이런 기회가 다음에도 주어진다면 더 잘할 수 있을 것 같다.

마지막으로 전쟁은 절대 어떠한 상황에서도 행해져서는 안 된다고 생각한다……

12

그대 지금 글 쓰고 있는가

operion http://blog.yes24.com/operion

블로그 축제 네티즌상

글 고치기 전략
장하늘 | 다산초당 | 2006

: 장하늘

이십여 년간 고등학교와 대학 강단에서 문장론을 가르치면서 우리 문장을 집대성한 문장론이 없음을 깨닫고 한국문장론의 구조를 세우는 일에 한평생을 바쳤다. 현재 우리말 관련 저서들을 왕성하게 집필하고 있다. 『글 고치기 전략』은 수십 년의 강의 경험을 바탕으로, 글쓰기에 대해서만 말하고 있는 기존 책들의 한계를 뛰어넘어 글 쓰는 사람들이 흔히 저지르는 잘못을 실례를 통해 바로잡아주는 등 그야말로 글쓰기와 글 고치기의 '모든 것'을 알려준다.

0 그리고 1. 숫자 두 개가 전선을 타고 날아다닌다. 지구 저편까지 몇 초면 간다. 못 하는 일이 없고 안 되는 일이 없다. 인류는, 최첨단기술을 이용하여 온 세상을 하나의 망(網)으로 묶었다. 이름하여 인터넷(Internet). 이 인터넷은 탄생과 동시에 세상을 바꿨다. 그것도 '완전히'. 그렇게 세상이 바뀐 지, 이제 꽤 됐다.

세상이 바뀌던 무렵, 인터넷의 강맹한 위력을 목도한 몇몇 이들은 크게 걱정했더랬다. '인터넷'이 끝내는 '활자'를 죽이고 말 거라며. 그렇게 십 년. 과연 활자의 입지는 좁아졌다. 그러나 이것은, '인쇄'라는 인류의 위대한 발명이 '인터넷'이라는 더 위대한 발명에게 그 자리를 내어준 지극히 당연한 수순이다. 그렇지만 '자동차'와 '마차'를 떠올리며 활자의 안위를 걱정할 필요는 없다. 인터넷은 활자를 결코 죽이지 못한다. '힙합'이 '베토벤'을 죽이지 못한 것처럼.

그렇게 활자의 입지를 좁힌 대신 인터넷은, 인류 역사상 그 유례를 찾아보기 힘든 '글의 시대'를 열었다. 감히 단언컨대, 의사소통의 수단으로서 '글'이 이토록 높은 비중을 차지한 적은 일찍이 없다. 선뜻 안 믿긴다면 그것은 MP3와 jpg, 그리고 avi의 현란한 몸짓에 눈이 팔린 탓이다. 세상을 살려면 말을 해야 하듯, 인터넷 세상을 살려면 글을 써야 한다. 지금은, 인류가 지구상에 출현한 이래 그 어느 때보다 많은 양의 '글'이 단 한 순간도 멈추지 않고 생산되는, 명실상부한 '글의 시대'다. 거미줄처럼 촘촘히 엮인 거대한 그물망의 한 끝에서 누군가는 또 '글'을 쓰고 있는 것이다.

그 어느 시대보다 많은 글이 천지간에 넘쳐나는 글의 시대! 그중에 '진짜 글'은, 얼마나 될까. 물론 '가짜 글' 같은 건 없다. 그런데 '글 같지 않은 글'은 있다. 많다. 온라인 세상에서 흔히 만날 수 있는 '글 같지 않은 글'의 대표적인 유형은 '말을 그저 글자로 옮겨적은 것'이다. 말 하나 굳이 만든다면 — '문차(文借)'랄까. 참으로 많은 사람들이 고작 이 '문차(文借)'나 하면서 스스로는 '글'을 쓴다고 착각한다. 이들에게 '글쓰기'는 전혀 어렵지 않다. '음성'이 안 되니까 '문자'로 대신하는 다소 번거로운 과정일 따름이다. 생각할 필요도 없고, 고민할 필요도 없다. 그렇게, '아무나' 글을 쓴다.

불과 십 년 전만 해도 '아무나' 글을 쓰지는 않았다. 쓴다 한들 그 글을 남에게 보이기가 쉽지 않았다. 그런데 인터넷은 '아무나 글을 쓰고 그 즉시 아무에게나 보일 수 있는 세상'을 만들었다. 세상 참 좋아졌다. 그러나 그 덕에, '글'이라 부르기에도 민망한 '자모의 조합'이 온 세상에 넘쳐난다. 그 구렁 속을 헤집고 다니노라면 숨이 턱에 닿고 멀미도 난다. 그러다가 가끔, 정말 아주 가끔— '진짜 글'을 만난다. 건빵 속 별사탕만큼이나 반갑다. 정말 별처럼 반짝—빛이 난다.

하지만 '진짜 글'과 '좋은 글'은 다르다. 물론 좋은 글은 진짜 글이다. 하지만 진짜 글이 다 좋은 글은 아니다. '좋은 글'에 대해서라면 구구한 설명보다 방송작가 김수현의 일화 하나를 들추는 것이 간명하겠다. 후배 작가 하나가 그녀에게 '어떻게 하면 글을 잘 쓸 수 있느냐'고 묻자 '그건 연습해서 되는 게 아냐. 타고나야지'라고 대답했다는, 이젠 유명하지도 않은 이야기. 인정하기 싫지만, 그녀가 옳다. '좋은 글'은 타고나야 쓸 수 있다. 수영 연습을 한다고 해서 누구나 박태환이 될 수 없는 것과 같은 이치다. 하지만 누구라도 배우고 연습하면 — 박태환만큼은 아니더라도 — '수영'은 할 수 있다. 간혹, 배우지 않았는데도 물 위에 떠서 조금씩 앞으로 나아갈 수 있는 사람도 있겠다. 열심히 허우적대는 본인의 생각은 어떨지 몰라도 그건, 물보라 요란한 물장구일 뿐이다. 수영하는 '시늉'일 뿐이다. 그걸 뭐라 부른들 상관할 바 아니지만 어쨌거나 그건 — '수영'만큼은 결코 아니다. 이처럼 누군가가 수영을 한다고 할 때, '박태환 수준의 수영인가 아닌가'는 중요치 않다. '수영인가 아닌가'가 먼저다. 글도 마찬가지다. '좋은 글인가 아닌가'는 나중얘기다. '글인가 아닌가', 그게 먼저다. 그것이 '글'일 때 '진짜 글'이라 하고, 그 글이 좋을 때 '좋은 글'이라 한다. 이것이 '진짜 글'과 '좋은 글'의 차이다.

수영과 마찬가지로 **'글'도 배워야 한다. 그리고 연습해야 한다. 그래야 쓸 수 있다.** 당연한 얘기다. 그러나 많은 이들이 그 과정을 건너뛴다. 그들에게 글쓰기란, 말을 글자로 옮기는 하찮은 일이기 때문이다. 숨쉬기나 잠자기처럼 굳이 배우지 않아도 할 수 있는 당연한 일이기 때문이다. 그리하여 그들은, 지금

도 무엇인가 쓰고 있겠다. 자신들이 쓰는 그것이 '글'이라 믿어 의심치 않으며. 심지어 자신이 쓴 '글이 아닌 그 무엇'을 '좋은 글'이라 생각하는 사람들도 있다. 진짜다. 나는 실제로 본 적이 있다. 요즘에도 본다. 아니, '늘' 본다. 보인다.

자꾸 말해 안됐지만 좋은 글은 '타고나야' 쓸 수 있다. 아무나 쓰는 게 아니다. 박태환의 수영을 누구에게나 바랄 수 없듯 '좋은 글'을 누구에게나 바랄 순 없다. 하지만 타고나지 않아도 '수영'을 할 수 있는 것처럼, 타고나지 않아도 '글'은 쓸 수 있다. 다만 배우고, 공부하고, 연습해야 한다. 많이도 필요 없다. 조금만 하면 된다. 조금만 하면 누구라도 '진짜 글' 정도는 쓸 수 있다. 그런데 그 '조금만'을 '조금도' 하지 않은 사람들이— '글 같지도 않는 그 무엇'을 주야장천 써댄다. 요란하게 물장구치는 사람이 '수영한다'고 하면 비웃을 사람들이, '글 쓰는 시늉'을 하면서 스스로는 '나 글 쓴다' 하고 있는 것이다.

'글을 쓰고 싶다'면 '글 쓰는 법'을 배워야 한다. '그냥 많이 쓰다보면 어떻게 되겠지' 하는 생각부터 버리자. 어떻게 되지 않는다. 글 쓰는 재능을 타고난 사람도 공부하고 연습하지 않는 한 '글'을 쓸 수 없는 것이 세상의 이치인데, 전혀 타고나지 못한 장삼이사(張三李四)들은 오죽할까! 그런데도 우리는, '글쓰기'를 배울 생각을 좀처럼 하지 않는다. 글쓰기는 '숨쉬기'처럼 당연히 되는, 누구나 할 수 있는 쉬운 일이기에 '배워야 한다'는 생각을 아예 하지 못하는 것이다. 덕분에 우리는, '글 비슷한 것'은 많지만 '글'이 귀한 세상을 산다.

이렇게, '글 비슷한 것'이 넘쳐나는 세상에서 만나는 장하늘 선생의 책 『글 고치기 전략』은 그야말로 차고 맑은 한 모금의 물이다. 따끔하지만 청량한 죽비(竹篦)다.

책장을 넘길 때마다 장하늘 선생의 죽비가 떨어진다. 찰싹— 찰싹— 찰싹— 쉴새없이 떨어지는 죽비를 받느라 어깨놀이는 금세 얼얼해진다. 찰싹— '일문일사(一文一思)'의 미덕을 배우고, 찰싹— '읽혀야 문장'임을 배우고, 찰싹— '메타 디스커스(meta-discourse)' 걷어내는 법을 배우고, 찰싹— 선명한 말꼬리의 위력을 배우고, 찰싹— 길고 두루뭉술한 문장의 무력함을 배우고, 찰싹— 너저분한 수사(修辭)의 역겨움을 배우고, 찰싹— '윗옷'과 '웃옷'의 차이를 배우고…… 그렇게, 평생을 우리말 연구하고 가르치는 데 바친 노학자에게 '글쓰기'를 배운다. 드디어 마지막 장, 얼얼해진 어깨를 어루만지며 책장을 덮는데 아차, 마지막 죽비가 세차게 떨어진다. 찰싹— 유난히 서늘한 그 죽비 소리에 그만, 내가 그간 '글'에게 행한 지독한 무례(無禮)를 깨닫는다. 부끄러워진다.

그렇다고 이 책에 너무 큰 기대를 하지는 말자. 『최신판 올 컬러 수영교본』이 당신을 박태환으로 만들어주지 않듯, 이 책 역시 당신을 김훈이나 김연수로 만들어주지 않는다. 그저 '글 쓰는 법'을 가르쳐줄 뿐이다. '글다운 글'을 쓸 수 있게 해줄 뿐이다. 책 한 줄 한 줄 진득이 배어 있는 노학자의 고집과 깐깐함이 가끔은 거북할 수도 있겠다. 하지만, '글 비슷한 것' 혹은 '글이라 하기에 민망한 그 무엇'이나 쓰던 사람이 '진짜 글'을 쓸 수 있게 된다는데 노인네의 꼬장꼬장한 잔소리쯤, 백 번이건 천 번이건 못 들어줄 이유가 없다. 평생을 두고 남는 장사다.

꼭 이 책이어야 한다는 법은 없다. 꼭 책이어야 한다는 법도 없다. 어떠한 형태, 어떠한 방법이 되었든 '글쓰기'를 배웠다면, 아니 배우기 위한 시도를 한 번이라도 했었다면, 당신이 쓰고 있는 것은 '글'일 확률이 높다. 그러나, 그런 기억이 전혀 없고 지금도 그 필요를 전혀 느끼지 못한다면, 그럼에도 불구하고 당신이 지금 글을 쓰고 있다면…… 묻고 싶다.

그대 지금 '글' 쓰고 있는가?

내 인생의 영화

Cinema

01

소년은 성장한다, 과거를 딛고

늙은소 http://blog.yes24.com/topoema

블로그 축제 우수상

할람 포
데이비드 매켄지 감독
제이미 벨, 소피아 마일스 출연 | 드라마 | 2008

스코틀랜드의 교외, 호숫가 옆 저택에 살고 있는 할람은 익사사고로 엄마를 잃은 후 자기만의 세계에 빠져 지낸다. 아빠의 전 비서였던 새엄마 베리티가 엄마의 사고와 관련 있다고 믿는 할람은 몰래 베리티를 훔쳐보며 미움과 호기심이 뒤섞인 감정을 느끼고 괴로워한다. 결국 베리티와의 뜻밖의 사건으로 집을 나와 에든버러로 간 할람은 엄마와 닮은 호텔리어 케이트를 발견하고 그녀를 따라간다. 케이트의 도움으로 일자리를 구한 할람은 틈틈이 그녀를 훔쳐보다가 그녀의 전 애인인 호텔 매니저 앨러스터에게 들키게 되는데……

열여덟 살 생일을 앞둔 소년 '할람 포'(제이미 벨)는 익사사고로 사망한 어머니의 죽음에 의문을 품는다. 어머니의 죽음을 수용할 수 없는 할람은 나무 위 오두막에 은신처를 마련하고 어머니의 사진을 벽에 붙여놓은 채, 그녀의 죽음에 어떤 음모가 자리하고 있으리라 확신하며 주변 사람들을 숨어서 관찰한다. 무엇보다 그가 의심하는 것은 새어머니인 '베리티'(클레어 포라니). 할람에게 베리티는 어머니의 자리를 차지한 침입자이자 동시에 욕망의 대상이다. 베리티가 어머니를 죽였을 것이라는 그의 추측에는, 베리티를 향한 성적 욕망을 잠재우려는 위장된 분노가 숨어 있고 이를 인정하고 싶지 않은 할람의 위선적 시선이 엉켜 있다.

어느 날 베리티와 말다툼을 벌이던 할람은 감춰오던 성적 긴장감을 폭발시키고, 새어머니와의 성행위 후 죄의식과 수치심을 안은 채 에든버러로 떠난다. 그리고 그곳에서 어머니를 닮은 여성 '케이티'(소피아 마일스)를 발견하고 무작정 그녀의 뒤를 좇는다.

도시에서도 할람은 여전히 건물의 지붕과 벽을 오르내린다. 마주하고 싶지 않은 진실을 피하려는 사람처럼 그는 감추어진 도시의 어둠을 찾아 그곳에 몸을 숨기고 타인을 관찰하는 삶을 택한다. 케이티가 근무하는 호텔과 집을 알아낸 할람은 그녀의 직장에서 일자리를 구하고, 케이티의 집이 보이는 시계탑에 은신처를 마련한 다음 점점 더 그녀와 가까워진다. 어머니를 이상화해온 할람에게 케이티는 숭배의 대상으로 자리한다. 그러나 케이티가 호텔 매니저의 정부임을 확인하며 그는 혼란에 빠진다. 자신이 증오하던 '베리티'와 '케이티'가 결국 동일한 여성이라면, '케이티'와 '어머니'를 분리해야 하는가.

〈할람 포〉는 그리스 비극과 셰익스피어의 비극적 상징을 여러 겹으로 중첩시킨 작품이다. 할람은 어머니에 대한 사랑과 이성에 대한 사랑을 구별하지 못하는 단계에서 극심한 혼란을 겪으며 정신의 불구를 체험한다. 그는 땅 위를 걷는 것보다 건물의 지붕을 타고 오르기를 더 선호한다. 그의 정신이 온전한 두 다리를 갖지 못한 채 성장이 멈추었던 탓이다. 할람은 어머니를 상실함으로써, 어머니를 극복하고 그로부터 자신만의 이상적 여성상을 확립하는 단계를 거치지 못하였다. 또한 베리티에 대한 욕망은 그녀가 금기시되어야 할 대상이라는 사실로 인해 아버지에 대한 죄의식으로 이어지고, 아버지를 극복하는 과정 또한 온전히 밟지 못하는 장애가 되었다. 그 때문에 할람은 성장의 단계를 거치지 못한 채 자신만의 공간에 틀어박혀 상처와 욕구를 감추기에 급급한 소년으로 멈춰 서 있게 된다.

소년과 어른의 경계는 부모를 극복하고 자아를 형성하는 것뿐 아니라 '여성'과 '남성'의 경계를 다시 한번 확인하는 과정이기도 하다. '할람 포'에게 있어 '어머니'의 존재는 (타자로서) 이상화된 여성, 여신의 이미지이기도 하지만, 동시에 자신과 동일시하고픈 대상이기도 하다. 영화 첫 장면에 할람은 어머니의 립스틱으로 자신의 유두 주위에 원을 그리고 얼굴에 전사의 문신을 새긴다. 어머니의 옷을 입고 복수를 다짐하는 장면 역시 등장하는데, 이러한 장면들은 어머니와의 근친적 접촉인 동시에 자기 자신을 여성화하려는 복장도착의 하나로도 볼 수 있다. 할람의 내부에는 아니마와 아니무스가 공존하고 있고, 어머니에 대한 상실과 그리움이 내부의 아니마와 결합하며, 그것이 자신 안에 있는 여성성인지 어머니를 되살리기 위해 새겨넣은 인위적 여성성인지 구별하지 못하는 단계에 와 있다고 볼 수 있다.

할람의 혼란스러움은 카메라의 불확실한 흔들림과 목표를 잃은 시선으로 표현된다. 에든버러에서 이 혼란은 더욱 심화되는데, 성장이 멈추어버린 소년이 둥지를 튼 곳이 시계탑 안이라는 것은 아이러니한 설정이 아닐 수 없다.

할람은 모든 관계로부터 현기증을 느낀다. 새어머니에 대한 욕망은 '베리티'라는 여성 자체로부터 뿜어져나오는 것인가, 혹은 '새어머니'라는 그녀의 위치가 가져온 파괴적 금기에 대한 도전에서 비롯된 감정인가. 에든버러에서 만난 케이티에 대한 사랑은 그보다 더욱 복잡하게 해석된다. 케이티라는 여성의 매력에 사로잡힌 것인지, 혹은 어머니에 대한 대체물로서의 기능이 우선인지 할람은 선뜻 답을 내놓지 못한다. 거기에 케이티가 가정 있는 남자의 정부라는 사실은 케이티와 베리티 사이의 연관성을 부각시킨다.

스코틀랜드에서 할람은 도전하기에는 벅찬 대상인 아버지를 상대해야만 했다. 어머니는 마치 오필리아처럼 물이 새는 나무보트를 탄 채 검은 물속에 가라앉았고, 아버지의 권력은 굳건하여 매력적인 베리티를 온전히 소유하고 있었다. 이곳에서 할람은 그들을 훔쳐볼 뿐 달리 행동하지 못하였다. 그러나 에든버러에서 그는 케이티를 어머니로, 그녀의 불륜 상대인 앨러스터를 아버지로 대입한 후, 그들의 관계에 침입하여 케이티를 획득함으로써 아버지를 극복하는 과정을 유사체험한다. 이것은 하나의 통과의례로, 할람이 소년의 껍질을 깨고 다음 단계로 도약하는 데 중요한 발판이 된다. 이 과정을 거친 후 스코틀랜드에 돌아왔을 때, 할람은 견고해 보이던 성의 쇠락을 목격한다. 굳건해 보이기만 하던 아버지는 다리를 다쳐 거동이 불편하였고 재정적 문제까지 겹쳐 약한 인간의 면모를 드러낸다. 그리고 마침내 할람은 아버지로부터 어머니의 죽음에 대한 진실을 듣게 된다. 이상적으로 여겨온 어머니 역시 불완전한 존재였으며, 끊임없이 자살을 시도하던 나약한 인간일 뿐임을 비로소 인정하게 된 것이다.

이 영화는 여러 면에서 『오이디푸스』를 연상하게 한다. 테베를 배경으로 한 오이디푸스 왕의 전설은 그리스 비극작가에 의해 여러 차례 극화되었다. 3대 비극작가 중 한 명인 아이스킬로스가 신의 절대성을 이야기하였다면 소포클레스는 주어진 운명을 극복하고자 노력하는 인간의 의지를 강조하는 쪽에 비중을 두었다. 소포클레스의 중기 작품 중 최고에 속하는 『오이디푸스』는, 왕이 된 오이디푸스가 선대 왕 라이오스의 죽음을 파헤치는 과정에서 자신의 과거와 비극적 운명을 깨닫도록 한 구성을 취하고 있다. 라이오스 왕의 살인범을 찾아야 한다는 신탁을 받은 오이디푸스 왕은, 예언자를 추궁한 끝에 자신이 왕의 죽음과 관련이 있음은 물론이며, 더 나아가 아내인 이오카스테가 자신의 어머니이며 라이오스가 자신의 친부일 수 있다는 진실에까지 접근하게 된다. 소포클레스는 이러한 구성을 통해 오이디푸스가 맞닥뜨리지 않아도 될 진실을 두려움 속에서 집요하게 파헤치도록 함으로써 '공포의 실체'에 직면하고자 하는 인간의 의지를 부각하였다.

영화 〈할람 포〉는, 진실을 파헤치면서도 한편으로는 진실과 대면하기 두려워하는 소년의 이야기이다. 할람은 어머니의 품속으로 도망치고 싶은 퇴행적 욕망과 성인 남성으로 성장하고픈 탈출의 의지 사이에서 끊임없이 갈등한다. 스코틀랜드와 에든버러를 오가는 할람의 시선에는 이러한 정서불안이 표출되어 있다. 그리고 마침내 진실과 대면한 할람은 땅위에 자신의 두 발을 내딛는다.

'할람 포' 역을 맡은 제이미 벨은 〈빌리 엘리어트〉의 소년이 어떻게 어른이 되었는가를 보여준다. '잘 자라주었다'라고 이야기하기엔 너무 많은 상처를 겪었고 어른이 되는 것이 쉽지만은 않았던 듯, 할람의 정서불안과 고통이 제이미 벨의 표정과 종종 오버랩된다. 우리가 그에게 고마워해야 할 것은 그런 상처를 배우라는 직업과 어떻게든 결합시키려 노력하는 그의 자세에 있을 것이다.

〈할람 포〉를 보는 동안 낯설게 변한 그의 얼굴에서 〈빌리 엘리어트〉에서 보았던 소년의 표정이 언뜻 내비쳐 반가우면서도 서글퍼졌다.

02

영화를 잃고 사랑을 얻었네

몽상가 http://blog.yes24.com/aron1979

블로그 축제 우수상

엑스맨

브라이언 싱어 감독
휴 잭맨, 이안 맥켈렌 출연 | SF | 2000

유전자 변이로 태어나 비범한 감각과 능력을 가진 엑스맨들은 인간들로부터 경원당한다. 돌연변이 등록 법안이 추진되는 등 적대감이 고조되자 한때 친구 사이였던 돌연변이 지도자 사비에 교수와 매그니토는 상반된 방법으로 대응에 나선다. 사비에가 엑스맨들의 초능력으로 인류를 보호하고 공존하려고 애쓰는 반면, 폭력을 택한 매그니토는 등록 법안을 추진하는 상원의원 켈리를 납치해 UN 회담 현장에서 세계 정상들을 인위적 돌연변이로 만들려는 계획의 첫 단계를 시작하는데……

스물두 살 무렵에는 가진 게 아무것도 없었다. 믿을 수 없을 정도로 가난했다. 청춘은 늘 고단했고 삶은 살아내기가 힘겨웠다. 알량한 자존심과 몇 년째 사모은, 그러나 이제는 폐간이 되어버린 낡은 영화잡지가 재산의 전부였다.

그해 여름에 그녀를 만났다. 저녁 하늘의 노을 같은 여자였다. 은은하고 잔잔한 그녀의 미소에 나는 홀랑 반하고 말았다. 일을 하다가 고개를 들면 햇살이 비치는 나뭇잎 사이로 그녀의 얼굴이 떠올랐다. 잠자리에 누우면 그녀의 목소리가 귓가에 맴돌았다. 가난을 세는 일에 익숙했던 내가 종일 그녀를 생각하느라 바빴다. 내 삶은 다른 방향으로 흐르기 시작했다.

그녀에게 데이트를 신청했다. 8월의 어느 날이었다. "영화라도 보러 갈까?" 짐짓 아무렇지도 않은 듯 그렇게 물었다. "알았어." 그녀 또한 무심하다 싶을 정도로 간단히 대답했다. 약속을 잡고 전화를 끊었다. 딸깍. 수화기를 내려놓는 순간, 폭탄의 뇌관을 건드린 것마냥 정말로 그런 소리가 들렸다. 내 마음속 어딘가에서……

영화를 보기로 한 날은 맑고 화창했다. 조금씩 열어지기 시작한 햇빛이 거대한 전구처럼 세상을 비추고 있었다. 바람이 빈 곳으로 불었다. 나는 약속시간보다 삼십 분 일찍 나가 주변을 서성였다. 얼굴이 화끈거렸지만 손발은 차가웠다. 맥박이 빠르게 뛰었다. 누군가가 내 심장을 마구 주무르는 것 같았다. 반하는 마음이란, 이렇게 아픈 것일 수도 있다는 사실을 그녀를 기다리는 삼십 분 동안 절실하게 깨달았다.

심장의 두근거림은 사람들 사이 저만치서 걸어오는 그녀를 발견했을 때 최고조에 달했다. 그 순간, 나는 한 가지 사실을 더 깨달았다. 영화를 보자고 해놓고는 정작 어떤 영화를 볼지 생각을 안 한 것이다. 내가 허둥대는 사이, 그녀가 눈부신 미소를 지으며 내게로 다가왔다. “안녕?” 그녀가 물었고, 나도 그 비슷한 말로 대답을 했다. “영화 보자.” 그녀가 성큼 극장 안으로 들어갔다.

그리하여, 우리가 본 영화는 〈엑스맨〉이었다. 극장 안은 남자와 애들로 가득했다. 나는 떨리는 마음으로 극장에 앉아 있었다. 예고편이 상영되는 동안, 명멸하는 불빛이 그녀의 얼굴에 드리웠다가 사라지는 모습을 몰래 훔쳐봤다. 그러다가 어느 순간 그녀와 눈이 마주치고 말았다. 할 말을 찾아 더듬거리고 있을 때, 극장 안의 불이 갑자기 꺼졌다. 예고편이 끝난 것이다. 심장이 달음박질치는 소리가 들리지 않기를 바라며, 나는 스크린으로 눈을 돌렸다. 손에서 칼날이 튀어나오는 남자가 새하얀 설원 위를 막 달리려던 참이었다.

〈엑스맨〉은 돌연변이들의 이야기이다. 소수자라는 이유만으로 차별을 당하는 돌연변이들, 그러나 그 안에서도 두 패로 갈라져 반목을 거듭하는 이 괴상한 능력자들의 이야기에서 나는 묘한 슬픔을 느꼈다. 그녀에게로 향해 있던 신경은 어느새 영화를 향해 그 방향을 바꿨다. 호쾌한 액션은 물론이고 감탄이 절로 나오는 특수효과가 펼쳐지는 와중에도 슬픔은 쉬이 가시지 않았다. 급기야 엑스맨들이 스판덱스 유니폼을 입고 최후의 일전을 펼치러 날아가는 장면에서는 눈가가 촉촉해지기도 했다. 어디에서 이 슬픔이 오는 걸까? 나는 울버린의 칼날을 보며, 매그니토의 주름을 보며, 그리고 사비에 박사의 매끈한 대머리를 보며 슬픔의 원류를 찾고 또 찾았다. 그러다가 불현듯 내 방 한구석에 쌓인 영화잡지가 떠올랐다. 병든 어머니가 떠올랐다. 실직한 아버지와 좁은 집에 들어찬 가난의 흔적들이 떠올랐다. 저들처럼, 자신들이 다르지 않다는 사실을 증명하기 위해 안간힘을 쓰는 돌연변이들처럼, 아등바등 하루를 살아가는 남루한 내 삶이 떠올랐다. 그리고 곧, 사랑은 사치라는 생각이 머릿속을 가득 채우기 시작했다. 데이트가 끝난 후 집으로 돌아갈 차비를 걱정해야 하는 내게 연애라니, 사랑이라니……

영화는 끝났다. 두근거리던 심장은 어느새 차갑게 식어 있었다. 관객들은 죄다 웃는 얼굴로 상영관을 빠져나갔다. "진짜 재미있다. 특수효과 진짜 멋있지 않냐?" 대학생으로 보이는 누군가가 친구에게 그렇게 말하며 내 옆을 스쳐 지나갔다. 바로 몇 분 전에 본 영화의 내용이 하나도 생각나지 않았다. 멍한 머리 안으로 방향 잃은 허무함과 좌절감이 썰물처럼 밀려왔다. 내 어두운 표정을 읽었던 것일까. 그녀가 "영화 재미없었어?"라고 물어왔다. 나는 아니라고 대답했다. 그녀는 극장 복도에 걸린 〈엑스맨〉 포스터 앞으로 걸어갔다. 나는 포스터를 바라보는 그녀를, 그녀의 아름다운 뒷모습을 가만히 지켜보았다. '오늘이 마지막 데이트다.' 마음속으로 그렇게 생각하면서.

주머니에 손을 찔러넣었다. 잡히는 건 먼지와 동전 몇 개뿐이었다. 이쯤에서 물러나는 게 모양새가 좋을 것이다. 나는 크게 심호흡을 한 다음 그녀에게 멋진 작별인사를 건네기 위해 입을 열었다. 그 순간, 그녀가 홱 뒤로 돌더니 나를 똑바로 바라봤다. 그러고는 말했다.

"2편 개봉하면, 우리 2편도 보러 가자."

그녀의 입에서 나온 '우리'라는 말은 내 귀를 지나 머리를 돌고 가슴으로 파고들었다. 그리고 심장이 뛸 때마다 잔잔한 파동이 되어 온몸으로 퍼져나갔다.

우리.

너와 나.

그녀와 나.

……

…

'우리'는 2편도 함께 봤다. 3편도 물론이다. 그사이 칠 년이 지났다. 우리는 오랜 연인이었고, 그리고 그녀는 내 아내가 되었다. 힘들지 않았느냐면 물론 아니다. 가난하지 않았느냐면 그것도 물론 아니다. 해가 바뀌어도 여전히 싸움을 하는 돌연변이들처럼 나도, 전력투구를 했다. 사랑을 지키기 위해서. 〈엑스맨〉의 새로운 시리즈가 나올 때마다 '우리'가 함께 극장에 가기 위해서……

며칠 전 만삭인 아내가 예매권 두 장을 내밀었다. 〈엑스맨 탄생 : 울버린〉이었다. "추억의 영화잖아. 안 보고 지나갈 순 없지." 여전히, 처녓적의 아름다운 미소를 잃지 않은 채 아내가 말했다. 나는 조용히 예매권 두 장을 받아들었다. 따뜻했다. 아내의 마음처럼. 우리들의 사랑처럼. 그날, 그녀의 입에서 처음으로 우리라는 말을 들었을 때처럼. 여름 햇살처럼.

2000년 8월의 어느 날, 나는 영화를 잃고 사랑을 얻었다.

03

자연의, 삶의 여정의 아름다움을 보여주는 다큐멘터리 영화 〈Earth〉

밤비 http://blog.yes24.com/sophia7903

블로그 축제 우수상

지구
알래스테어 포더길, 마크 린필드 감독
다큐멘터리 | 2008

영화 〈지구〉는 남극에서 북극까지 지금까지 알려져 있지 않거나, 알려졌지만 그 모습을 제대로 담을 수 없었던 동식물의 모습을 생생하게 보여준다. 완전한 암흑으로만 보이는 어둠 속, 세계에서 가장 높은 산꼭대기, 해저 심연, 날아가는 새의 등까지 불가능하게만 보였던 모든 곳에 카메라를 설치하여 생생한 생명의 찰나들을 포착했다. 우리 행성 지구가 걸어온 발자취를 따라가다보면 46억 년의 시간을 살아온 경이로운 생명들을 지켜달라는 감동적인 함성을 들을 수 있을 것이다.

이렇게 제목을 붙이긴 했지만 사실 이 영화가 무조건적으로 자연의, 삶의 긍정적인 면만을, 아름다움만을 보여준다고 생각한다면 그건 오해가 분명할 것입니다. 어쩜 이 영화는 '자연'이라는 단어의 본질, 즉 우리와 함께 숨쉬는 그 '자연적'인 삶의 과정을 고스란히 보여준다는 게 더 옳은 표현이겠지만 그래도 영화를 관람하면서 주로는 아름다움 쪽에 더 눈이 갔고, 그렇게 느끼고 싶었고, 그렇다고 여겼기에 이리 제목을 붙여봤지요.

맞습니다. 우리가 살아가는 이 지구는 정말 아름다운 곳이라는 걸 이 영화를 통해 공감할 수 있었습니다. 사실 너무나 익숙하고 가까운 것에 대해 고마움을 못 느끼는 대개의 경우처럼, 우리와 떼려야 뗄 수 없는 신비하고도 아름다운 자연으로 가득 찬 지구에 대해서도 우리들은 별 특별한 느낌 없이 지내지 않나 싶습니다. 간혹 계절이 옷을 갈아입을 때 느끼는 짧은 감상이 고작인 것이 더 진실에 가깝다 싶은 것이지요.

그런 의미에서 영국의 그린라이트 미디어, BBC 월드와이드와 디스커버리 채널 등이 합동으로 제작하여 보여주는 이 영화는 오랜 시간의 관찰과 노고 끝에 완성된 생생한 자연의 현장을 우리들에게 여실히 드러내 보여주는 참으로 고마운 기록이라고 할 수 있을 것입니다.

영화의 끝 장면에 제작진들이 촬영하면서 실제로 겪었던 일들이 잠깐 나오는데 얼마나 힘들게 영화를 완성했는지, 또 그들이 얼마나 진실된 장면을 보여주기 위해 노력했는지 충분히 공감할 수 있었고 말입니다.

이 영화는 자연의 사계 변화를 비롯하여, 크게는 세 종류의 동물 가족들의 삶의 여정을 비추면서 자연의 광활함과 장엄함, 그러면서도 하찮아 보이는 작은 생명체에게까지 삶의 신비를 어김없이 적용시키는 자연이라는 놀라운 원리와 이에 놀랍도록 적응하는 생물들의 지혜를 통해 우리 인간들을 스스로 되돌아보게 만듭니다.

갓 태어난 어린 생명체가 어미의 뒤를 졸졸 따르며 삶의 이치를 배우고 깨달아가는 과정의 아름다움, 그건 바로 생명 자체의 아름다움이자 경이로움 바로 그것이지요. 또한 누구에게서 배운 것도 아닌데 자신들이 가야 할 곳을 찾아갈 줄 아는 지혜는 바로 자연이 우리에게 내려준 큰 은혜가 아닐 수 없지요. 때로는 지치고 어려운 고난을 만날지라도 기어이 시련을 헤치며 떠나 자신들이 있어야 할 자리를 찾는 그들을 보는 순간 과연 이 지구상에 존재하는 생명체 중에서 우리 인간이 가장 우월한 존재가 맞나, 라는 의문을 떨쳐버릴 수가 없었고요.

북극곰 가족, 아프리카의 코끼리 모자, 그리고 어미와 아들 고래 가족을 통해 생명의 신비와 강인함을 느끼고, 삶의 지혜를 배우는 것이 이 영화의 큰 축이라면, 그 외에도 처음 세상을 대면하는 오리새끼들의 비상과 용감무쌍함, 짝짓기를 위해 이성에게 자신의 멋을 드러내려는 수컷 새의 현란하고도 사투에 가깝지만 무모하게도 보이는 몸짓에는 그저 얼굴 가득 미소가 떠오르며 벅차오르는 감동을 맛볼 수 있었답니다.

하지만 처음에 말씀드린 것처럼 우리네 삶의 여정이 그저 아름답고 경이롭기만 한 건 절대 아니지요. 중간중간 헤쳐나가야 할, 또 반드시 겪을 수밖에 없는 불가피한 시련 또한 존재하는 게 사실인데 그와 같은 과정에서 이들이 보여주는 지혜를 가만 지켜보다보면 또 새삼 생명의 신비와 감격으로 가슴 떨리는 순간을 만끽하게 되면서 삶의 강인한 의지를 느끼게 되고요.

또한 이들의 본능적인 삶에 대한 의지와 사투는 이들 또한 이 지구의 일원으로 충분하다는 것을 보여주면서, 이들 위에 군림하려고 하는 우리 인간의 자만심에 제동을 걸지요. 때론 본능보다 더 강력한 존재이유는 없다는 걸 시위하듯 이들의 몸짓은 차라리 숭고하게 느껴지기도 하면서요.

그러므로 우리보다 열등하다 여겨지는 동물들의 숭고한 삶의 여정은 우리 인간에게 새로운 의지와 희망을 주는 데 단단히 한몫하기도 하지만 그보다는 이들 또한 우리 인간과 이 지구에서 함께 공존하며 영원히 지구의 한 부분으로 살아가야 한다는 사실을 절감하게 만드는 것이 바로 이 영화의 미덕이 아닐까 싶습니다.

그리고 진실로 이러한 절감을 늘 가슴속에 새기며 이들과 함께하려는 의지를 다잡을 때 우리의 지구는 더욱 건강한 모습을 유지할 것이고, 바로 그것이 이 영화가 우리에게 말하고 싶어하는 교훈일 거라는 생각을 해봤습니다.

04

내 생의 알프레도 아저씨(들)에게

사유리와 히로키 http://blog.yes24.com/jslyd012

블로그 축제 우수상

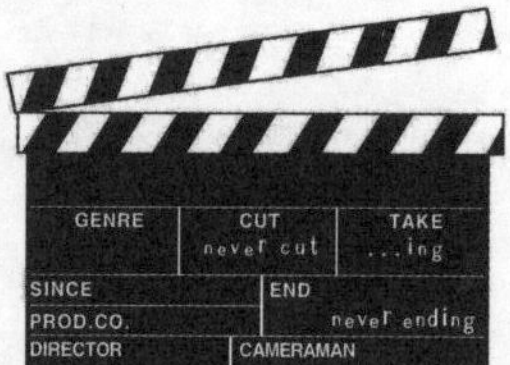

시네마 천국

주세페 토르나토레 감독
필립 누아레, 살바토레 카시오 출연 | 드라마 | 1993

이차대전 직후의 이탈리아 시칠리아 섬은 유럽의 여느 곳처럼 마을 중앙에 작은 광장이 있는데, 그곳엔 시네마천국이란 낡은 영화관이 있다. 늙은 영사기사 알프레도와 그를 선망하는 소년 토토는 영사실에서 살다시피 하면서 친구처럼 지낸다. 어느 날 영사실에 불이 나 알프레도가 앞을 보지 못하게 되자 토토가 대신 영사기사로 일하다가, 얼마 후 마을을 떠나 꿈에 그리던 영화감독이 되는데……

1. 그때가, 2006년의 11월이었죠

사실, 11월은 그래요. 여느 달과 달리, (주말을 제외한) 휴일도 없고 특별한 축제나 기념할 만한 날도 없어요. 맞아요. 무미건조한 달! 만추의 기분요? 에이, 설마~ 그 달은 겨울과 가을 사이에 끼여서 딱히 저 나름의 계절적 정체성도 가지기 힘든 달이에요. 친구는 그러더군요. 겨울로 가는 길목에 '사산아'처럼 던져진 달이라고. 떨어지는 낙엽들 때문에 스산하기까지 해요(그나마 '빼빼로데이'가 있는 것이 위안이랄까요~ ^^;).

그런 낙엽(들)을 보자면 마음도 싱숭생숭한데, 그해 11월 우리는 당신을 보내고야 말았죠. 사산아 같은 달에 누군가를 그렇게 보내는 건, 더 큰 감정노동을 동반해야 해요. 누군들 누울 자리, 누울 달을 따져가며 눕겠느냐마는, 그렇게 '천국'으로 당신을 보내는 일, 쉽지 않았어요.

그래요, 알프레도 아저씨. 당신은 그때 그렇게, 떠났습니다. 뭐랄까. 아저씨와 대면하거나 얘기를 나눈 적 없지만, 늘 그 자리에 머물러 있어서 원한다면 기댈 어깨를 언제든 빌려주는 사람이 갑자기 없어진 것 같은 느낌이었다 할까요. 아저씬 그런 사람이었어요. 집 나간 고양이처럼 떠돌아다니면서 세상에 치이고 치이다가 다시 돌아가도 언제나 그 자리에서 날 반가이 맞아줄 것 같던 사람.

하긴, 아저씨는 영화 속에서도 그랬어요. 토토에게 말이에요. 아저씨를 토양으로 삼고 자란 토토는 성공한 영화감독이 된 뒤에도 아저씨를 찾아오지 않았죠. 하지만 아저씬 토토를 믿었고, 언젠가 돌아올 그를 위해 눈물겨운 선물을 준비해둔 사람이었죠. 그 선물. 토토가 아니라도, 그 선물을 보고선 눈물 한번 흘리지 않은 사람 없을걸요. 아~ 내게도 아저씨 같은 존재가 있었으면 하고 얼마나 바랐는지.

모르긴 몰라도, 아저씨는 〈시네마 천국〉을 심장에 깊이 새긴 사람의 그 마음속에 영원히 자리매김하고 있을 거예요. 어린 토토가 그렇게도 따르고 좋아하던, 토토에 대해 절대적인 애정을 가지고 있던 당신. 토토의 (유사)아버지였고, 선생님이었으며, 두목인 한편, 무엇보다 친구였던 당신.

2. 친구, 맞아요

그래서 아저씬, 욕심이 크게 없었나봐요. 사람에 대해서도, 영화에 대해서도. 그랬기에, 영화나 인생을 즐겼으며, 친구를 묶어두지도 않았던 거겠죠? 그리고 친구에게 멘토가, 카운슬러가 되어주었겠죠. 특히, 종종 보여주신 약자를 향한 애정, 그것 또한 인상 깊었어요. 스스로 부유하진 않았지만, 넉넉하고 풍족한 마음씨로, 가진 것 없는 사람을 대했던 친구.

그런 친구를 구름의 저편으로 보냈을 때, 슬픔도 슬픔이지만, 참 아쉬웠어요. 〈클로저〉에서 주드 로가 분했던 부고전문기자 댄이 말했듯, 제대로 된 부고기사를 접하지 못해서, 내가 그것을 제대로 못 해서.ㅠㅠ 부고는 정말 중요한 일이라고 생각해요. 한 사람의 생이 마감됐음을, 그 죽음을 제대로 알리는 것이 얼마나 중요한 것인지 사람들은 때론 간과하는 것 같아요. 온전한 하나의 세계가 사라지는 그 순간에 말이죠. 그 세계가 다른 세계에 미친 영향은 또 얼마나 중요한 것이었는지. 그래서 알프레도 아저씨를 제대로 알렸어야 했는데 말이죠.

어쩌면, 이 포스팅은 아저씨에 대한 미안함을 담은, 한 번도 만난 적 없지만 친구처럼 당신을 생각했던, 한 젊은이가 보내는 연서이기도 하지요. 더불어, 지금까지의 제 생애를 지탱하게 만들어준, 지금의 나를 형성하는 데 큰 영향을 미친 아저씨와 같은 친구들에게 건네는 이야기. 아저씨 없는 토토가 없듯, 아마 그 친구들 없이는 제가 없었을 거예요. 그렇기에 〈시네마 천국〉은 어쩌면, 제 얘기가 아니었을까요. ^.^

3. 저는 한때, 'ToTo'라는 아이디를 가진 적이 있었어요

당연히 〈시네마 천국〉의 '토토'에서 빌린 아이디였죠(아, 물론 제가 토토처럼 완전 귀엽고 잘생겼다는 말은 아니고요~ 어릴 땐, 좀 많이 귀엽긴 했죠. 흐흐 ^.~;;). 내 인생의 영화, 많지만 0순위를 꼽으라면 저는 주저함 없이 〈시네마 천국〉을 말합니다. 아마도 고등학교 때였죠. 더 어릴 적부터 영화를 좋아하고 극장을 드나들던 저였지만, 그건 일대 사건이었죠. 단순히 영화 제목이 마음에 들어 만났던 〈시네마 천국〉. 대수롭지 않게 앉았다가 끝내 엉덩이가 무거워져서 쉽게 빠져나오지 못했던 시간이었어요. 눈물까지 범벅이 돼서, 몰입하고 말았던 그 첫번째 대면의 시간.

그전까지 〈시네마 천국〉만큼 가슴을 후벼판 그런 영화, 없었습니다. 무엇보다 토토와 알프레도 아저씨의 우정. 아버지 잃은 어린 토토가 유사아버지이자 친구인 아저씨와 나눈 감정의 교류. 이전에 절 울렸던 한 권의 책, 『나의 라임오렌지나무』에서 만났던 제제와 뽀르뚜가 아저씨가 영상으로 되살아난 기분이었어요.

그들은 서로 만집니다. 몸의 접촉을 넘어, 서로의 마음을 만져주는. 그건 소통이고 정서적 공유였죠. 누군가의 가르침이나 주입에 의한 게 아니라, 서로가 삼투압하고 번집니다. 모든 포유류는 본능적으로 피부 접촉을 통해 정서적 안정을 추구한다죠. 그들은 사랑하는 사람들 사이에 오갈 수 있는 몸과 마음의 접촉을 통해 함께 자랍니다. 만지고 만져지는 자연스러운 스킨십이죠. 그들의 상호관계성이 형성되는 과정이 저에게는 눈물겨웠나봐요. 처음 볼 땐 무작정 몰입됐던 그들의 이야기가, 자라면서 깊이 가슴 한켠에서 숨쉬게 된 건, 아마 그런 '관계' 때문일 겁니다.

알프레도 아저씨는, 토토에게 이런 말도 건네죠.

"토토, 네가 영사실 일을 사랑했던 것처럼 무슨 일을 하든 네 일을 사랑하렴……"

어린 날부터 뻔질나게 영사실에 드나들던 토토에게, 영화(일)를 하라고 얘기하진 않아요. 그저 자신의 일을 사랑하라고 할 뿐이죠. 그건 곧 자신을 사랑하라는 의미까지 담은 표현. 아저씨는, 만지고 만져질수록 자신과 상대방의 존재가 커짐을 머리가 아닌 본능으로 알고 있었던 것 같아요. 맞죠? 아저씨. 만질수록 커진다!

4. 제게도 그런 '친구(들)'이 있어요

말하자면, 그(들)은 제게 알프레도 아저씨이자, 뽀르뚜가 아저씨예요. 중학 시절 만났던 내 친구 상현이. 녀석은, 정말 다른 친구와 달랐어요. 고만고만하게 비슷한 환경의 세계에 묶여 있던 제게, 녀석은 또다른 세계가 있음을 알려줬죠. 경제적으로 가난한 집안의 그는, 풍부한 감(수)성과 마음씨를 지닌 문학소년이었어요. 녀석은 조숙했어요. 좋지 않은 환경에서도 너른 웃음을 지니고 있었고, 다른 사람을 먼저 생각해줄 수 있음을 알려준 친구. 교내 백일장을 휩쓴 그의 글을 보자면, '아, 어떻게 이런 글이 나오지' 하는 감탄을 자아내게 했었고요.

저는 무작정 녀석이 좋았고, 많이 따라다녔죠. 십대의 좁은 세계의 변곡점이 됐던 그 친구. 똥고집부터 부리고 나 자신만 알던 제게, 처음으로 세상에 가난이 있음을, 다른 친구를 우선 생각할 수도 있음을 알려주었죠. 우리는 늘 밥을 함께 먹고, 서로의 집을 오가며, 자전거를 함께 타고 공부는 물론 노는 것도 함께 했었죠. 내게 그렇게 번졌던 그 친구. 나는 얼마나 그 친구에게 번질 수 있었는지 모르겠지만, 참 고마운 친구.

그리고 이십대. 나는 또다른 알프레도 아저씨를 만났죠. 군대를 갓 제대한 뒤 폭력적이고 가혹한 율법에 날이 서 있던 저와 타국에서 만났던 그녀는 내 안의 독을 빼주었어요. 한 지역 방송사의 기자였던 그는, 모든 사회적 지위를 버리고 다시 공부를 시작하면서 새로운 길을 모색하고 있었죠. 그 먼 타국에서 우린 참 많이 걷고 이야길 나눴죠.

내가 놀란 건, 그의 선택이었어요. 당시 자본이 부추기는 욕망에 더 가까이 있던 내게, 그는 우리 인간사회가 안고 있는 그늘에 대해 생각하게 하는 계기를 만들어줬죠. 그는, 그 그늘은 결국 우리 스스로 책임을 져야 하고, 우리 중 누군가는 그 일을 해야 한다는 기본 명제를 품고 한 장애인 커뮤니티에 자원봉사자로 자신의 걸음을 내디뎠습니다. 특수교육(Special Education)으로 진로를 잡은 선택이었죠.

물론, 자신의 선택이었지만, 그도 인간이었기에, 그는 내게 간혹 토로했었죠. 혼란스럽고 당황스럽기도 한 상황에 회의를 내비치면서. 그러나 그는 억지로 버티고 견디지 아니했어요. 자신의 몸이 고장이 나기 전까지는. 그는 많은 시간 즐거웠고, 행복해하는 모습을 보여줬어요. 달뜬 목소리로 자신의 행복을 말해주기도 했었죠.

그 사람, 또다른 알프레도 아저씨였던 그 사람. 그 덕분에 나도 꿈이 생겼고요. 그는 알프레도 아저씨가 토토에게 했던 것마냥, 내게 이런 말을 건넸죠. "건강하게 사회 속에 썩어들어가기 바라네. 해서, 사회기둥의 한 뿌리가 되어 있는 자넬 보고 싶네…… 든든한 한 뿌리가……" 이 말이 내겐 '절대반지'가 됐어요. 그 이후 내 생을 지탱하는 하나의 축대가. 영원히 지키리라 장담할 수 없지만, 든든한 뿌리까지 될 자신도 솔직히 없지만, 늘 내 가슴속에서, 숨이 멎는 그날까지 간직한 그 말. "건.강.하.게.

썩.어.들.어.가”라는 그 말.

맞아요. 그들을 만나기 전과 만난 후, 저 자신이 완전 바뀐 건 아니지만, 그래도 약간 달라졌어요. 그때그때 내 생은 그들을 만나기 전과 그후로 나뉜 거죠. 'before'와 'after'. 삶에서 경험하는 어떤 균열이라고 해도 좋을. 그리고 지금 새로 시작한 일. 그들이 추동한 것이나 마찬가지죠. 앞서 했던 일도 물론 그랬지만, 지금도 그래요.

내겐 그 친구들이 바로, 알프레도 아저씨랍니다. 사실 지금은 그들을 만나지 못하고 있습니다. 그 어떤 이유들로 인해. 내가 좋아하는 노래 중에 여행스케치의 〈옛 친구에게〉가 있어요. 그 노래 들을 때마다, 나는 내 알프레도 아저씨(들)을 떠올리죠. “지난 내 어리석음 이젠 후회해. 하지만 넌 지금 어디에…… 아직도 나를 기억한다면 날 용서해주오♪” 그들, 잘 있겠죠?

5. 작은 바람이 생겼어요

알프레도 아저씨가 토토에게 그랬고, 그들이 나에게 그랬듯이. 그것이 단 한 사람뿐일지라도, 당신(들)이 내게 그러했던 것처럼, 나도 누군가에게 번졌으면 좋겠습니다. 맞아요. 당신(들)은 내게 그런 번짐이었습니다. 우린 느닷없이 만나고 느닷없이 헤어진 상태지만, 그건 생에 있어 하나의 단계이자, 수순이라는 생각도 해요. 알프레도 아저씨를 훌쩍 떠나보낸 채, 뒤늦게 그를 찾아간 토토에게도 마찬가지가 아니었을까 해요.

그래도 느닷없이 잊히진 않아서 참 다행입니다. 당신(들)의 번짐이 아직 제 가슴에 번진 채 있어서 역시 다행이에요. 토토가 알프레도 아저씨를 만난 것이 우연이듯, 우리의 만남도 우연이었어요. 그 우연이 우연을 불러 인연이 넓어지고, 인연은 또다른 세계를 만나게 해줬네요. 당신(들)과 맞닥뜨린 이 우연이, 인연이, 저의 세계를 더 넓혀줬습니다.

당신(들)은 내게 그런 번짐이었습니다. "사람의 있을 곳이란, 누군가의 가슴속밖에 없다"(『냉정과 열정 사이』, 소담출판사, 2000)는 말이 맞다면, 당신들은 내 속에서 여전히 번지고 있답니다. 다시 말하지만, 이제는 저도 그런 번짐이고 싶어요. 또다른 누군가에게.

영사기를 통해 비치는 영상이 토토에게 경이로움과 감탄이었고, 또다른 세계를 알게 된 창이었을 겁니다. 알프레도 아저씨가 그것을 전해줬고. 그것만큼은 아니지만, 제가 건네는 커피 한 잔이 단 한 사람에게라도 소소한 번짐이자 아주 작은 위안이 됐으면 좋겠어요. 저는 늘 커피와 함께 제 마음 한 잔도 담아주고 싶어요. 그것이 제 작은 바람이에요. 커피 한 잔, 번짐 한 모금.

마지막으로, 장석남 시인의 「수묵정원9—번짐」이라는 시를 건넵니다.

고마워요, 알프레도 아저씨(들).

너는 내게로
번져 어느덧 내가 되고
나는 다시 네게로 번진다
번짐,
번져야 살지.

05

〈파리, 텍사스〉에서 사막의 환(幻)을 보다

은이후니 http://blog.yes24.com/ccypoet

블로그 축제 우수상

파리, 텍사스
빔 벤더스 감독
해리 딘 스탠튼, 나스타샤 킨스키 출연 | 드라마 | 2007

멕시코와 미국의 접경지역 황무지에서 의식을 잃은 트래비스. 그를 치료하던 의사가 연락을 해 동생 월트가 트래비스를 데리러 온다. 둘은 사 년 만에 만나게 되었지만 기억을 잃은 트래비스는 말 한마디 하지 않는다. 트래비스의 아들 헌터를 아들처럼 키워온 월트와 그의 아내 앤은 헌터와 트래비스의 서먹한 관계를 풀어주기 위해 최선을 다하지만 다른 한편으로는 아들과도 같은 헌터를 잃을까 노심초사한다. 앤은 트래비스에게 헌터의 생모인 제인이 매달 돈을 보내오고 있음을 알려주고 트래비스는 아들과 함께 제인을 찾아 길을 떠나게 되는데……

1

우선 심심풀이 퀴즈 하나로 이 글을 시작해보자. 프랑스의 수도 파리의 이름을 그대로 딴 도시가 미국에는 몇개나 있을까? 질문의 성격으로 봐서 하나는 아닌 것이 분명해 보이니, 둘? No. 그럼, 셋? No. 그렇다면, 다섯인가? 그것도 No. 뭐야, 도대체 몇개나 되는 거야, 일곱? 여덟? 아니면 아홉? 하하하, 전부, 아니올시다. 정답은 열 개. 아니, 그렇게나 많단 말이야! (미국 내에 열 개의 파리들이 어디에 있는지 궁금한 사람은 구글에서 검색해보시라!) 그런데 미국에 있는 이 열 개의 파리 중에서 세계적으로 가장 널리 이름이 알려진 곳은 바로 텍사스 주에 있는 파리(Paris, Texas). 이는 빔 벤더스 감독의 영화 〈파리, 텍사스〉 덕택임은 두말할 것도 없겠다.

그럼, 여기서 또 퀴즈 하나. 그렇다면, 영화 〈파리, 텍사스〉에는 텍사스 주의 파리에서 촬영된 장면이 얼마나 있을까? 이 영화를 직접 보지 않았어도 눈치 빠르게 질문의 의도를 간파한 이라면, 쉽게 '없다'라고 정답을 맞힐 것이다. 그렇다. 미국 텍사스 주에서 현지 촬영된 영화인데도 〈파리, 텍사스〉에는 텍사스 주의 파리가 전혀 나오지 않는다. 아니, 아주 잠깐 등장하기는 한다. 주인공 트래비스가 소중하게 품에 지니고 있는 한 장의 사진으로. 그것은, 그의 부모가 처음으로 사랑을 나누었던 곳이며, 단지 그런 이유로 그가 사놓은, 사막의 한 부분으로 여겨지는 황량한 공터를 찍은 사진이다. 그런데 재미난 점은 텍사스 주의 북동부에 위치하고 있는 작은 도시 파리는 사막처럼 황량하고 메마른 땅이 아니라 숲이 꽤 우거진

평원지대라는 사실이다.

그렇다면 좀 이상하지 않은가? 영화의 타이틀로 삼았을 정도이니 빔 벤더스가 이러한 오류를 몰랐을 리가 없었을 테니 말이다. 자, 여기서 다시 퀴즈 하나를 내보자. 영화 〈파리, 텍사스〉에 단지 사진으로만 등장하는 텍사스 주의 파리는 왜 실제 모습과는 다른 황량한 사막의 땅으로 나오는 것일까? 흠, 이번에는 좀 쉽지 않네(갸우뚱갸우뚱). 쉽지 않지만 우리는 대답해야 한다. 왜냐하면, 이 물음에 제대로 답하는 것이야말로 이 영화의 핵심에 도달하는 가장 빠른 지름길이 될 수 있기 때문에.

2

파리란 어떤 곳인가? 일찍부터 세계 문화예술의 수도라고 일컬어진 곳이다. 그런 명성에 걸맞게 영화가 처음으로 발명되고 상영된 곳이다. 또한 오랫동안 유럽대륙의 중심지로 여겨진, 가히 유럽의 얼굴마담으로 통하는 도시다. 텍사스란 어떤 곳인가? 카우보이들이 말 달리며 개척한 신천지이다. 황량한 사막과 초원이 드넓게 펼쳐져 있는 곳이다. 그럼에도 불구하고 진취적인 기상이 넘치는 신대륙 아메리카의 꿈이 자라나는 땅이다. 요약하자면, 파리는 유럽을, 텍사스는 아메리카를 각각 상징하는 지명이라고 볼 수도 있지 않을까?

그렇다면, '파리, 텍사스'가 단순히 미국의 텍사스 주에 있는 작은 도시 파리를 의미하고 있는 것이 아님을 우리는 쉽게 간파할 수 있다. 빔 벤더스는 영화 〈파리, 텍사스〉를 만들면서, 미국에 실재하는 도시의 이름에 빗대어 유럽과 아메리카 대륙 간의 미묘한 결합, 그러나 본질적으로 결코 동화될 수 없고 화해할 수도 없는 어떤 충돌을 보여주려고 했던 것이다. 이 영화 속에서, 오래된 유럽대륙을 상징하는 중년의 트래비스(Travis)와 신대륙 아메리카를 상징하는 스무 살도 채 안 된 제인(Jane)의, 파탄으로 끝난 결혼생활은 이를 잘 보여주고 있다. 즉, 빔 벤더스가 자신의 영화 타이틀로 사용한 '파리, 텍사스'라는 지명은 실재하는 지명이라기보다 유럽과 아메리카를 동시에 품으려고 했으나 실패한 상징적인 어떤 곳(또는 상태)의 이름이었던 것이다. 트래비스가 지니고 있는 사진 속에서 '파리, 텍사스'가 실제 지명과는 달리 황량한 사막의 모습으로 나타나고 있는 것은 바로 이 때문이다.

이러한 사막의 모습은, 아마도 독일인(따라서 유럽인인) 빔 벤더스 감독이 미국을 바라보는 시선이기도 할 터이다. 빔 벤더스는 프란시스 포드 코폴라의 제안으로 할리우드로 가서 영화작업을 하게 되지만, 결국은 실패하고 다시 유럽으로 돌아오게 되었으니 말이다. 1978년, 할리우드로 건너간 그는 자신의 평생의 꿈이었던 작품 〈해미트〉를 만들게 되는데, 제작자 코폴라와의 갈등으로 시나리오가 세 번이나 바뀌고 영화를 처음부터 다시 찍는 악몽 같은 경험을 한다. 결국 영화의 삼분의 일이 잘린 상태로, 제작이 시작된 지 사 년 만인 1983년에야 개봉한 〈해미트〉의 참혹한 실패는, 어렸을 때부터 그가 경도해 마지않던 땅 아메리카에 대한 환상을 여지없이 깨뜨려버린다. 그렇게 아메리카에 대한 환멸을 뼛속까지 깊이 체험하고 유럽으로 다시 돌아온 그가 그 뒤를 이어서 내놓은 작품이 바로 〈파리, 텍사스〉인 것이다. 따라서 이 영화에서 트래비스가 품고 있는 사막의 환(幻)은 빔 벤더스가 실제로 경험한 것이기도 한 셈이다.

3

이러한 트래비스와 빔 벤더스의 '사막의 환'을 내가 단번에 알아차린 것은 아니었다. 한창 연애중이었던 '그녀'와 함께 〈파리, 텍사스〉를 영화관(아마도 대한극장이 아니었나 싶다)에서 처음 보고 나왔을 때, 나는 조금 실망스러워했던 것 같다. 당시는 내가 아직 영화에 대한 깊은 안목을 갖추지 못한 때이기도 했지만, 영화관 앞에 붙어 있는 간판만 보고 은근히 야한 장면을 기대했던 내 예상이 빗나갔기 때문이었다.

하지만 낡은 양복 차림에 빨간 야구모자(미국 대중문화를 상징하는 전형적인 소도구!)를 깊숙이 눌러쓴 채 황량한 사막을 터벅터벅 한없이 걸어가는 트래비스의 쓸쓸한 눈빛은 내 마음에 깊이 남았다. 또한 그 쓸쓸한 눈빛을 조심스럽게 담아내기라도 하듯이 저음의 여운으로 한없이 이어지던 우울한 슬라이드 기타의 선율도 내 귀에 오래 맴돌았다. (사실 이 영화의 명성의 절반은 바로 이 슬라이드 기타 곡들을 쓰고 연주한 라이 쿠더에게 빚지고 있다.)

그리고 몇 년 후, '그녀'가 떠나서 더욱더 춥게만 느껴졌던 어느 겨울, 서울의 한 대학교에서 개최한 빔 벤더스 영화제에서 나는 〈파리, 텍사스〉를 다시 만나게 되었다. 그때야, 트래비스가 보았을 법한 '사막의 환'이 비로소 내게도 보였다. 사랑을 잃은 자들끼리만 느낄 수 있는 그 쓸쓸한 연대감으로 인해서, 나는 트래비스의 눈빛과 침묵과 독백에 깃들어 있는 '사막의 환'을 마치 내 것인 양 똑똑히 보게 된 것이다. 그 때문이었을까, 그 겨울이 다 지나가기 전에 내가 '그녀'에게 답장도 없을 편지를 다시 띄우게 된 것은. 그 편지에 '이게 아마도 그대에게 보내는 내 마지막 편지가 될 것이다'라고 적은 것은.

그러나 사막이란 어떤 곳인가? 메마르고 황량한 땅이지만 때로는 뜻하지 않은 곳에 야자수들이 우거지고 샘이 솟아나는 오아시스를 숨기고 있는 땅이 또한 사막이 아니던가! 그러한 사막의 기적처럼, '그녀'는 내 마지막 편지에 편지보다 더 빠른 전화로 응답했다. 우리는 새봄이 오기 전에 다시 만났고, 그해 가을에 결혼을 했다. 그리고 지금까지 이십 년 가까이 함께 살고 있다. 영화 〈파리, 텍사스〉에서 보여주고 있는 '사막의 환'이 우리 부부처럼 해피엔딩이 아니어서 참으로 유감이다. 동갑내기였던 우리 부부와는 달리, 마치 아버지와 딸처럼 보일 정도인 트래비스와 제인은 끝내 그 나이 차를 극복하지 못했던가보다. 세련되고 우아하지만 이제는 늙어버린 유럽 신사는 새로이 강자로 떠오른 거칠고 뻔뻔스런 젊은 아메리카 카우보이를 당해내지 못했던가보다.

4

아, 돌이켜보니, 영화 〈파리, 텍사스〉를 다시 만나는 행운이 있었기에, 내가 꿈꾸었던 '사막의 환'이 아름다울 수 있었구나. 당시, 라이 쿠더의 슬라이드 기타 선율을 들으며 내가 써두었던 시 한 편을 사족(치고는 너무 긴)으로 붙인다. 영혼을 뒤흔드는 라이 쿠더의 기타 선율에 견주기에는 너무나도 초라한 작품이지만, 젊은 날 영화 〈파리, 텍사스〉를 보고 느꼈던 내 감동의 한 자락이 이 시에는 묻어 있다.

파리, 텍사스
―사막의 환(幻)1

사막으로 난 길을 그가 달려간다. 트레일러 집을 삼킨 불길이 하늘까지 번지는 동안 그의 기억은 잿더미가 되어 사그라진다. 길은 사막 한복판에서 문득 끊어지고 오래 전에 찍어둔 추억은 거친 화면 바깥으로 흘러내려 모래가 되어 쌓인다. 쌓여도 모여 있지 못하는 사랑은 단 한 차례의 바람으로도 쉽사리 모습을 바꾸고

태어난 곳으로 향하는 도중에 그는 방향을 잃는다. 도로 표시는 희미한 채 지명만 남아 있는 지도 위에 떨어지는 그의 눈물. 내 눈물로 오아시스를 만들 수 있다면 저 사막의 하얀 능선이 숨기고 있는 그녀를 다시 만날 수 있을까. 사막의 모래알갱이로 산산이 흩어져버린 기억을 다시 불러모을 수 있을까. 눈물로 얼룩진 지도 위에 부는 모래바람이 그가 태어난 곳의 지명마저 지워버리고 그는 이제 텅 빈다.

텅 빈 그의 몸속을 울리고 가는 모래바람을 뚫고 힘겹게 낮은 포복을 시도하는 저음의 음표들. 어둠 속에서 풀려나온 기타의 현이 사막의 끝을 향해 달리고 그의 기억은 잠시 환해진다. 환한 기억 속의 공터에 새겨진 지명 안으로 그는 그녀를 호출한다.

그러나 돌아앉은 그의 사랑은 다시 시작하기에는 너무나 무겁고 그녀의 사랑은 그를 견디기에는 너무나 가볍다. 화면 밖, 목소리만 남은 그를 응시하며 그녀가 대신 울기 시작하고 그는 다시 사막으로 향한다. 그의 발자국을 쫓아 홀로 사막을 지키는 새 한 마리가 낮게 날아오르기 시작한다.

06

내 인생의 영화 〈와이키키 브라더스〉

이목지기 http://blog.yes24.com/epogue21

블로그 축제 우수상

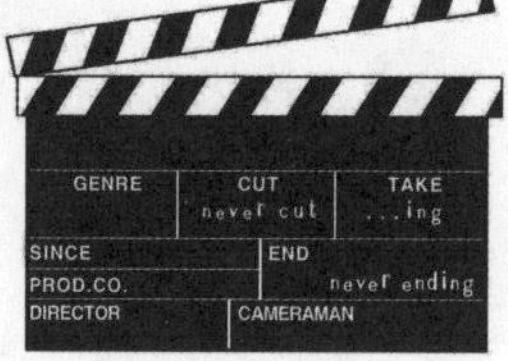

와이키키 브라더스
임순례 감독
이얼, 황정민 출연 | 드라마 | 2001

나이트클럽에서 연주하는 남성 사인조 밴드 '와이키키 브라더스'는 불경기로 인해 한 곳에 정착하지 못한 채 여러 지방의 나이트클럽을 전전한다. 팀의 리더 성우는 고교 졸업 후 한 번도 찾지 않았던 고향, 수안보의 와이키키 호텔에 일자리를 얻어 팀원들과 귀향한다. 수안보에 도착한 성우는 고교시절 밴드를 하며 꿈을 나눴던 친구들과 재회하는데……

꿈은 누구도 빼앗아 갈 수 없는 것

한 달이 지나가도록 포스트 한 편을 쓰지 못하는 분주한 일상을 산다. 그러니 차분히 나를 돌아볼 수 있는 시간은커녕 세상에 무슨 일들이 일어나고 있는지조차 알기 어렵다. 그런데 내 인생의 책, 내 인생의 영화라니…… YES24 블로그 축제에 계속 초대를 받은 내 입장에서 갚지 못한 채무를 지고 있는 것 같은 개운치 않은 뒷맛에 연일 끙끙거렸다. 영화며 책이며 다 나름의 의미와 그 순간의 감정상 울림이 있었을 것이라 생각하면 딱히 떠오르는 제목이 있을 리 없다. 겨우 자판을 마주한 지금 한 편의 영화를 기억 속에서 재생시킨다.

내 삶에서 오래도록 잊지 못할 영화로 남은 임순례의 〈와이키키 브라더스〉가 그것이다. 2002년, 참 많은 일들이 일어났고 누구에게나 기억할 것이 많은 해였다. 여름의 초입에는 광장이든 어디든 사람의 발길이 닿는 곳이면 어디서나 붉은악마의 함성이 메아리쳤다. '빨갱이가 되자!(Be the Reds)'는 저 섬뜩한 구호가 국가보안법의 서슬이 여전한 대한민국에 요동쳤다. 나라와 국민은 모두 월드컵의 마법에 취해 모처럼 해방의 기쁨을 만끽했다.

그뿐인가. 정국은 술렁였다. 바보 노무현, 일개 낙선 전문 정치인에 불과했던 그가 내일의 리더십으로 떠오르며 세상에 노란 바람을 불러일으켰다. '노풍'이라 불린 그 바람은 움츠러들고 고개 떨구며 살던 소시민의 가슴에 희망이라는 생기를 불어넣었다. 심장의 박동은 빨라졌고 우리들의 핏줄에서는 힘이 불끈 솟았다. 남도로부터 불어온 바람은 분단과 이념의 장막을 무참히 무너뜨리는 또다른 해방의 향연이었다. 그것은 새로운 꿈이었고 잃어버리고 산 희원의 물줄기 같은 것이었다. 마침내 가면은 벗겨질 것이란 가슴 벅찬 감동으로 살갗에는 소름이 돋았고 가끔씩은 몸서리를 치기도 했다.

꿈을 빼앗긴 세상에서 부르는 맑은 영혼의 찬가

무덥던 2002년의 한복판을 태풍 '루사'가 무참히 할퀴고 간 밤에 나는 〈와이키키 브라더스〉의 청춘들과 만났다. 그리고 그들을 보면서 나는 시종 울었다. 눈으로 흘리는 눈물이 아니라 가슴에서 철철 흘러내리는 눈물을 나는 주체할 수 없었다. 주연배우의 이름도 기억하지 못하면서 나는 '성우'라는 주인공에게 빨려들어갔고, 그의 기타 소리, 전자오르간 소리에 나의 영혼은 사로잡혔다.

그가 부르는 노래는 그대로 내 안에서 들려오는 지나간 시간의 절규였고 여기저기 옮겨다니며 서는 싸구려 밤무대는 그대로 토막토막난 내 삶의 흔적이었다. 스크린 속의 성우는 삼류악사 성우일 수 없었다. 그는 그 시대를 함께 살았던 우리들의 슬픈 자화상이었고 여전히 울고 있는 나의 그림자였다. 우리는 그렇게 살았다.

먹고살기 위하여 꿈을 팔았고 철들며 고이 간직한 아름다운 희망들을 빼앗겼다. 우리는 늘 성우처럼 진실한 꿈을 꾸었으나 탈을 쓰고 둔갑한 가짜들의 농간으로 언제나 후진 뒷골목의 싸구려 밤무대를 전전해야 했다. 그는 사랑하여 노래할 뿐이었으나 세상은 그 노래를 들어주지 않았고

제 맘껏 노래하는 것조차 허락하지 않았다.

그는 자신이 사랑하고 좋아하는 노래를, 음악을 하고 싶었다. 그러나 그는 밀려나고 쫓겨나며 노래했다. 그의 노래는 울음이 되어갔고, 그는 울기 위해서 노래하며 옷을 벗었다. 울지 못하면 그는 살 수 없으므로 울었다. 그의 곁에서 함께 노래하던 친구들은 자신들을 그렇게 만든 가짜 세상의 편에 서면서 노래를 버렸다. 그들은 이제 가면무도회의 가짜들을 위하여 풍악을 울렸다. 그들은 노래할 수 없었다.

우리도 노래하지 못했다. 아니, 육성으로 부르는 진실한 노래를 부르지 못했다. 배운 대로의 진실한 믿음과 선한 사랑을, 느낀 대로의 아름다운 마음을 담아 부르는 노래를 우리는 부르지 못했다. 빈 들판을 울리는 담대한 가슴으로 나설 용기가 없었다. 적당히 타협하고 포기하며 세상의 음률과 곡조에 나를 맡기며 흥얼댈 뿐이었다. 들리지 않는 작은 소리로 웅얼대거나 가성을 써가며 억지 옥타브를 높이는 것이 고작 우리가 부른 노래였다.

엄밀히 말해 그것은 노래가 아니었다. 지금도 우리는 사본의 정글 속에서 누군가 메모리칩에 입력해놓은 정해진 박자와 템포와 리듬에 맞춰 노래할 뿐이다. 메커니즘에 가두어진 우리는 그 메커니즘이 부여한 번호의 곡만을 부를 수 있을 뿐이다. 모니터의 도움 없이는 가사조차 알 수 없는 메커니즘의 종속물이 되었다. 사람보다 물질이 우선되는 세상에서 꿈을 노래하는 따위는 제정신으로는 할 수 없는 미친 짓이다. 우리는 어느새 왜 울어야 하는지조차 잊어버렸다.

적어도 영화 속의 성우는 울 줄 안다. 비록 노래인지 울음인지 알 수 없지만 그의 소리는 그래도 꿈같이 들린다. 기타 현의 날카로운 떨림에서 소리가 만들어지고 그 소리는 내 가슴에 송곳처럼 박힌다. 아무도 알아주지 않는 그의 노래는, 그러나 누구도 쉽게 부를 수 없는 맑은 영혼의 찬가요, 아름다운 청춘의 영원한 꿈이다. 때문에 그의 노래는 곧 낙원 '와이키키'가 되고, 그가 포기하지 않고 아직도 노래 부름으로 인하여 그의 곁에 있거나 떠나 있거나, 우리들은 그의 브라더스가 된다.

2006년 겨울 수안보에서, 2009년 봄 봉하에서

영화는 꿈이다. 희망이며 전망이다. 홍콩의 뒷골목을 비추는 조잡한 느와르도, 뉴욕 할렘가의 갱스터 무비도, 심지어 파괴된 지구의 암담한 미래를 투사하는 SF도, 영화는 본질적으로 밝은 빛으로 만들어진다. 거장들의 필름이 아니더라도, 삼류 재개봉관에 동시상영으로 걸리는 영화일지라도 모든 영화는 눈부신 빛으로 태어나는 꿈이며 동경이며 희망과 사랑이다.

불문학자인 김화영 교수의 영화이야기 『어두운 방 안에서 내다본 밝은 세상』이란 책을 읽은 적이 있다. 우연히 들른 서점에서 오직 그 제목에 매료되어 사들고 온 책이다. 너무 그럴싸한 제목만으로 나는 감명받았다. 내가 있는 어두운 방 안, 밝은 세상을 내다볼 스크린이란 창마저 없다면, 우리는 그 고독과 어두움을 견디기 힘들리라.

어두운 내 안의 것들로부터 벗어나기 위해 영화처럼 밝은 창을 찾아야 했던 2006년 겨울, 사업상 〈와이키키 브라더스〉의 주 무대가 되었던 수안보에서 두 달여간을 지낸 적이 있다. 그때에 나는 다시 영화 속의 아름다운 청춘들과 재회했다. 우연히 들른 주점이 바로 주인공 성우가 깊은 울음으로 노래했던 그 무대였다. 거기에서 나 또한 노래했다. 성우처럼 〈불놀이야〉를 불렀고 세상만사 모든 일이 뜻대로야 되겠냐며 발악을 해댔다. 제풀에 지친 나는 성우의 연인처럼 〈사랑밖엔 난 몰라〉를 부르고 나서야 겨우 거친 호흡을 진정할 수 있었다.

그리고 생각했다. 아니, 깨달았다. 꿈은 빼앗기는 것이 아니라 우리 스스로 버린 것임을 알았다. 우리 스스로가 신념과 의지의 푯대를 꺾지 않는 한 우리에게서 누구도 꿈을 빼앗아갈 수 없는 것임을 진정 나는 알았다. 우리가 아름다운 꿈을 버리지 않는 한 그 꿈은 우리에게서 영원한 것임을 깨달았다. 빼앗긴 꿈이 아니라 비겁하게 꿈을 버린 한 사내가 거기에 있었다. 꿈은 이루어지기 어렵기에 더욱 소중한 것임을 그제야 깨달은 늙은 청춘이 서럽게 울고 있었다.

그리고 2009년 봄, 수안보의 사내는 꿈을 지키기 위해 자신을 던진 한 주검과 마주했다. 2002년 바람으로 내게 다가왔던 것처럼 그 바보는 다시 그렇게 훌쩍 떠나가고 말았다. 평생 자신이 의지했던 '사람 사는 세상'에 대한 꿈을 우리에게 깨우쳐주기 위해, 그 꿈을 절대 다시는 잃지도 잊지도 말라며 자신의 육신을 낭떠러지에 던졌다. 우리가 겁내야 할 것은 바위에 부서지고 뭉그러진 몸뚱이가 아니라 잃어버리고 포기한 우리들의 꿈이라고 그는 소리없이 외치며 갔다.

한용운님의 노래처럼 푸른 산 빛을 깨치며 간 그 자리에 한 바보의 꿈은 우리 모두의 염원으로 자랄 것이다. 산 빛이 무수히 바뀐 어느 날엔가 푸르게 영글어 마침내 저 분단과 이념의 골을 메우고 지역과 지역의 자상을 꿰맬 것이다. 한 명의 농부가 되어 고향 봉하로 내려가기 전, 반세기 만에 남과 북을 가르던 노란 분계선을 걸어 넘은 것처럼 그로 인해 우리의 가슴에 새겨진 반목과 증오의 경계 역시 마침내는 지워질 것을 믿는다.

2002년에 운명처럼 만난 영화와 한 바보의 추억은 지금도 내게 노래하고 소리친다. 꿈을 잃지 말라고, 희망을 버려서는 안 되는 것이라고, 전망은 우리들의 실천과 수고로만 이루어질 수 있는 것이라고. 그래, 꿈은 영원한 것이다. 비록 남루한 일상에 치일망정 꿈이 있는 한 인생은 즐거운 것이지. 〈와이키키 브라더스〉를 훗날 〈즐거운 인생〉으로 다시 만난 것처럼, 성큼 커버린 배우 박해일과 황정민을 다시 보는 것처럼, 훌쩍 가버린 한 바보 역시 내 정신의 은막 위에서는 늘 살아 있을 것이다. 내 인생의 영화, 그것은 희망이며 꿈이며 전망이지 않던가.

07

나는 그때 발레교습소가 왜 그렇게 좋았을까?

주디애보트 http://blog.yes24.com/lucky1600

블로그 축제 우수상

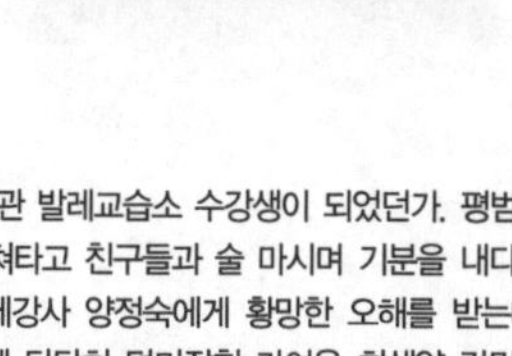

발레교습소
변영주 감독
김민정, 윤계상 출연 | 드라마 | 2004

그곳에 가면 청춘이 즐거워진다! 이들은 어찌하여 구민회관 발레교습소 수강생이 되었던가. 평범한 고등학생 강민재. 아버지의 부재를 틈타 부친의 차를 훔쳐타고 친구들과 술 마시며 기분을 내다가 우연한 뺑소니를 목격하는데, 현장에 뒤늦게 도착한 발레강사 양정숙에게 황망한 오해를 받는다. 수강생 모집에 혈안이 되어 있던 푼수 발레강사 양정숙에 단단히 덜미잡힌 가여운 희생양 강민재와 그의 친구들. 걸리는 일 태산인데, 발레공연까지 한다고?!

남들은 관심도 없는 영화에 혼자 열광해본 적이 있는 사람은 알 것이다. 그것이 얼마나 뿌듯한 일인지를. 흙 속에 파묻힌 진주를 발견한 것 같은 기쁨. 그러면서 남들은 볼 수 없는 안목을 혼자 가진 것처럼 들뜨는 느낌까지. 그런 우월감을 한껏 느끼고 나면 그제야 나는 왜 이 영화를 좋아할 수밖에 없는지를, 깊은 고독 속에 깨닫게 된다.

나에게 〈발레교습소〉란, 외로웠던, 하지만 정말이지 남들에게는 조금도 내 마음을 들키고 싶지 않았던 때에 나를 울음짓게 했던 따뜻한 영화다. 나는 그때 아마, 나 스스로 실패했다고, 그리고 앞으로도 쭉 그런 인생을 살게 될 거라고 생각했던 것 같다. 그래서 담담히 인생을 맞이하자고, 더는 큰 기대를 하지 말자고, 혼자 다짐했던 것 같다. 기대했다 실망했을 때의 그 허망함을 더이상은 느끼고 싶지 않다는 게 그 이유였는데, 지금 생각해보면 더는 실패하기 싫다고, 실패보다는 도망가는 게 낫다고 혼자 자위했던, 외로웠던 시절이었다. 젊음은 포기하지 않는다고, 어느 젊은이가 나오는 광고를 젊은 내가 황망히 바라봤던, 그 시절에 이 영화를 만난 건 어쩌면 운명이었을까.

그건 운명이 아니라 우연이었을 것이다. 일 년 동안의 노력이 물거품이 되어, 그전에 갈 수 있었던 대학을 장학금을 받고 가야만 했던 그때에 나는 허름한 비디오점에서 〈발레교습소〉 비디오를 발견했다. 어여쁜 김민정이 한껏 시니컬한 표정을 지으며 고개를 삐딱하게 꺾은 모습이 인상적으로 다가왔고, 나도 고개를 한껏 삐딱하게 꺾은 후, 비디오를 빌렸다.

햄버거를 한 입 베어 먹으면서, 콜라로 목을 위로하며 비디오를 보던 그때, 나는 왜 눈물을 흘렸을까? 영화는 담담했고, 김민정은 예뻤지만 나는 눈물이 났다. 그들은 청춘을 살아내고 있구나. 그들에게는 젊음이 있구나. 아마 나는 그런 생각을 했던 것 같다. 그들이 부럽다는 생각. 집에서 멀리 떨어져 살고 싶어, 제주도 수의학과에 간 '수진'과 아무런 미래도 없어 보이는 '민재'에게서 내 모습을 봐야 했지만, 나는 나와는 다른 어떤 열망을 그들에게서 봤던 것 같다. 나랑 똑같이 평범한데, 그들은 왜 빛나는 것일까? 나는 그게 의문이었고, 그런 의문이 억울하게 느껴져 하염없이 눈물을 흘렸다.

몇 년이 지난 지금, 나는 그들이 말했던 청춘을 살고 있는지 반문해본다. "꿈꾸는 청춘, 건투를 빈다"는 영화의 카피처럼, 나는 꿈꾸는 청춘을 보내고 있느냐고. 그렇다는 말이 쉽게 나오지 않는다.

청춘을 겪지 못할까봐 두려웠고, 지금도 나는 두렵다. 일생에 한 번밖에 없다는 청춘을 겪어보지도 못하고 보내버릴까봐, 너무 두려워 눈을 질끈 감는다. 나에게도 청춘은 오는 거냐고……

영화를 두 번이나 봤는데도, 〈왕의 남자〉의 공길이가, 주인공 민재와 매일 붙어다니던 두 명의 친구 중 한 명이었다는 걸 깨닫지 못한 나는, 어쨌든 그 영화 속에 나왔던 구질했던 청춘 중 한 명이 스타라는 이름으로 재탄생되는 걸 두 눈으로 지켜보았다. 그러면서 나는 기어코 스타로 성장해버린, 조연 연기자의 믿을 수 없는 성공이 그 영화에서 말하는 청춘에 관한 정의였는지 생각해보았다.

그 영화는 성공을 하라고 윽박지르는 영화는 아니었으니까, 그런 건 아닐 것이다. 그럼에도 불구하고, 나는 스타로 성장한 그가, 훌륭한 청춘을 보내고 있다고 생각했다. 무엇보다도 연기를 할 때 반짝반짝 빛나는 그의 두 눈을 보았으므로.

나에게도 두 눈이 반짝반짝 빛날 수 있는 그 무엇인가가 있을까? 말만 들어도 정신이 번쩍 나고, 며칠 밤을 새워도 정신이 말짱한, 그 무엇이 말이다. 없다. 그렇다면 앞으로 그 무엇인가를 찾을 수 있을까? 그걸 찾게 된다면, 나도 드디어 청춘이라는 말이 어울리는 시절을 보내고 있다고 당당히 말할 수 있을까? 아닐 것이다. 몇 년 뒤에도, 나는 청춘이 없었노라고, 말하고 있을 것이다. 그렇다면 나는 낙담하고 살아야 하는 것일까? 오지도 않을 청춘을 희망이라는 말로, 기다리면서.

그렇다면 희망은 무엇일까? 모두들 동네 강아지 부르듯 부르짖는 희망이라는 단어 말이다. 그게 무슨 뜻인지는 모르겠으나, 청춘이라는 말과 어울리는 단어일 거라고 생각한다. 그렇다면 나는 청춘을 부르짖기 전에 희망이라도 가져야 하는 거 아닌가.

매일 심심한 영화 한 편을 보고, 지루한 책을 읽으며 하루를 보낸다. 그러다 가끔, 나의 가슴을 쿵쾅쿵쾅 뛰게 하는 영화 속 장면을 발견하고, 책의 한 구절을 발견한다. 그럼 나는 며칠 동안 그 생각에 들떠, 구름 위를 걷듯, 비현실적인 기분에 사로잡힌다. 그러다가 이내 지루한 삶 속에 편승하여, 다시 심심한 영화를 보고, 지루한 책을 읽으며, 하루하루를 보낸다. 그러다가 또 나의 가슴을 뛰게 하는 영화 속 장면을 발견하고, 책의 한 구절을 발견하고는, 구름 위를 걷듯……!

만약, 그걸 희망이라고 부를 수 있다면, 나는 나에게도 청춘이 오지 않을까, 희망해본다. 구질구질한 하루 속에 조각난 청춘이 한 조각 숨어 있어, 쓰러지려 할 때마다 모습을 드러내, 결코 쓰러질 수 없게 나를 위로한다면, 나는 못 이기는 척, 청춘을 용서하고, 기다릴 것이다.

기형도는 미안하지만 이제 희망을 노래하겠다고 했다.

나도 미안하지만 이제 청춘을 노래해야겠다.

08

땔감보다 물감, 세라핀

껌정드레스 http://blog.yes24.com/mkkorean

블로그 축제 네티즌상

세라핀
마르탱 프로보스트 감독
욜랑드 모로, 울리히 터커 출연 | 드라마 | 2009

남의 집 허드렛일을 하면서 근근이 생계를 이어가는 세라핀은 땔감마저도 모두 털어 그림 재료를 사들이고 들꽃이나 풀, 심지어는 교회의 촛농까지도 훔쳐다가 자신만의 색을 만들어 그림을 그린다. 그녀 자신은 하느님의 계시를 받아 그림을 그린다고 생각하지만, 마을 사람들은 그런 그녀를 비웃고 조롱할 뿐이다. 예술가로서의 성공도, 돈이나 명예를 위해서도 아닌 오로지 자신의 본능에 따라 그림에 몰두하는 자유로운 영혼의 그녀에게 운명처럼 한 사람이 찾아오게 되는데……

1. 영화 줄거리부터 소개할게요

나이브 파 화가, 상리스의 세라핀 루이에 대해 관심 가지시는 분들은 이미 그의 생애에 대해 알고 계시므로, 이번에는 영화 줄거리부터 소개해도 스포일러 항의를 받지 않겠죠? 자, 그럼 이야기할게요(아무 정보 없이 영화 보고 싶으신 분들은 1번 항목 읽지 마시고요).

20세기 초, 독일인 미술상이자 평론가인 빌헬름 우데(울리히 터커 분)는 파리 교외의 상리스에 머무르던 중 우연히 중년 하녀 세라핀 루이(욜랑드 모로 분)의 그림을 보게 됩니다. 그녀는 제대로 미술교육을 받지 못했으며 물감조차 스스로 자연염료를 만들어서 널빤지에 그림을 그려요. 그러나 이미 피카소의 그림을 거래하며 루오를 발굴한 우데는 세라핀의 가능성을 높이 평가하고 세라핀의 그림을 사들이며 파리에서 전시회를 열어줄 것을 약속합니다. 그러나 제1차 세계대전 발발로 우데는 황급히 프랑스를 떠나게 되죠.

원래 세라핀은 가족 없이 수녀원에서 하녀로 자랐는데 중년이 된 지금은 상리스에서 이 집 저 집 청소와 빨래를 해주며 푼돈을 받아 생활하고 있었습니다. 그림을 그리게 된 계기는 천사의 계시를 받았기 때문이라네요. 성가를 부르며 그림을 그리는 버릇이 있고, 솔직히 약간 비정상적으로 보입니다. 세라핀은 품삯을 모아 간신히 물감을 사지만, 화방 주인으로부터 물감 말고 땔감이나 사라는 비아냥거림을 받네요. 우데 덕분에 경제적 여유가 조금 생겨 그림에 더욱 정진하게 되지만 우데가 떠난 후 제1차 세계대전을 거치며 그녀는 더욱 곤궁해집니다. 물질적으로

도, 정신적으로도요!

전쟁이 끝나고, 우데는 다시 성공한 화상의 삶으로 돌아갑니다. 상리스로 세라핀을 찾아간 우데는 놀랍게 발전한 세라핀의 그림에 놀라, 본격적으로 생활비를 대주며 후원자로 나서네요. 세라핀은 열정적으로 이 미터가 넘는 대작들을, 하나같이 명작들을 그려내고 행복해합니다. 이제 해피엔딩인가, 할 즈음 이번에는 대공황으로 그림시장 역시 얼어붙게 됩니다. 그리고 세라핀은 우데가 약속한 자신의 파리 전시회가 무산, 연기되는 상황에 절망합니다. 자신의 그림이 팔리지 않으니 경제적으로 절약하라는 우데의 말을 이해하지 못하고 배신감을 느낍니다.

결국 세라핀의 정신은 병듭니다. 주위에서는 기행을 벌이는 세라핀을 경찰에 신고, 그녀는 정신병원에서 생을 마치게 됩니다.

2. 뭐지, 이 기시감은?

영화 보면서, 계속 그런 느낌이 들었어요. '뭐지, 이 기시감은?' '어디서 본 느낌이야! 낯설지 않아……' 하는 느낌이요. 그렇다고 이 영화가, 예술인 전기영화의 흔한 공식을 따라가는 영화, 어디서 본 듯한 화면을 보여주는 영화라는 말은 절대 아니에요. 영화에서 보여주는 세라핀의 삶이 전혀 낯설지 않았다는 거죠. 왜 그럴까……

영화 보고 나서 며칠 생각해보니, 세라핀의 삶과 좌절은…… 바로 우리 여자들, 우리의 어머니들, 할머니들이 오랜 세월 동안 겪어왔던 삶이었기에 익숙하게 다가왔던 것 같습니다. 그렇다고 세라핀의 아픔이 친숙하게 흘러가듯이 느껴진다는 말 아닌 거, 아시죠?

재능이 있으나 교육의 기회를 얻지도 못하고 재능을 썩힌 많은 여성들…… 자신의 재능이 재능인 줄도 모르고 아궁이에서 불 때다 숯검댕으로 바닥에 그림 그리던 선대의 어머니들…… 혹여 운좋게 재능을 발휘할 기회를 얻었어도 그 기회를 잡아 온전히 자신의 것으로 만들기에는 서툴렀던 개화기 이후의 여성들…… 저는 이 영화를 보면서 20세기 전반기의 세라핀을 본 것이 아니라 역사 이후 셀 수 없이 많은 여성들의 삶을 본 것 같았습니다. 이거 또 제가 오버하는 것 아닌가 모르겠습니다.

3. 다시 세라핀

고-낭-자-사-인-후-야-초-입-추-파! 기억나세요? 고전주의 낭만주의 자연주의 사실주의 인상파 후기인상주의 야수파 초현실파 입체파

추상파 파리파!의 공식입니다. 아무리 뒤져봐도 세라핀은 우리가 학교 다닐 때 외웠던 서양미술사에 등장하지 않습니다. 그래도 야수파의 앙리 루소는 기억하시죠? 굳이 유파를 따지자면 세라핀은 루소와 함께 나이브파에 속합니다. 제대로 정규 미술교육을 받지 못한 소박한 그림을 그린 비전문적 화가들을 묶어서 부르는 이름이죠. 소박하게 자연을 주로 그리며, 물감을 섞어쓰지 않고 거의 원색으로 그리고, 화면을 강박적으로 그림으로 채우는 특징이 있죠.

천재성보다 후천적 환경과 교육의 중요성을 말하는 분들은 그러시죠, 피카소와 장승업을 보라! 고요. 아들의 재능을 일찍 발견하고 지원하여 세계적 대가로 키워낸 아버지가 있는 피카소. 그 반대인 장승업. 자, 그렇다면 세라핀의 그림과 삶을 보고, 그녀가 제대로 정규교육을 받았더라면, 온전한 정신세계를 유지했더라면 더 훌륭한 예술가가 되었을 텐데…… 하고 아쉬워하는 게 과연 맞을까요?

바로 이 점에서 저는 이 영화가 참 좋았어요. 그런 값싼 아쉬움이나 동정적 시선이 전혀 느껴지지 않아요. 영화는 그냥 세라핀의 생애를 좇아갈 뿐입니다. 특히 전반부에서 매일매일의 일상을 성실히 묘사해요. 하녀로 걸레질하고 빨래하고 맨발로 시중들고, 들판을 걸으며 염료가 될 만한 꽃이나 풀잎을 채취하고, 푸줏간에서 허드렛일을 거들며 빨간 염료를 위해 선지피를 훔쳐오고, 굳은 빵으로 식사를 대신하고, 나무에 올라가 자연을 느끼고…… 그리고 그림을 그립니다. 그 모습이 아주 자연스러워요. 특별히 예술합네, 하고 폼 잡고 보여주지 않습니다. 세라핀에게는 예술이 그냥 삶이었던 것이죠. 신에 대한 미사이기도 하고요.

주변의 꽃과 나뭇잎, 나무를 그리지만 세라핀의 그림은 자연 그대로의 것이 아닙니다. 그녀의 내면을 통해 재구성된 자연이죠. 벌레처럼 꿈틀거리는 꽃잎들, 움직여 보이는 나뭇잎들…… 영화 속 세라핀의 대사처럼 그 꽃잎들은 세라핀의 갈망과 불안, 개인적 한을 담고 있습니다. 가난하고 배운 것 없는 하층여성은 그림을 그리지도 못하나? 무시당하는 세라핀의 상처가 불꽃처럼 그림에서 불타오릅니다. 앗! 데일 뻔했어요!

세라핀, 그녀가 과연 제도권 내에서 교육받았다면 이런 그림을 그릴 수 있었을까요? 이런 내면을 그림에 담을 수 있었을까요?

답을 알고 계시죠? 그렇기에 영화의 마지막 장면, 정신병원 뜰로 나가 나무 아래 의자를 놓고 앉아 있는 세라핀의 모습이 잊혀지지 않네요. 세라핀은 처음 만난 우데에게 말합니다. "저는요, 슬퍼지면 숲을 걸어요……"

〈카미유 클로델〉이나 〈프리다〉처럼 남성 예술인과의 관계에서 상처받는 모습이 아닌 점도 눈여겨볼 만합니다.

4. 배우에 주목

세라핀 역의 욜랑드 모로의 연기가 자연스러우면서도 돋보이네요. 기존 여성 예술가들 전기영화에 등장한 여주인공 배우들에 비해 외모 면에서 상당히 사실적이죠. 중년 하녀의 몸매와 얼굴 그대로입니다. 작년 개봉한 아시아 아르젠토 주연의 〈미스트리스〉에서 할머니 귀부인으로 나왔던 걸 본 기억이 있네요. 이때는 못 느꼈는데 정말 연기 잘하시네요. 두꺼비 같은 손등과 뭉툭한 손가락, 때 낀 손톱까지…… 세라핀이 일하는 대목에서 중년 여성 특유의 땀내 섞인, 약간 과일 상한 냄새 같은 살냄새마저 느껴질 정도입니다.

성당에서 촛농을 이용해 파라핀 용액을 만들어 훔쳐오면서 십자가상을

살짝 쳐다보며 순수하게 양해를 구하는 장면이라든가, 열정적으로 자연 염료를 만드는 장면, 손가락으로 그림을 그리는 장면, 맨발로 일하는 장면, 정신병원 수감 직전의 광기를 발하는 장면…… 이루 다 말할 수 없을 정도로 욜랑드 모로는 진정한 여배우였습니다. 뭐 유럽의 영화제에서 여우주연상도 많이 받으셨네요.

5. 그밖에 볼 만한 점

공간배경인 프랑스의 시골 풍경이 아름답습니다. 상리스는 파리 근처의 소도시라고 하는데, 영화 속 화면에서는 중세도시의 모습을 간직하고 있네요. 둥근 조약돌로 포장한 도로, 낡은 성당, 덧문이 달린 프랑스의 농가, 회칠이 벗겨진 담들…… 거리 풍경은 회청색을 띱니다. 세련된 색감이에요. 세라핀이 염료를 얻고자, 마음의 안정을 얻고자 돌아다니는 숲의 풍경은 당연히 초록이고요. 세라핀의 그림은 무시무시한 정열적 원색으로 가득 차 있습니다. 자랑스러워하면서 자신의 키만한 높이의 그림을 보여주는 세라핀의 붉게 상기된 볼, 그리고 색채를 정의할 수 없는 세라핀의 눈동자…… 영화는 색으로 넘칩니다.

시대배경도 중요합니다. 제1차 세계대전과 대공황 시기. 세라핀이 미쳐가는 과정에서 이 시대가 한몫을 했다는 점에서요. 어떻게 보면 이 영화는 성과 계급의 문제까지 넣어볼 수 있을 것 같네요. 하지만 이 부분은 저보다 능력 있는 다른 분이 언급하실 줄로 믿고, 저는 패스~

화상인 우데를 다루는지라, 소품으로 등장한 작품들의 모조품 보는 재미가 쏠쏠합니다. 루오의 작품, 피카소의 스케치…… 화면에서 슬쩍 잡아주는 대가의 사인을 읽고 알아맞히기 놀이하는 재미!

조연배우들 보는 재미도 만만찮아요. 유머러스한 연기를 보여주는 수녀들, 세라핀에 대한 애정을 반어적으로 표현하는 화방 주인과 셋집 주인, 하나뿐인 친구 옆집 소녀, 전형적인 부르주아의 위선을 보여주는 부인들. 다들 딱딱 넘치지도 않게 영화에서 제 역할을 다해주는군요.

6. 마지막으로 관객과의 교감

개봉 첫날 보았습니다. 서울 광화문 시네큐브에서요. 시네큐브는 예술영화 전용관 비슷한 성격이어서 별로 사람들이 붐비지 않습니다. 관이 두 개 있는데 1관은 좀 크고 2관은 약 팔십 명 정도 입장 가능합니다. 그런데 평일에 이렇게 만원인 경우는 처음 보았습니다. 그리고 그 관객들이 거의 삼십대에서 육십대까지의 여성관객들이었습니다. 사실, 이렇게 아줌마와 할머니 들이 많이 온 영화는 처음 보았습니다. 그런데 영화 보는 내내 관객분들이 영화에 엄청나게 몰입하고 공감하시는 게 느껴졌습니다. 한숨소리도 군데군데 들리고요.

저는 혼자 극장 가서 영화 보기를 즐겨하는 사람입니다. 그런데 이렇게 다른 관객들과 마음이 통하는 느낌으로 영화 보기는 또 처음이네요. 도대체 내 왼쪽 옆옆 자리의 육십대 관객은 어떤 좌절된 꿈의 역사가 있기에 저 대목에서 한숨을 쉬는 것일까, 저분은, 저기 저분은…… 하는 생각에 영화가 두 배, 세 배 강렬하게 제 마음속에 들어왔습니다. 마치, 공연장에서 받는 느낌 같았어요.

흔치 않은 경험을 했습니다. 이 영화, 일주일 만에 내리지는 않으리라는 예감이 드는군요. 이 부족한 글을 읽는 YES24 친구분들, 제 글에 공감하신다면 당장 극장으로 가셔서 이 영화 보시길 바랍니다. 감히, 강추하는 바입니다.

■ 사족

영화 제목이 세,라,핀, 세 글자이다. 얼마 전까지 마케팅 업계에서는 세 글자 여자이름의 외화는 망한다는 징크스가 있었는데, 이제 그 징크스에서 벗어났나? 과감하게 '세라핀'이라니. 난 제목을 '세라핀느'라고 할 줄 알았다. 원제가 '아멜리'인 영화도 그래서 일부러 한 글자 늘려 〈아멜리에〉로 개봉했었는데 말이지. 나는 참 쓸데없는 점이 다 궁금하다.

09

왜 다이하드가 생각나냐!

아바나 http://blog.yes24.com/ddeen73

블로그 축제 네티즌상

천사와 악마
론 하워드 감독
톰 행크스, 이완 맥그리거 출연 | 미스터리 | 2009

세계 최대의 과학연구소 'CERN(유럽 원자핵 공동 연구소)'에서 우주 탄생을 재현하는 빅뱅 실험이 진행된다. 물리학자 비토리아와 동료 실바노는 빅뱅 실험을 통해 강력한 에너지원인 반물질 개발에 성공하지만 실바노가 살해당하고 반물질이 사라지는 사건이 발생한다. 사건을 해결하기 위해 로마 바티칸에 도착한 로버트 랭던과 비토리아는 곳곳에 숨겨져 있는 일루미나티의 단서를 파헤치며 그들의 근거지로 향하는 '계몽의 길' 추적에 나서는데……

혹시 아는가?

YES24에서 그 당첨되기 어렵다는 스타블로거 트레제게님의 이벤트를……!

아, 장난삼아 신청했는데 그 높은 경쟁률을 뚫고 영광스럽게 당첨되어 보게 되었다.

이 포스팅을 빌어 트레제게님께 감사의 마음을 전한다.

사실 리뷰 안 쓰려고 그랬는데, 또 YES24에서 악명 높기로 유명한 모 블로거님 탓에 이거 보고 리뷰 안 썼을 경우 예상되는 처.절.한.복.수.가 두려워 저절로 자판에 손이 올라간다.

다이하드!

그 시리즈 중에서 전화로 수수께끼 내면서 브루스 윌리스가 어찌나 똑똑한지 척척 풀어내며 결국 온갖 폭탄을 다 찾아내는 진짜 재미없었던 그 영화가, 갑자기 이 영화를 보면서 톰 행크스가 지도를 펼쳐보며 알아내는 장면, 또 여기저기 물어보며 네 명의 추기경 살인장소를 역시 척척 찾아내는 장면에서 문득 떠올랐다.

아마도, 내 기대가 커서 그랬을 것이다.

또 자연스럽게 비교가 되는 〈다빈치코드〉의 영향이 있었을 것이고(이거는 좀 흥미롭게 봤었다), 아무래도 짧은 시간에 표현해야 하는 영화의 한계가 원작(물론 못 봤다)에서 분명 다루었을 세밀한 부분들이 많이 생략되어 그러했을 것이다. 그래도 헬기 타고 올라갔다가 낙하산 타고 내려오는 장면은 좀 너무했다. 그냥 거기서 이완 맥그리거 죽이고, 마지막 반전시 사실이 밝혀지는 설정이면 어땠을까 하는 생각도 해봤다. 더 깔끔하지 않았을까?

뭐, 특별히 가리면서 영화를 보거나 하지는 않지만…… 굳이 내가 선호하는 영화 장르를 말하자면 음…… 〈올드보이〉같이 약간 사이코틱하면서도 반전이 있는 영화나 아니면 미스터리, 스릴러류의 영화, 또는 전하려고 하는 메시지가 분명한 영화를 좋아라 한다.

〈천사와 악마〉.

이 영화는 여전히 논란의 여지가 있는 종교와 과학 사이에서의 그 무엇을 다루고 있지만, 주제를 드러내는 과정에 있어서 개인적으로 별로라는 평을 내리고 싶다.

"종교는 흠이 많다네…… 인간이 그러하듯……"

마지막, 모든 진실이 밝혀지고 톰 행크스와 추기경의 대화에서는 그래도 어떤 따스함이 느껴진다. 또 나 역시 바티칸시티의 웅장한 성당의 모습이나 수많은 전 세계 추기경들의 묘사 등등은 묘한 느낌과 함께 충분한 볼거리를 제공했다고 생각된다. 참…… 바티칸시티의 거리는 왜 이리 도로가 좁은지 길 많이 막힐 것 같다는 생각도 들었다.

아, 또하나…… 항상 생각하곤 하는 것인데……

영화나 책을 보며 느끼는 것은 누구나 다를 수 있고, 그 '다름'은 분명

'틀림'과는 구별되어야 한다. 나는 이러한데, 너는 왜 이러하지 못하느냐고 그 누구라도 단정적으로 말할 수 없으며, 그저 '나'와 '너'는 각각 스스로 느낀 '이러함'에 대해 이야기하면 된다. 그러면 서로 상대방의 이야기를 듣고 다시 한번 스스로를 생각해보면 되니까……

10

흑백을 컬러로 물들이다

웰메이드 27℃ http://blog.yes24.com/mecca23

블로그 축제 네티즌상

로마의 휴일

월리엄 와일러 감독

오드리 헵번, 그레고리 펙 출연 | 드라마 | 1953

왕족으로서 지켜야 할 룰과 정해진 스케줄 때문에 피곤하고 싫증난 앤 공주는 거리로 뛰쳐나갔다가 우연히 신문기자인 조 브래들리를 만나게 된다. 두 사람은 함께 아이스크림도 먹고 신나게 스쿠터를 타고 다니면서 자유롭고 즐거운 생활을 만끽한다. 한편, 그저 집 나온 처녀인 줄 알았던 여자가 앤 공주임을 알게 된 조는 특종기사를 건졌다는 생각에 마음속으로 쾌재를 부르고 동료 사진기자를 조용히 부르는데……

오드리 헵번과 그레고리 펙이 열연한 영화 〈로마의 휴일〉. 예술성이 살아 있는 영화이며, 나에게 교훈을 가져다주는 영화이기도 하다. 〈로마의 휴일〉은 한 해 두 해, 볼수록 감동과 영화의 맛이 틀리다. 어릴 적에 우연히 봤던 영화인데 지금 보니 왜 이리 가슴이 아려오는지 모르겠다.

너무 예쁜 오드리 헵번을 지금도 외국배우 중에 가장 아름다운 여배우로 기억하는 건 비단 나뿐만은 아닐 거다. 〈로마의 휴일〉은 흑백영화만이 가질 수 있는 감미로움과 시대적 배경이 흑백화면에 그대로 녹아들어가 있어 고전적인 맛이 강하게 느껴진다. 절제된 배우들 간의 대사도 내가 〈로마의 휴일〉을 찾는 이유 중 하나이다.

오드리 헵번과 그레고리 펙의 이별장면은 너무나도 애절해서 눈물이 앞을 가린다. 신분과 상황 앞에서 짧지만 아쉬운 사랑을 접고 일상으로 돌아가야 하는, 딱 하루만 허락된 사랑! 이들이 그 하루의 추억으로 평생을 살아가야 할 것을 생각하니 삼각김밥과 컵라면 같은 '3분 사랑'이 주류인 나와 같은 세대의 사람들은 느껴보지 못한 진정으로 뜨겁고도 순수한 사랑이리라.

애잔한 러브스토리와 유머 있는 로맨틱 요소들, 그리고 낭만적인 로마라는 도시에서의 배경은 〈로마의 휴일〉을, 그리고 오드리 헵번이라는 여배우를 진정한 스타 대열에 올려놓고, 전 세계인들의 머릿속에 로마라는 곳을 한 번쯤은 더 떠올릴 수 있게 만든 영화가 아닐까, 생각해본다(우리나라도 저런 걸작이 있어야 관광산업이 발달할 텐데…… 쩝;;). 요즘 대부분의 로맨틱 코미디들은 소재 자체가 자극적이고 전개가 빠른 데 비해, 〈로마의 휴일〉은 머릿속에 산소를 공급하는 것처럼 산뜻하게 호흡할 시간을 준다.

아직 로마를 가보지 못한 나에게 로마의 모습은 대부분 〈로마의 휴일〉에서 보여졌던 대표 관광지들로 머릿속을 가득 메우고 있다.

몇 세기에 걸쳐 단계적으로 이루어졌다는 베드로광장에서의 신들은 로마의 웅장함과 거대함을 두 배우의 신분이나 뛰어넘을 수 없는 사랑을 암시하는 최고의 장소가 아니었나 생각한다.

이루고자 하는 바를 빌고 동전을 던지면 소망이 이루어진다고 해서 이미 많은 관광객들에게 소개되고 있는 트레비 분수이다('놀다월드'나 광교에 있는 모 은행에도 비슷한 분수들이 꽤 있다. 십원짜리들만 가득하지만서도;).

그리고 유명하다는 젤라토를 사들고 천진난만한 미소로 계단을 오르는 것만으로도 뭇 남성들의 마음 설레게 했던 스페인광장. 젊음의 열정이 느껴지는 이국적인 느낌이 강한 곳이었다(원래 스페인광장은 17세기 교황청 스페인 대사가 그곳에 본부를 설치했던 것이 계기가 되어 지금껏 그렇게 불리고 있다고 한다).

그리고 정말 너무 가보고 싶은 곳!

바로 진실의 입이다. 〈로마의 휴일〉을 통해 너무 유명한 관광지로 자리잡게 되었다는 "진실의 입". 거짓말한 사람이 손을 입속에 넣으면 손이 잘린다는 전설이 있는 이 석판은 원래 하수도 덮개로 사용되었다고 하니 새삼 웃음이 나왔다. 지금 이 영화가 나왔다면, 코웃음쳤을지도 모른다. 저런 농담을 하다니! 하며 말이다.

그 모든 영화 속 관광지들과 로마 시내를 흑백으로 보면 지금 나 같은 세대들은 자칫 답답함을 느낄 수도 있겠으나, 그래도 그것이 어디랴. 오히려 흑백영화이기 때문에 나중에 로마에 가봤을 때 〈로마의 휴일〉을 떠올리며, 나만의 컬러로 로마의 색을 입힐 수 있을 테니 생각만 해도 너무 행복하지 않은가? 〈로마의 휴일〉을 보는 것만으로 그치지 않고, 올해는 로마에 대한 자료도 찾고, 공부도 해서 꼭 '흑백의 로마의 휴일'을 나만의 '컬러 로마의 휴일'을 만들리라 다짐하며, 사랑스러운 여인 오드리 헵번에 대한 책을 구입해 읽어봐야겠다.

그렇게 생각하는 찰나, 문자가 왔다. 닮고 싶은 이상형에 대한 짤막한 기대평을 쓰는 이벤트에 응모했는데 너무나도 기쁘게 이벤트에 당첨되어 『워너비 오드리』를 가슴에 안을 수 있었다. 사실, 이벤트엔 엄청나게 많은 기대평들이 올라왔었고 너무 많은 기대평들로 인해 조금은 위축되어 안 될 거라 생각했지만, 내 생각을 짤막하게나마 전할 수 있던 이벤트라 응모했었던 기억이 난다.

기대평을 쓰고 나서 나는 오드리 헵번을 사랑하는 사람들이 참 많구나, 생각하며 나와 생각을 공유할 수 있는 사람들이 있다는 것에 또 한번 기뻤다. 기대평을 쓴 대부분의 사람들은 그녀가 받은 사랑만큼 다른 사람들에게 베푼 것에 대한 생각들을 써놓으며 그녀에게 감동하고, 진심으로 고마워했다.

『워너비 오드리』를 읽고 난 후, 역시나 오드리 헵번은 얼굴과 마음이 함께 아름다웠던 여인이었고, 여배우가 아닌 여자로서, 진정한 사랑을 했던 가슴 뜨거운 사람으로서, 자신이 받은 사랑을 모두에게 주고 간 여자라 생각했다. 정말이지 그녀를 조금이나마 닮고 싶다는 중얼거림과 함께 다시 한번 따뜻하게 그녀를 가슴으로 안아주었다.

『워너비 오드리』에는 스틸컷이나 그녀의 활동사진 들을 볼 수 있어 그녀에 대한 감동이 두 배로 느껴졌다. 아름다운 그녀, 오드리 헵번. 이 책에 실린 대부분의 사진은 흑백이다. 로마의 휴일에서도 느낄 수 있는 흑백의 미를 제대로 살려주었다. 〈로마의 휴일〉과 함께 『워너비 오드리』는 내가 아끼는 책장에서 나의 채색을 기다리는 한 권의 흑백 그림책이 되었다.

그녀가 하늘로 갈 때쯤엔 몸은 비록 병들어 물기 없는 마른 장작 같은 모습이었을지 모르나, 그녀의 마음만큼은 물기를 가득 머금고 뿌리와 잎사귀에 수분을 공급해주려는 나무같이 뿌리 깊게 아름다웠으리라……

아마도 그녀의 숭고함은, 그녀의 사랑스러운 연기들은, 마치 다친 곳을 치료해주는 고운 하얀색 가루약과 같은 것으로 만들어진 것이었기 때문이리라……

덧붙여, 그녀가 천사가 되기 일 년 전 크리스마스이브에 아래 시를 아들에게 들려주었다고 한다. 아직 읽어보지 못한, 또는 감동을 다시금 느껴보고 싶은 분들을 위해, 그리고 나를 위해 실어본다.

매혹적인 입술을 갖고 싶으면 친절한 말을 해라.
사랑스러운 눈을 갖고 싶으면 사람들에게서 좋은 점을 보아라.
날씬한 몸매를 갖고 싶으면 네 음식을 배고픈 사람들과 나눠라.

아름다운 머리카락을 갖고 싶으면 하루에 한 번
어린아이가 손가락으로 쓰다듬게 해라.

아름다운 자세를 갖고 싶으면 네가 결코
혼자 걷지 않을 것임을 명심하며 걸어라.

사람들은 상처로부터 회복되어야 하며,
무지한 것으로부터 교화되어야 하며,
고통으로부터 구원받고 또 구원받아야 한다.

결코 누구도 버려서는 안 된다.

위의 내용은 다 지키지 못하더라도 조금이나마 너그러운 여자가, 그리고 가슴 따뜻한 사람이 되자고 다짐해본다.

11

바르셀로나에서는 이 남자를 조심하라!

하루 http://blog.yes24.com/belepoque

블로그 축제 네티즌상

내 남자의 아내도 좋아

우디 앨런 감독

스칼렛 요한슨, 페넬로페 크루즈 출연 | 드라마 | 2009

로맨스라면 고통도 달콤하다고 느낄 정도로 사랑 앞에 용감한 크리스티나와 로맨틱한 낭만보다는 이성이 앞서는 지적인 현실주의자 비키. 가장 친한 친구이지만, 사랑에 관해서는 완전히 상반된 생각을 가지고 있는 두 사람은 바르셀로나로 휴가를 떠난다. 달콤한 지중해의 바르셀로나에서 휴가를 즐기던 두 사람은 우연히 매력적인 화가 후안 안토니오를 만나게 되고, 그의 노골적인 유혹에 강하게 거부하는 비키와 달리 크리스티나는 후안에게 묘한 매력을 느끼게 되는데……

스페인의 매혹적인 도시, 바르셀로나.

우선 도시 이름에 호기심이 발동했고 감독의 이름이 심상치 않아서 손끝이 버튼에 닿았던 영화이다.

Woody Allen 감독

〈Vicky Christina Barcelona〉

지난 3월 말 한국발 핀란드행 비행기 안에서 보았던 영화이다. 열 시간 남짓 비행시간을 지루하지 않게 해주던 영화로 기억된다. 본시 움직이는 차량이나 비행기 안에서 책을 즐겨 보는 체질이 아니라서 영화가 있다면 보통 영화를 보는 쪽을 선호하는 편이다.

그런데 이 영화, 시작부터 아슬아슬하다. 거침없는 공상을 하게 만드는 도시 풍광과 스페니시 기타 선율이 귓가에 맴돈다.

두 명의 미국 여성이 휴가차, 바르셀로나에 온다.

비키.

그녀는 "나와 너"가 될 수도 있는 조금은 낯가림을 하고 조금은 보수적인, 그다지 세련되지도 화려하지도 매혹적이지도 않은 평범한 여성이다.

"내 일상은 일정한 형식이 있어,

……………………………이건 이렇게 가야 한다니깐,

……………………………………………이건 내 계획이 아니야."

나도 그렇지 아니한가!

자유롭고 싶지만 언제나 스스로를 억압하는 어쩔 수 없는 이 어처구니 없는 자아여!

그런 그녀가 그 남자한테 빠져든다. 약혼자를 저버리면서……

크리스티나.

그녀는 비키와 친구 사이이다.

나름 자유로운 생각의 소유자이고 대담한 표현을 거침없이 한다고 믿는 그녀.

곧 등장하게 되는, 비키와는 사뭇 다른 캐릭터일 것 같지만 열정적인 또 한 명의 여인, 마리아 엘레나 앞에서는 그야말로 무력감을 느끼는 여성이다.

스칼렛 요한슨이라는 배우에 대해 젊고 예쁜 여배우로만 알고 있었는데, 개인적으로 이 배우의 "잘 다듬어진" 모습을 발견하는 계기도 되었다.

그리고 이 남자,

후안 안토니오 곤잘로.

한마디로 Wow! 감탄사가 절로 나온다.

어쩌면 그렇게 담담하게 당연하게 대담하게, 그리고…… 그리고 매혹적이게 나오는지……

한꺼번에 두 여인을 유혹하는 남자, 그의 치명적인 제안.

"관광도 하고 와인도 마시고 함께 사랑도 나누죠, 둘 다요!"

이거 미친 거 아냐!

비키는 그의 무례한 언사에 불쾌해하지만 와인을 잔뜩 마신 크리스티나는 의외로 호의를 보인다. 마침내 그녀는 그의 침실을 찾지만 많이 마셔댄 와인 탓에, 결정적인 순간에 설사병이 나고 일을 그르치게 된다. 그러나 결국은 그의 뜻대로 만사가 이루어진다.

크리스티나는 온갖 유혹이 창궐한 바르셀로나의 햇살과 풍광에 취하고 바르셀로나를 대표하는 그 남자에게 매료되고 만다. 그는 환상과 몽환의 도시 바르셀로나를 대신하는 듯하다.

크리스티나와는 모든 것이 이루어진다.

관광도 하고, 와인도 마시고, 대담한 사랑도 한 사이이다.

근데 이 남자, 비키에게도 여전히 추파를 던지며 접근한다.

감독은 이렇게 외치는 듯하다. 아니, 이렇게 씌어진 피켓을 들고 달려드는 듯하다.

"니들이 사랑을 알아?"

자유와 정열을 외쳐대는 바르셀로나에서, 후안 안토니오 같은 남자로 대표되는 그 누군가가 당신을 이렇게 유혹한다면, 당신은 안전할 거라 자신하는가?

이 남자는 그렇게 설쳐대지도 않는다. 막무가내도 아니다. 그저 심장이

시키는 대로 느낌 가는 대로 움직인다. 결코 치졸하지도 않고 급하지도 않다. 도대체 이게 뭔가……

그런 그에게 일생일대 가장 치명적인 여인이 있다.

마리아 엘레나.

페넬로페 크루즈가 이렇게 매력적인 배우인 줄 정말 처음 알았다. 이제껏 그녀가 출연한 할리우드 영화는 망신살이었다고 본다. 어울리는 배역도 없었고 화면 가득한 그녀의 부담스러운 이목구비가 당최 어울리는 구석이라고는 찾아볼 수 없었으니 말이다. 그런 그녀가 이 영화로 아카데미 여우조연상을 수상하게 되는데 그녀의 가치와 진가는 연기를 보면 알 수 있다.

그녀는 후안 안토니오 곤잘로의 전 부인이다. 전 남편과 마찬가지로 예술혼으로 똘똘 뭉친 화가이다. 불 같고 물 같은 여인, 남 사정 안 봐주는, 현실과는 동떨어진 느낌의 여인이다. 크리스티나와 가벼운 티타임중 영어로 말하라는 후안의 말에 결코 굴하지 않고 쏘아대는 그녀의 스페니시, 비굴하지 않고 당당하고, 추잡한 모습 안 보이는 그녀, 죽을힘을 다해 사는 여성 같아 보인다.

크리스티나와 남편의 관계를 알지만 그녀는 그녀대로 전 남편에 대한 애정이 깊다. 아니, 예술적인 공감대나 비판을 서슴없이 주고받는 전 남편이지만 맘에 안 들고 미워지면 피스톨도 겨누고 쏠 수 있는 그런 여인이다. 이혼이라는 걸 했으면서도……

감독은 도대체 뭘 말하려는 건가. 이건가……

마리아 엘레나는 크리스티나와 자주 어울린다. 크리스티나는 그녀로 인해 강하고 매력적인, 그리고 자신이 사랑한다고 믿고 있던 남자에 대해 고민하게 된다. 마리아는 후안을 너무나 잘 알고 있기 때문이다. 자전거여행을 떠나는 세 사람의 모습을 보면 비현실적인 아름다움을 느끼게 만든다.

갑자기 후안이 발작을 일으켰을 때 크리스티나는 마리아에 대해 강한 무력감을 느끼고, 소신 있게 선택했다고 믿었던 사실들이 비현실적인 것처럼 느껴진다. 마리아는 후안을 받아들일 줄 안다. 물불 안 가리고 싸우고 욕해대는 그들이지만 크리스티나는 마리아를 넘어설 자신이 없다. 그런 그녀에게 크리스티나는 묘한 애정을 느낀다. 사진 찍기에 열을 올리던 크리스티나는 마리아의 예술적인 영감에 감동하게 되고 그런 그녀를 찍는다. 바로 크리스티나가 찍은 마리아의 모습 중 하나이다. 여러 장의 사진들이 나오지만 이 사진이 가장 근사해 보인다.

시간이 흐르고 휴가가 끝나간다. 처음 이곳에 도착했던 것처럼 여행가방을 끌고는 그녀들은 돌아간다. 그녀들의 자리로…… 두통과도 같은 미열을 안고 간다.

음악이 흐른다. 심장에 던져진 듯한 선율로…… 깊은 속을 뒤집어놓는다.

Giulia e Los Tellarines가 영화 내내 부르는,

Barcelona, Barcelona……

12

행복

행복한왕자 http://blog.yes24.com/chrislsm

블로그 축제 네티즌상

행복
허진호 감독
황정민, 임수정 출연 | 멜로 · 로맨스 | 2007

아픈 몸으로 만나 사랑에 빠진 남녀의 특별한 연애. 서울에서 클럽을 운영하며 자유분방한 생활을 즐겨온 영수. 운영하던 가게는 망하고 애인 수연과도 헤어지고, 설상가상으로 심각한 간경변까지 앓게 된 영수는 도망치듯 시골 요양원 '희망의 집'으로 내려간다. 팔 년째 요양원 '희망의 집'에서 살며 스태프로 일하고 있는 은희. 숨이 차면 죽을 수도 있는 중증 폐질환 환자지만 은희는 밝고 낙천적이다. 자신의 병에 개의치 않고 연애에도 적극적인 은희는, 첫날부터 자꾸만 신경쓰이던 영수에게 먼저 다가가는데……

#1

병든 남녀가 요양원에서 만나서 사랑을 한다. 도시에서 온 남자는 사랑을 하다가 살짝 다른 마음을 품게 되어 여자를 떠나고, 훗날 날아온 비보에 다시 그녀를 찾아가니 더이상 그녀는 이 세상에 없다.

허진호 감독이 밑그림을 그리고, 임수정과 황정민이 색칠을 한 이 영화는 특별히 나쁜 구석은 없는데, 인물에 대한 몰입이 힘들었다. 웬만하면 '저럴 수도 있겠다' 싶은 마음으로 영화를 보는데 "어떻게 저럴 수가 있지?" 하는 심정으로 영화를 보다가, 여자가 무릎 꿇고 비는 장면에서—비록 임수정의 연기가 뛰어나긴 했어도—인물에 대해서 공감대가 형성되지 않으니 감동이 별로 없었다.

임수정은 예뻤지만…… 시골 옷만 입혀놓고 찍어도 잡지 화보 같은 그녀. 시종일관 TTL소녀 같은 단정한 헤어스타일도 보는 데 불편했고, 황정민도 이번에는 밍숭밍숭하고 겉도는 느낌이다.

감독의 명성답게 종종 예쁜 화면과 상상의 여지를 주는 디테일은 좋았다.
하지만, 〈8월의 크리스마스〉나 〈봄날은 간다〉의 임팩트가 너무 컸었나 보다. 〈외출〉과 마찬가지로 〈행복〉도 전작의 아우라를 뛰어넘기는 힘든 것 같다.

#2

'드레스' 누나는 영화 보다 사라지셨고, 영화 보는 중간에 정철 아저씨

께서 다녀가셨고…… ㅎㅎ

'관객' 누나와 '오페' 형과 영화 보고 난 후에 이야기를 나눴는데 반응이 조금 다르다.

'오페' 형은 이 영화가 너무 좋아 몇 번씩 보면서 감동의 눈물을 흘렸다고 했으며, 내가 재미없다고 하자 '취향 차이'라고 했다. 그러다가 다시 이런저런 이야기를 주고받다보니, '아무래도 과거의 경험했던 것들'이 영화를 보는 데 많이 작용하는 것 같다는 결론을 내렸다.

은근 홀딱 깨는 '관객' 누나는, 영화를 봤는지 어쨌는지 참외랑 오이만 집어 먹고 별말은 없었던 것 같다. --;;(이 누난 샘 레이미 영화 쪽이 더 맞나보다.)

구시렁거리고, 부스럭거리며 정신 사납게(?) 영화를 봤는데……

행.복.했.다.

#3

나에게도 기회가 있을까……

삼십사 년을 살아오면서 돌아봤을 때 미친 듯이 뭔가를 사랑하며 행복해하던 순간이 있었었는지…… 나는 연인은 물론이고, 친구들에게도 쉽게 곁을 내준 적이 없다. 대신에…… 아쉽게도…… T.T 내가 미치고 정열적으로 사랑했던 그 무언가는 '가방'밖에 없었던 것 같다.

아무래도 소싯적에 내 정신상태에 조금 문제가 있었음이 분명하렷다. --;;

내 인생의
음악

Music

01

차라리 시에 가까운 그의 노래들과 나의 지난날들

21cbach http://blog.yes24.com/21cbach

블로그 축제 우수상

김광석 Best
김광석 | 태일런스미디어 | 2009

우리들의 기억, 우리들의 마음속에서 영원히 노래를 하고, 모든 대중에게 눈물과 감동을 선사했던 영원한 가객 김광석. 그가 떠난 후 십삼 년의 세월이 흘렀지만 아직도 많은 이들은 자그마한 체구에 기타를 둘러멘 채 하모니카를 불던 그의 호소력 짙은 목소리를 기억하고 있다. 김광석의 모든 앨범에서 많은 이들의 사랑을 받았던 노래들을 추려모은 이 앨범은 김광석을 좋아했던 사람들뿐만 아니라, 뒤를 돌아볼 여유조차 없는 사람들과 정에 메마른 사람들에게 그의 찡한 향취를 느끼게 해 줄 것이다.

2009.1.6. 일기

1

오늘은 광석이 형 13주기이다. 고2 겨울방학. 체질에 맞지 않는 이과 공부를 새로 시작하는 압박감에 시달리던 그해 1월, 여느 때와 같이 보충 수업 후에 독서실에 처박혀서 수학 문제와 씨름하고 있었다.

그 시절 유일한 낙은 워크맨으로 듣던 음악 테이프와 FM 라디오 방송이었다. 수학 문제를 풀던 나의 귀에 김광석의 죽음을 전하는 DJ의 조사가 들려왔다. 믿기지 않는 소식에 문제집을 집어던지고 평소 광석이 형 노래를 좋아하던 재수생 형의 자리로 뛰어갔다. 선배와 나는 이어폰을 꽂고 다시 광석이 형의 죽음을 확인한 뒤 독서실 옥상으로 올라갔다.

모든 것이 그대로였다. 좋아하는 여학생을 보려고 기다리던 독서실 난간 너머에는 교회의 첨탑이 보였고, 겨울 날씨는 차가웠으며. 담배를 피워물었던 선배의 애늙은이 같은 표정도 여전했다. 하긴, 광석이 형과 개인적인 친분도 없던 내가 뭘 어찌하랴(개인적으로 친했더라도 내가 막을 수는 없었겠지).

내 주머니 속에는 어느 여자에게 주려고 녹음한 김광석의 노래 테이프가 그대로 담겨 있는데, 그는 세상에 존재하지 않았다. 그 우연이, 낯설었다.

난 아직 그대를 이해하지 못하기에/그대 마음에 이르는/그 길을 찾고 있어/그대의 슬픈 마음을/환히 비춰줄 수 있는/변하지 않을 사랑이 되는 길을 찾고 있어/어디서 찾을 수 있을까/그대 마음에 다다르는 길/찾을 수 있을까/언제나 멀리 있는 그대 _〈기다려줘〉

고3이 본격적으로 시작되는 봄이 될 때까지 나는 묘한 상실감에 시달렸고, 그해 겨울은 무척 추웠다.

2

지겨웠던 고3 시절이 끝나고 대학에 진학한 후, 90년대 초중반 학번 선배들과의 조우를 통해 나는 김광석을 다시 '발견'했다. 수업을 땡땡이치고 동아리방에서 책을 읽을 때, 통기타를 치며 잔디밭에서 술을 먹을 때, 입대하는 친구를 보내던 술집에서, 소풍을 갔던 야외에서, 여자친구와 헤어지고 쓸쓸히 맥주를 홀짝이던 바의 구석진 자리에서, 김광석은 늘 새롭게 다가왔다.

열치기 같은 사랑에 빠져 있을 때 그는 나의 슬픔(이별)들을 예감한 듯 이렇게 위로했다. 열정은 왜 언제나 슬픔을 동반하고 있는가. 기억은 쉽게 극복되지 않았다.

잊어야 한다면 잊혀지면 좋겠어/부질없는 아픔과 이별할 수 있도록/잊어야

한다면 잊혀지면 좋겠어/다시 돌아올 수 없는 그대를 _〈그날들〉

그대 보내고 멀리/가을새와 작별하듯/그대 떠나보내고/돌아와 술잔 앞에 앉으면 눈물 나누나 _〈너무 아픈 사랑은 사랑이 아니었음을〉

우울한 기분에 혼자 버스를 타고 낯선 동네에서 떠돌던 날에는 이어폰 속에서 이렇게 위로하곤 했다. 그리움과 상실감을 노래한 그의 노래는 하나의 시였다.

바하의 선율에 젖는 날이면/잊었던 기억들이 피어나네요/바람에 날려간 나의 노래도/휘파람 소리로 돌아오네요/내 조그만 공간 속에 추억만 쌓이고/까닭 모를 눈물만이 아른거리네/작은 가슴 모두 모두어/시를 써봐도 모자란 당신 _〈먼지가 되어〉

3

군대 시절 발가락이 골절되는 바람에 깁스를 하고 며칠 훈련에서 열외되어 내무실에 홀로 누워 있을 때, 내무실의 고물라디오에서 흘러나오던 그의 노래를 기억한다.

잊어야 한다는 마음으로/내 텅 빈 방문을 닫은 채로/아직도 남아 있는 너의 향기/내 텅 빈 방 안에 가득한데/이렇게 홀로 누워 천장을 보니/눈앞에 글썽

이는 너의 모습/잊으려 돌아누운/내 눈가에 말없이 흐르는 이슬방울들
_〈잊어야한다는 마음으로〉

잊어야 한다는 마음과 싸우던 그 시절, 그의 노래는 슬픈 동일시의 도구였다. 그 마음과의 처절한 싸움이 끝나고 제대한 후, 캠퍼스의 운동장 스탠드 한구석에 앉아 다시 들은 그의 노래는 '희망'으로 다가왔다.

비가 내리면 음/나를 둘러싸는 시간의 숨결이 떨쳐질까/비가 내리면 음/내가 간직하는 서글픈 상념이 잊혀질까/난 책을 접어놓으며 창문을 열어/흐린 가을하늘에 편지를 써/잊혀져간 꿈들을 다시 만나고파/흐린 가을하늘에 편지를 써 _〈흐린 가을하늘에 편지를 써〉

군대에서 미친 듯이 써댔던 편지들. 답장이 없었던 수많은 활자들에 대하여 되묻지 않고 아프지 않게 된 것도 그의 노래를 통해서였다. 투박한 구호가 머리를 잠식하여 다시 글을 쓰지 못하리라는 느낌에 시달리던 내가 다시금 편지(글)를 쓸 수 있도록 그는 나에게 외쳤다.

일어나 일어나 다시 한번 해보는 거야/일어나 일어나 봄의 새싹들처럼
_〈일어나〉

광석이 형의 노래를 수십 번 듣고 도서관에 처박혀서 소설책과 시집을 읽으며 나는 다시 활자를 받아들이게 되었다. 지금도 힘들 때면 가장 먼저 듣게 되는 노래 〈일어나〉.

4

서른이 되던 해 겨울, 막막한 심정에 단골술집 '애니'에서 그의 노래를 들었다. 답답한 인간들에 대한 분노는 나를 잠식했고 하루하루는 실망의 연속이었다. 이명박이 대통령이 되기 직전이었으며, 문학은 어렵게만 느껴지던 그해 겨울, 나의 심정을 어떻게 그토록 잘 (대신) 표현했을까.

또 하루 멀어져간다/내뿜은 담배연기처럼/작기만 한 내 기억 속에/무얼 채워 살고 있는지/점점 더 멀어져간다/머물러 있는 청춘인 줄 알았는데/비어가는 내 가슴속엔/더 아무것도 찾을 수 없네 _〈서른 즈음에〉

가소롭게도 죽음을 기획하던 그 시간에, 고등학교 시절의 독서실과 워크맨과 이어폰, 그리고 통기타를 들고 그의 노래를 부르던 선배들의 모습과 군대 시절의 내무실이 떠올랐으며, 제대하고 맥주를 마시며 홀로 자축했던 운동장의 스탠드와 어느 낯선 거리에서 혼자 떠돌던 몇몇 날들이 떠올랐다. 그 때문이었다. 죽지 않고 살아보자고 결심한 것은. 단지 그런 사소한 기억들 때문에.

계절은 다시 돌아오지만/떠나간 내 사랑은 어디에/내가 떠나보낸 것도 아닌데/내가 떠나온 것도 아닌데/조금씩 잊혀져간다/머물러 있는 사랑인 줄 알았는데/또 하루 멀어져간다/매일 이별하며 살고 있구나 _〈서른 즈음에〉

이 모든 것들은 사라져가기 때문에 사랑할 수밖에 없다고 썼던 소설가 김연수의 작품에 대해 평론을 쓰면서 나는 서른의 문턱을 힘겹게 넘었다. 그의 노래가 없었다면, 그의 노래가 담고 있는 느낌을 이해하지 못했다면, 나의 서른은 얼마나 더 아팠을까.

5

지나고 나면 기억들의 대부분은 슬픔이라는 사실을 긍정하면서 나이를 먹어간다. 물론 다시 사랑하고 방황하겠지. "유리에 비친 내 모습은 무얼 찾고 있는지 뭐라 말하려 해도 기억하려 하여도 허한 눈길만이 되돌아"(〈거리에서〉)오는 날들이 다시 찾아올 것이다.

너무 아픈 사랑은 사랑이 아니었음을 기억하면서도 다시 누군가에게 기다려줘, 라고 말하고, 다시 잊어야 한다는 마음으로, 흐린 가을하늘에 편지를 쓰고, 상처 받지 않고 웃었던 '그날들'을 떠올리며 고비를 넘기겠지.

오늘은, 나의 방황의 동료였던, 철없던 열정의 대변자였던, 그리고 우연이 주는 상실감을 알게 해주었던 광석이 형의 13주기이다. 오늘은 그의 노래만을 듣고 싶다. 김광석이 아니라 광석이 형이라고 부르는 내가, 그에게 해줄 수 있는 사소한 위로이자 예의이다. 내년 1월에도 그의 노래를 들으며 술을 마시고 싶다.

02

만국의 아이들이여 단결하라! 힙합유치원

달새 http://blog.yes24.com/moonbird88

블로그 축제 우수상

Love Sugar

데프콘 | 스타코아엔터테인먼트 | 2009

우리네 삶의 소중한 추억들을 수필로 엮어내는 듯한 글솜씨를 그간의 랩으로 마음껏 뽐내온 '랩 하는 소설가' 데프콘. 2009년 발매된 싱글 〈Love Sugar〉에서도 정갈한 솜씨로 음악 하나하나에 자신의 새로운 이야기들을 녹여내고 있다. 파릇파릇한 아이들의 밝은 목소리와 데프콘의 랩이 절묘한 조화를 이루며 이전부터 느껴왔던 데프콘 음악의 가장 큰 핵심이었던 '사랑' '가족' '친구' '동료'라는 테마로, 힘든 삶을 살아가고 있는 모두의 삶을 희망적으로 풀어내는 타이틀 곡 〈힙합유치원〉을 통해 휴머니스트로서의 본인의 마음을 표현해내고 있다.

*

얼마 전 Mnet에서 김윤아의 인터뷰를 방송한 적이 있다. 한참 동안 이어진 인터뷰의 말미에 VJ 월리는 "올 한 해 소망이 있다면?"이라는 질문을 던졌다. 그녀는 으음…… 하고 이마를 약간 찡그린 채 잠시 고민하더니 이내 비장한 음성으로 답을 했다.

"세계평화요."

잠시 고개를 끄덕인 그녀는 자신의 대답이 마음에 들었는지 다시 한번 "세계평화가 올 한 해 소망이에요"라고 말하며 활짝 미소를 지었다. 아, 이래서 내가 김윤아를 사랑하지 않을 수 없는 게다. 나는 그녀의 천진난만한 아이 같은 모습을 사랑한다.

*

내가 유아원에 다녔을 적만 해도 '세계평화'는 모든 어린이들의 꿈이었다. 그 당시 〈독수리 오형제〉〈지구용사 선가드〉〈로봇수사대 K-캅스〉 주인공들이 주야장천 외치던 것은 '세계평화' '지구평화'였다. 그렇다. 우리가 그 만화에 열광했던 것은 우리 마음속에 세계를 사랑하는 마음이 있어서라고 나는 믿는다. 우린 놀이터에서 저마다 지구를 지키는 영웅이 돼서 지구의 악당들을 물리쳐나갔다. 지구의 악당이란 골목길에 주차된 차가 되기도 했고, 아직 말도 할 줄 모르는 내 사촌동생이 되기도 했고,

그만 놀라고 소리치는 내 친구의 부모님이 되기도 했다(어머님, 죄송합니다……).

아아. 그 당시 우리들의 눈은 '세계평화'라는 빛으로 초롱초롱 빛나고 있진 않았을까. 나는 우리의 그 초롱초롱한 눈빛이 세계를 감싸서 어떤 방향으로든 세상을 더 아름답게 만들었으리란 걸 의심치 않는다. 온 세상 어린이가 하하호호 웃으면 그 소리가 달나라까지 들리는데 우리의 눈빛이 요 쪼끄만 지구를 아름답게 만드는 것 정도는 우습지 않겠는가.

*

하나, 요즘 애들은 그럴 여유가 없는 모양이다. 내 사촌동생은 이제 막 초등학생이 됐는데 학원, 공부방을 다니느라 밤늦게야 집에 들어오곤 한다. 일요일에는 집에서 하루 종일 과외를 받는다. 주말에 과외를 받는 이유는 평일엔 너무 바빠서 과외 할 시간이 없기 때문이란다. 가끔씩 우리 집에 놀러오면 나를 붙잡고 묻는다. '오빠, 어떻게 하면 공부를 잘해?' 나는 그때마다 으음…… 하고 이마를 약간 찡그린 채 잠시 고뇌를 하다가 비장한 음성으로 답을 한다.

"얘야, 내가 너만했을 때는 공부란 걸 한 적이 없었어. 세계평화를 지키느라 바빴거든."

나의 진지한 대답에도 고 녀석은 '이건 뭐야' 하는 눈빛으로 나를 쏘아볼 뿐이다. 이내 녀석은 문제지를 꺼내들고 열심히 공부하기 시작한다.

이는 비단 내 사촌동생만의 문제는 아닌 듯싶다. EBS 〈지식채널 e〉의 '2007, 대한민국에서 '초딩'으로 산다는 것'에서 봤는데 초등학생 열 명 중 아홉 명이 과외를 받는다고 한다. 성적 문제로 자살 충동을 느껴본 적이 있는 학생이 무려 27%!! 나는 성적평가가 없던 시대에 국민학교를 다녀서 그런지 요즘 초딩들의 삶을 보면 '어떻게 저렇게 살 수 있지?'라는 생각뿐이다. 그때는 구슬치기만으로도 하루가 모자라서 팽이에겐 항상 미안한 마음뿐이었는데…… 2006년 2월 자신의 성적을 비관한 한 초등학생이 자살을 했다. 포털사이트 메인에 뜬 그 소식을 듣고 나는 자취방에서 터덜터덜 걸어나와 담벼락에 털썩 기대앉아 담배 한 대를 꼬나물었다. 담배연기를 깊게 들이마시고 후~ 길게 내뱉으며 생각했다.

"휴…… 이제 세계평화는 누가 지키는 거지?"

내뿜은 담배연기가 하늘 저 멀리로 멀어져가는 동안 나는 이제 설 자리를 잃어버린 독수리 오형제와 선가드와 K-캅스를 생각했다. 청년실업 백만 시대에 그 녀석들도 결국 실업자가 된 건가.

*

김윤아의 소원이 '세계평화'라는 걸 알았을 즈음 나는 콘이 삼촌이 새 앨범을 들고 나왔다는 소식을 접했다. 나는 또다시 엄마도 인정하는 힙합

꽃미남 콘이 삼촌의 일장연설을 들을 수 있다는 사실에 가슴이 두근거렸다. 이번 앨범도 역시 콘이 삼촌은 우릴 실망시키지 않았다. 나는 콘이 삼촌의 가슴 따뜻함이 물씬 풍기는 〈힙합유치원〉을 들으며 몇 년 전 담벼락에 기대앉아 담배를 꼬나물었던 나와, 평일엔 너무 바빠서 일요일에 하루 종일 과외를 받는다는 사촌동생과, 세계평화가 소원이라던 김윤아를 생각했더랬다.

난 이담에 커서 어떤 어른이 될까요/친구와 함께 매일 고민을 해봤죠/미끄럼 타고 그네도 타고 물장구치고 싶은데/왜 우리 엄만 늘 내 걱정만 하는지

어린이 여러분 (Yeah)/지금 이 시간은 어떤 시간 (자유시간)/앞에 있는 선생님의 이름은 데프콘/선생님의 이름은 뭐 (데프콘)/많이 힘들 거예요 공부하기/나 어렸을 적 유일하게 농구만이/삶의 전부였던 때가 있었는데/이제는 달라 학원만 여덟 군데/아이들은 지치고 지쳐가/부모들도 지치고 지쳐가/시험을 망쳐버린 어느 꼬마아이는/기대에 못 미쳐서 그만 울고 말았네/(괜찮아) 이젠 눈물을 닦아/인생은 시험의 연속이야 하늘을 봐봐/빛나는 별들 가운데서 니 별을 찾아/넘버원보다는 온리원 그게 너야

어린이 여러분 (Yeah)/지금 이 시간은 어떤 시간 (자유시간)/앞에 있는 선생님의 직업은 힙합/선생님의 직업은 뭐 (힙합)/커다란 여행용 가방에는 책이 잔뜩이네/학원 버스에 올라타면 잠뿐이네/놀고 싶은데도 놀이터는 텅텅 비어/(바쁜 스케줄) 엄청 미워/풀벌레 소리도 듣고 싶어요/갯벌체험도 해보고 싶어요/보고 듣지 못한 것들이 너무도 많아/우리의 아이들은 지금 멍들고 아파/게

임에서 빠져나와 친구를 얻자/주말엔 잠든 아빠의 이불을 걷자/두 발로 산과 들을 맘껏 누비자/꿈이라도…… 오늘은 놀자

너희가 자라서 어른이 되면/또다시 아이들을 지켜줘야 해/그 꿈 많고 당당한 얼굴/어디서든 환히 웃을 수가 있도록

나는 삶이란 결국 '평범하게 살아가는 세상'과 '특별하게 살아가는 나' 사이의 투쟁이라고 생각한다. 〈촛불 하나〉에서 호영이 형도 "하지만 그러면 안 돼. 주저앉으면 안 돼. 세상이 주는 대로, 그저 주어진 대로, 이렇게 불공평한 세상이 주는 대로 그저 받기만 하면 모든 것은 그대로"라고 부르짖으시지 않았는가. 세상은 우리에게 그냥 그렇게 살아가기를 강요한다. 이런 세상의 말만 듣다보면 우리는 획일화돼서 살아도 산 것 같지 않은 삶을 살다가 죽게 될 거다. 특히 그 어떤 가치보다 자본이 추앙받는 요즘 세상에서는 더더욱!

나는 행복은 '특별하게 살아가는 나'가 '평범하게 살아가는 세상'을 극복하는 과정에서 생겨난다고 생각한다. 적어도 나는 그랬으니까 말이다. 그래서 내가 언젠가 아버지가 된다면 내 아이에게 자기 자신이 얼마나 소중한지를 열심히 알려줄 거다. 무엇을 하든 간에 꿈을 잃지 않고 활짝 웃으라고 말해줄 거다.

근데 요즘 어른들은 나랑 생각이 달라서 그런지 아이들에게 어떻게 하면 세상에 빨리 무릎을 꿇을 수 있는지를 가르치는 데 여념이 없다. 그게

참 걱정이다. 이러다가 애들이 전부 다 돈의 왕국을 지키는 장난감 병정이 되어버리면 어쩌지. '넥타이에 정장'이라는 병정들의 옷을 입는 데 방해가 된다며 '하늘을 나는 천사의 날개'를 잘라내버리면 어쩌지. 콘이 삼촌은 꿈 많고 당당한 얼굴이 어디서든 환히 웃을 수 있도록 어린 아이들을 지켜주랬는데……

03 Dear 볼페를

아르뛰르 http://blog.yes24.com/arm1854

블로그 축제 우수상

모차르트 : 피아노 협주곡 20·21번
—프리드리히 굴다, 클라우디오 아바도
볼프강 아마데우스 모차르트
Deutsche Grammophon | 1999

1756년 1월 오스트리아의 음악도시 잘츠부르크에서 태어난 모차르트는 네 살 때부터 연주를 시작하고 여섯 살에 첫 작품을 작곡한 '음악의 신동'이다. 모차르트가 채 삼십 년이 안 되는 기간 동안 작곡한 음악은 오페라, 교향곡, 교회음악, 협주곡, 독주곡, 실내악, 세레나데 그리고 가곡에 이르기까지 총 육백 곡이 넘는다. 그는 〈레퀴엠〉을 미완으로 남겨둔 채 1791년 12월 서른다섯의 나이로 빈에서 세상을 떠났다. 모차르트의 음악은 지금도 유럽에서 가장 많이 공연되고, 가장 많이 방송되고 있다.

"사랑하는 아빠, 저는 시인이 아니기 때문에 단어와 구절을 예술적으로 배합해서 시를 쓸 수 없어요. 그리고 화가도 아니므로 명암의 효과를 낼 줄 몰라요. 또 손짓과 몸짓으로 저의 생각과 감정을 표현할 줄도 몰라요. 무용가가 아니니까요. 하지만 음을 통해서는 제 생각과 감정을 표현할 수 있어요. 저는 작곡가거든요."

1777년 11월 8일 볼프강

(미셸 파루티, 『모차르트—신의 사랑을 받은 악동』, 권은미 옮김, 시공사, 1995)

track 1. 피아노 협주곡 20번 K466 1악장 알레그로

1994년, 그러니까 내가 고등학교 교복에 익숙해질 무렵 마로니에의 〈칵테일 사랑〉이 자주 들렸다. 락킹이라도 추어야 할 것 같은 발랄함에 절로 따라 흥얼거리게 되었는데 늘 같은 지점에서 물음표를 품게 되었다. "모차르트 피아노 협주곡 21번". 이 노랫말 때문에 당시 일주일 용돈과 맞먹던 오천원여를 주고 지휘자 클라우디오 아바도, 빈 필하모닉 오

케스트라와 피아니스트 프리드리히 굴다가 협연하는, 황홀한 노란빛 레이블 도이치 그라모폰 테이프(피아노 협주곡 20, 21번 수록)를 구입했다. 친구 따라 음반매장 갔다가 매직아이처럼 눈에 들어오는 놈을 무시할 수 없었던 나는 일주일간 매점에 가지 못했다.

정작 궁금했던 21번보다 20번, 특히 1악장이 귓구멍을 통해 가슴을 파고들었는데, 달리 뭐라 형언할 수 없어 그냥 좋다고만 말하다가 곧 적절한 표현을 찾았다. 음악을 틀어놓은 채 화장실에서 볼일을 보고 있을 때였다. 장(腸)에 아무것도 남아 있지 않은 것처럼 쾌변을 본 느낌! 양손을 하늘을 향해 높이 치켜들고 등을 곧게 펴고 싶은 충동! 한층 가벼워진 몸이 구름 위라도 뛰어오를 것 같은 희열!

몇 년 후 EBS에서 굴다를 봤다. 테이프 재킷의 대머리 할아버지를 만난 것이다. 너무도 편한 복장이어서 옆집 할아버지 같았던 피아니스트는 눈을 지그시 감고 열 손가락을 건반 위에서 자유로이 거닐게 했다. 가끔씩 멍하니 뜨는 눈은 여기를 공연장이 아니라 침실로 착각하는 건 아닐까 의심스럽게 했다. 한데 피아노 독주 부분에선 연주하면서 춤을 춘다고 해야 할까, 여하튼 몸짓 또한 선율을 만들어내고 있었다. 언젯적 공연 실황인지는 알 수 없으나 브라운관으로 굴다를 만난 후, 『내가 사랑하는 클래식』에서 박종호가 썼듯이, 이 앨범이 명반임은 틀림없다고 여기게 되었다. 아마 지금쯤 하늘에서 모차르트에게 칭찬받으며 신나게 연주하고 있을 게 분명하다. 가끔 굴다가 가르친 피아노의 여제 마르타 아르헤리치로 듣기도 하는데 미안해하지 않아도 되겠지? (아르헤리치에게 사사한 임동혁을 좋아하는데 언젠가 그도 모차르트를 연주하겠지?)

track 2. 오페라 〈후궁으로부터의 탈출〉 중 콘스탄체의 아리아 〈그 어떤 형벌이 가해져도〉

개미떼의 무수히 많은 발로 만들어내는 듯한 진동이 감지되는 도입부가 흐를라치면 파블로프의 개처럼 내 몸을 침 대신 0.01mm 정도 공중으로 부양할 준비를 하게 만드는, 피아노 협주곡 20번 이후 모차르트에게 다시금 반했던 순간.

1996년 가을 출반된 소프라노 조수미 앨범 'Dear Amadeus'에 실린 첫 곡, 오페라 〈후궁으로부터의 탈출〉 중 〈그 어떤 형벌이 가해져도〉는 심장을 두드리기에 충분하다. 영주 셀림 파샤는 콘스탄체에게 자신의 사랑을 받아주지 않으면 죽음보다 더한 형벌을 겪게 될 것이라고 경고하지만, 콘스탄체의 목소리에서는 그 어떤 형벌이 가해져도 벨몬테를 사랑하겠다는, 마치 춘향이가 변사또의 수청을 거부하고 이몽룡을 죽기 살기로 기다리겠다는 눈부신 결의가 뿜어져나온다. 대체 노래는 언제 부르는 거야, 보채게 만들 정도로 전주가 긴 아리아. 햇빛에 반사된 모래알 같은 아리아……

모차르트로 분한 톰 헐스의 괴기한 웃음소리가 돋보였던 영화 〈아마데우스〉에선 모차르트의 피아노 반주에 맞춰 매릴린 먼로처럼 코 옆의 점이 인상적인 소프라노가 같은 곡을 부른다. 기억이 정확하다면 한 손으로 부채질하며 죽음이나 고문 따위의 언어는 전혀 모른다는 듯한 표정으로 천진난만하면서도 매혹적인 자태를 보여주었다. 처음엔 연정을 품은 누군가를 유혹하는 아리아인 줄 착각했을 정도로 놀랍도록 매력적이었다. 하긴 든든한 사랑이 버티고 있는데, 그 사랑을 철석같이 믿고 있는데 뭐가 두려우랴!

track 3. 오페라 〈피가로의 결혼〉 중 케루비노 아리아 〈사랑의 괴로움 그대는 아는가〉

영화에 삽입된 모차르트 음악에 빠질 수 없는 오페라 〈피가로의 결혼〉 중 백작부인과 수잔나의 이중창 〈저녁 산들바람 부드럽게〉는 영화 〈쇼생크 탈출〉의 인터미션이 되어준다. 잠깐의 휴식으로 공연에 더욱 몰입할 수 있도록 돕는 인터미션이 영화에선 음악으로 가능할 수 있음을 제시하는 장면.

기숙 고등학교에서 생활하던 나는 항용 수요일 저녁 일곱시를 기다렸다. 사감 선생님이 어떤 영화를 빌려오셨는지는 재생되어야만 알 수 있었다. 그렇게 본 영화 중 한 편이 〈쇼생크 탈출〉. 제한된 상황에서 오랜 시간 굳건히 닫힌 마음은 은은한 종소리처럼 고요히 울려퍼지는 아리아로 인해 열리고, 수감자들은 영혼의 휴식을 즐긴다. 누적된 긴장이 봄햇살에 얄팍해져가는 얼음장 신세가 된다. 음악의 힘을 여실히 느꼈던 순간.

2008년 10월에 출반된 소프라노 신영옥 앨범 'Cinematique'에서도 일명 '편지 이중창'을 들을 수 있다. 독특하게도 백작부인과 수잔나의 역을 혼자서 다 보여주는 신영옥에게는 조금 미안한 일이지만, 실은 편지 이중창보다는 케루비노의 아리아 〈사랑의 괴로움 그대는 아는가〉를 더 좋아하게 되었다. 미소년 케루비노는 귀족층 자제이나 예의범절을 배우기 위해 다른 가문에서 살게 된다. 사랑에 눈뜨기 시작한 소년은 사랑하고픈 사람이 너무 많아서 탈이다. 이윽고 사랑에 대해 백작부인에게 즉흥 아리아를 들려준다. 발랄하면서도 산뜻한 캐릭터에게도 사랑이 유쾌하지만은 않았나보다.

그대 아는가. 사랑이 무엇인지, 내 맘에 사랑 간직한 것.
내 맘에 고통 말하리라.
내게는 새로워 무엇인지, 나의 가슴에 끓는 정열. 기쁨이 되었다가 괴로워져.
얼었던 이 밤, 불같이 타고, 또다시 차가워지는
내 마음이여. 행복을 찾아 헤매는 나. 누구로부터 얻은 것인가. 한숨과 번민아.
괴로워 떨리는 내 마음 나는 몰라. 언제나 편한 마음 찾을 수 있을까.
밤이나 낮이나 이러한 고통 달게 받아.
그대여 아는가. 사랑이 무엇인지. 내 마음에 사랑 간직한 것.

카운터테너 이동규는 보통 메조소프라노가 하던(소년의 목소리와 유약한 몸짓이 필요하므로) 케루비노 역을 해보겠다고 음악감독을 찾아가 배역을 따냈다. 새롭고 듬직한 케루비노는 이 곡을 환상적으로 소화해내 주연들에게 미안할 정도로 박수를 받았다고 한다. 이동규 앨범 'Reflection'에 실린 케루비노 아리아를 듣노라면 그때의 청중의 심정을 십분 이해할 수 있다. 일본 여배우이자 플루티스트 아이 간자키의 연주도 좋다. 모차르트 또한 케루비노와 같은 심정을 겪었기에 이렇게 귀엽고도 애달픈, 사랑의 열정이 피어나는 소년의 심정으로 만들었을 터.

track 4. 클라리넷 협주곡 K622 2악장 아다지오

모차르트 최후의 작품인 〈레퀴엠〉은 K626으로 되어 있으나 뒷날 발견된 곡까지 합하면 실제로 칠백 곡이 넘는다고 한다.(신동헌, 『재미있는 음악사 이야기』, 서울미디어, 1997) 칠백 곡이 넘는 방대한 음악의 수박 겉만 핥고 있다가 씹는 즐거움을 선사한 곡 중에 하나는 〈클라리넷 협주곡〉이다. 모차르트 연구가 쾨헬이 붙인 번호를 보면 삼십오 년의 짧은 생을 살다 간 모차르트의 말년, 불후했던 시기에 완성되었음을 굳이 자료를 확인하지 않아도 짐작할 수 있다.

음악보다 영화가 먼저 다가왔기에 나는 이 곡을 감상할 때마다 영화 〈아웃 오브 아프리카〉를 떠올릴 수밖에 없다. 아프리카에 와서 세상의 모든 것을 소유할 수 없음을 배운, 결국은 사랑하는 데니스(로버트 레드포드 분)까지 곁에 두지 못하고 추억하는 데 그쳐야 함을 배운 카렌(메릴 스트립 분)의 눈빛이 케냐의 풍광을 닮아간다. 눈부시던 한때를 음악으로 저장하게 만들었던 모차르트 곡과 겹쳐지기도 한다.

그리고! 데니스가 카렌의 머리를 감겨주던 장면도 모차르트 곡과 뒤섞인다. 사랑하는 이의 머리칼을 감겨주는 행위, 사랑하는 이에게 머리칼을 내맡긴 행위는 섹스에서는 도저히 찾을 수 없을 새로운 오르가슴을 그들에게 전해주는 듯했다.

track 5. 피아노 소나타 2번 K280

〈아웃 오브 아프리카〉처럼 영화로 인해 음악과 악수를 한 경우가 한 번 더 있다. 애니메이션을 그다지 선호하지 않으나 '카이'라는 캐릭터에 흠뻑 빠졌던 영화 〈피아노의 숲〉은 원작인 만화책까지 들게 만들었다.

"전 단지, 모차르트를 보러 온 것뿐이에요!"

"그 사람은 모차르트가 아닌데……"

"그럼, 누구예요?"

"베토벤."

(〈엘리제를 위하여〉를 연주한다.)

"아, 우리 엄마 오르골 소리다."

"그리고, 또……"

(〈운명〉을 연주한다.)

"나도 알아요. 짜자자 짠- 나도 많이 알고 있네. 얘는 누구예요?"

"멘델스존."

(〈웨딩마치〉를 연주한다.)

"그럼, 얘는?"

"쇼팽은 너무 많구나."

(잠깐 고민하다 〈강아지 왈츠〉를 연주한다.)

"와!"

숲속의 피아노가 선택한 카이와 숲속 피아노의 전 주인인, 카이의 타고난 재능을 눈치챈 피아노 선생과의 대화. 대체 모차르트가 어떻게 생겼는지 궁금해 음악실에 들어갔다가 선생과 마주친다. 선생의 피아노 연주에 감탄한 카이는 〈강아지 왈츠〉에 도전하게 되고, 아무리 해도 매끄럽게 연주하지 못하자 선생에게 레슨을 부탁하게 이르고, 시간의 흐름에 따라 서로에게 마음을 연다. 선생의 권유를 따르고자 콩쿠르에 나가 〈피아노 소나타 2번〉을 연주하려 하나 지인들이 수많은 모차르트들로 돌변해 방해한다. 모차르트를 지울 수 있는 건 몰입된 연주뿐임을 자각하고 청중을 감탄시킬 만한 솜씨를 선보인 카이. 무대 천장을 뚫을 기세로 던져진 운동화 한 짝이 인상적이다.

어렸을 때부터 피아노 영재교육을 받은 슈헤이의 정교함과 어렸을 때부터 피아노와 친구가 되어버린 카이의 즐김이 충돌하면서, 과연 음악은 인간에게 어떤 존재인가 자문하게 만들었던 영화. 카이의 자유로운 피아노 선율이 지금도 내 가슴에서 찌릿! 감전을 일으킨다.

track 6. 모테트 〈엑슐타테, 유빌라테〉 중 〈알렐루야〉 K165

모차르트 음악을 처음으로 공연장에서 들어본 곡은 〈알렐루야〉이다. 조수미 앨범 〈화이트 콘서트〉에 실린 곡 중 가장 좋아하는 곡을 '팝페라 테너 임형주&바이에른 챔버 오케스트라' 인천 공연(인천종합문화예술회관 대공연장, 2007년 2월 2일)에서 어쿠스틱으로 감상할 수 있었다. 삼분이 채 안 되는, 가사라고는 '알렐루야'가 전부인 곡이지만, 그래서 오히려 강렬하게 남았다. 보칼리즈처럼 가수의 음성은 최고의 악기라는 것을 확인시켜주었기 때문이다. 내 귀에는 현재의 삶에 기뻐하라는 메시지처럼 들려 더없이 평온했다.

이 곡은 당시 모차르트의 오페라에서 주인공을 맡았던 카스트라토 리우치니를 위해 작곡되었다고 한다('팝페라 테너 임형주&바이에른 첼버 오케스트라' 프로그램). 리우치니의 엄청난 성량을 짐작해볼 수 있을 만큼 대단한 성악적 기교가 요구되는 곡임을 증명이라도 하려는 듯 임형주의 음성은 가파르게 올라갔다.

track 7. 오페라 〈마술피리〉 중 밤의 여왕 아리아 〈지옥의 복수심 내 가슴속에 끓고〉

모차르트 하면 역시 조수미다. 현존하는지는 모르겠으나 모차르트 기념관 입구의 동판에 모차르트 음악을 으뜸으로 소화해낸 성악가 이름이 새겨져 있다는 글을 읽은 적 있다. 한국 사람들이 그곳을 방문할 때 일종의 자부심을 가질 수 있었던 이유가 바로 조수미란다. 맨 위를 장식한 'Sumi Jo'는 많은 모차르트 곡을 불렀지만 청중의 인지도로 한 곡만 선정한다면 고민할 필요 없이 밤의 여왕 아리아다. 콜로라투라의 진수를 보여주는 아리아, 어쩌면 '조수미=밤의 여왕 아리아'라는 등식은 영원히 깨지지 않을지도 모른다.

〈돈 조반니〉〈피가로의 결혼〉과 더불어 모차르트 3대 오페라 중 하나인 〈마술피리〉는 모차르트가 마지막으로 작곡한 오페라이다. 장르를 구분하자면 징슈필에 가까우나 오페라 세리아, 오페라 부파의 요소도 갖춘 종합적인 작품이다. 피아노 협주곡 20, 21번 다음으로 구입한 테이프가 〈마술피리〉. 배경지식 없이, 달랑 모차르트 작곡이라는 것밖에 모르던 고등학생은 무엇에 이끌려서인지 이 곡을 되풀이하여 들었다.

밤의 여왕 아리아 다음으로 귓속을 파고든 곡은 파파게노, 파파게나의 이중창과 파파게노 아리아 〈나는야 새잡이〉다. 특히 〈나는야 새잡이〉는 모차르트가 병상에서 부를 정도로 애착이 강했다는 말을 듣고 나도 모르게 애착하게 되었다. 바보스러운 파파게노는 부르는 노래조차 동요처럼 단순하게 들리지만 순수함이 묻어나 듣는 이로 하여금 고된 현실을 잊게 한다. 혹시 모차르트는 자신의 처지에서 자유롭고자 파파게노 아리아를 흥얼거렸을까.

모차르트는 평생 오페라에 대한 갈망, 특히 오페라를 작곡하고자 하는 갈망에 사로잡혀 있었다.(피터 제이, 『모차르트—음악은 언제나 찬란한 기쁨이다!』, 정영목 옮김, 푸른숲, 2006) 하이든은 마지막 궁정음악가였고, 모차르트는 고용된 신분에서 독립적인 음악가로 가는 과도기(금난새, 『금난새와 떠나는 클래식 여행』, 생각의나무, 2003)에 활동했기 때문에 이후에 태어난 베토벤처럼 자립하기 어려웠다. 재정적인 지원이 늘어야 오페라 작곡에 전념할 수 있었을 텐데. 그랬다면 후세에 금쪽같은 오페라 몇 편을 더 남겼을 수도. 볼프강 빌라쉐크가 저술한 『오페라—세상을 감동시킨 환상의 무대, 세계 걸작 오페라 50』(이재황 옮김, 해냄출판사, 2001)에 베르디, 바그너와 더불어 최다 선정된 오페라의 작곡가가 모차르트임에 다소 위안이 된다.

track 8. 바이올린 협주곡 5번 〈터키〉 K219 3악장 론도

모차르트가 류머티즘열로 고생하긴 했으나 직접적인 사망 원인은 이것이 아니다. 그가 일찍 사망한 원인은 독살도, 살리에리의 질투심도 아니었다. 전래의 치료법을 고수해 피를 뽑아냄으로써 신체의 저항력을 약하게 만든 의사와, 병원의 위생적이지 못한 시술 때문일 것이다.(『모차르트—음악은 언제나 찬란한 기쁨이다!』)

주기적으로 병원을 다닐 적, 같은 시각 같은 곡이 로비에 흘렀다. 입원 및 내원하는 환자들에게 아침마다 음악을 들려주는 상쾌함은 좋았으나 들릴 듯 말 듯하여 귀를 쫑긋 세우게 만들었다. 음반이라곤 한 장밖에 없는 병원인지, 아니면 병원 근무자 한 명이 유독 좋아하는 음반만 트는지 알 수 없었으나 내게는 병원이 포근한 곳이 되었다. 나뿐만은 아니겠지? 음악으로 고통에서 잠시나마 떨어질 수 있었던, 고통을 다소나마 견딜 수 있었던 사람이. 한참 뒤 이 곡이 모차르트의 〈바이올린 협주곡 5번〉이라는 것을 알게 되었다. 그 반가움이란! 그리고 그 미안함이란……

track 9. 〈바이올린과 비올라를 위한 이중주〉 K423

미안함으로 말하자면 〈바이올린 협주곡 5번〉보다 한참 후에 접하게 된 〈바이올린과 비올라를 위한 이중주〉가 크다. 여태 다른 곡과 헷갈려하지만, 다행히도 '앙상블 디토의 두번째 이야기' 인천공연(인천종합문화예술회관 대공연장, 2008월 7월 2일)에서 들을 수 있어 지금은 조금 덜하다. 바이올리니스트 스테판 재키브(수필가 피천득의 외손자다)와 비올리스트 리처드 용재 오닐의 진지하면서도 사려 깊은 스타일에 반하고 말았다. 그들은 연주뿐만 아니라 곡 해석을 통한 연기도 보여주는 듯했다. 소리가 악기에서 울리는 게 아니라 그들의 몸통에서 뿜어져나오는 듯한 인상을 받았다.

〈바이올린과 비올라를 위한 이중주〉는 미하엘 하이든이 작곡해야 할 곡을 모차르트가 대신 작곡해주었다고 한다. 미하엘 하이든은 그가 아버지처럼 따랐던 요제프 하이든의 동생이었다. 대주교에게서 의뢰받은 이중주 여섯 곡을 다 작곡하지 못하고 몸져누운 미하엘 하이든을 위해 모차르트가 우정을 발휘한 것이다.('앙상블 디토 리사이틀' 프로그램)

디토의 유명세에 혹 예매하지 못할까 저어되어 티켓 오픈하자마자 예매했더니 무대와 가까운 좌석에 앉을 수 있어서, 이마에 송글송글 맺히다 눈썹을 타고 관자놀이를 타고 내려가 마침내 보석인 양 반짝이며 떨어지

는 땀방울까지 볼 수 있었다. 올 10월에 한국에서 정식 데뷔 무대를 갖는 스테판 재키브 공연이 벌써부터 기대된다.

track 10. 〈디베르티멘토〉 K136 1악장 알레그로

참, 디토는 기분 전환을 위한 음악을 뜻하는 '디베르티멘토'를 줄인 말로, 실내악의 매력을 알리고자 리처드 용재 오닐, 피아니스트 임동혁 등이 결성한 프로젝트다.

모차르트의 〈디베르티멘토〉를 1997년 출반한 '조수미와 함께하는 음악여행—비발디 사계'에서 처음 만났다. 각각 세 개의 악장으로 구성된 봄, 여름, 가을, 겨울의 막이 내려지면 무도회라도 열어야 할 것같이 경쾌한 곡이 흐른다. 이것은 풍년으로 한 해를 갈무리한 농부에게 찾아온 무사태평의 안온함처럼 다가온다. 태반의 사람들은 근심하지 않아도 좋을 일을 근심으로 만들어 걱정하고 있다고, 이제 그만 돈 워리 비 해피하자고 권유하는 듯한 달콤한 유혹처럼 들리는 현의 울림. 자유분방한 그의 영혼이 돈 워리 비 해피했으면 좋겠다.

글쓰기를 배우기 전인 다섯 살에 작곡을 시작하여 여덟 살에는 교향곡을, 열한 살엔 오페라를 작곡했던 신동.

오스트리아 여황제 마리아 테레지아 무릎에 뛰어올라 목에 매달려 키스를 퍼붓고 키스해주기를 기다렸던, 후에 프랑스 왕비가 되는 마리 앙투아네트 공주와 결혼하겠다고 다짐했던 귀여운 악동.

"나의 사랑하는 콘스탄체! 나는 당신이 몹시 보고 싶소. 나뿐이 아니라 여기선 하는 일 없이 나한테 매달려 다니는 고 녀석도 당신의 xx가 몹시 보고 싶다오. 이 편지를 쓰면서 내려다보니 고 녀석도 바짓가랑이 사이로 대가리를 내밀고 나를 쳐다보고 있구려. '요 못된 녀석' 하고 뺨을 갈기니 고 녀석은 몹시 화가 나서 더욱 고개를 치켜올리는구려."(신동헌, 『신동헌의 클래식 이야기』, 마로니에북스, 2007) 식의 편지를 사랑하는 이에게 거침없이 보냈던 남자.

세상물정에 어둡고 생활면에 무지했던, 그런 까닭에 먼저 빌린 돈을 갚기 위해 누군가에게 구걸하다시피 손을 내밀었던 고수입 빈곤층 모차르트.

괴테는 어린 모차르트를 '가발을 쓰고 긴 칼을 찬 꼬마아이'로 기억하다 후에는 '범접할 수 없는 경지에 이른 존재'로 평했다. 앨프리드 아인슈타인은 '나에게 죽음이란 더이상 모차르트를 듣지 못하는 것이다'라고 말할 정도로 모차르트를 사랑했다.

track 11. 〈피아노 협주곡 21번〉 K467 2악장 안단테

그리고 나는? '오늘을 산다는 것은 그에게 오늘을 빚지고 있는 것과 같다'는 말을 남기고 싶을 정도로 그의 음악에 빠지고 싶을 따름이다. 아직까지 들어보지 못한 수많은 곡들이 두둑한 통장 잔고처럼 여겨진다.

이쯤에서 영화 〈엘비라 마디간〉을 수놓았던 〈피아노 협주곡 21번〉이 흘렀으면.

사랑하는 볼페를, 저는 작곡가가 아니기 때문에 생각과 감정을 악보에 옮길 수 없어요. 그리고 피아니스트가 아니므로 악보를 보며 건반의 놀라운 요술을 부릴 줄 몰라요. 또 적절한 낱말을 골라 감응을 표현할 줄도 몰라요. 비평가가 아니니까요. 하지만 귀를 통해서는 당신의 음악을 들을 수 있어요. 제 귀는 당신을 사랑하거든요.

2009년 6월 14일 아르뛰르

■ 일러두기

1. 가족들 사이에서 모차르트는 '볼페를' 혹은 '볼프강게를'이라는 애칭으로 불렸다. (『모차르트 — 음악은 언제나 찬란한 기쁨이다!』)
2. 이 글의 제목은 조수미 앨범 'Dear Amadeus'를 변용한 것임을 밝힌다.

04

이연실, 이정열, 그리고 밥 딜런

내 젊은 날 의식과 감성을 일깨운 노래

안또니우스 http://blog.yes24.com/ahn8197

블로그 축제 우수상

Bob Dylan—The Freewheelin' Bob Dylan
Bob Dylan | Sony Music | 2009
Sony Music Entertainment Korea Inc. 제공

피터 폴 앤 매리는 물론, 국내의 유명 포크가수들이 따라 불렀던 명곡 〈Blowin' In The Wind〉 한 곡만으로도 그 가치는 입증되겠지만, 이 앨범은 거의 밥 딜런의 베스트 앨범과도 같다. Mojo Magazine에 "역대 최고의 저항곡"으로 선정되었으며 펄 잼 등 수많은 뮤지션이 커버했던 〈Masters Of War〉, 밥 딜런의 명곡을 언급할 때 빠지지 않는 〈A Hard Rain's A-Gonna Fall〉 〈Don't Think Twice〉 〈It's All Right〉 〈I Shall Be Free〉 등이 이어진다. 밥 딜런의 초기 명곡들이 망라된 정규 앨범으로, 오늘날까지 이어지고 있는 밥 딜런의 위대한 역사가 시작된 작품이기도 하다.

5월 늦은 봄날, 주말 아침을 뒤흔든 갑작스런 비보에 한반도가 온통 눈물바다가 되고 말았죠. 바로 노무현 전 대통령 서거 소식 말입니다. 그런데 참 안타까우면서도 벅찼던 것은 그 동안 오로지 탐욕적으로 사익 추구에만 급급해온 탓에 바싹 메말라버린 줄 알았던 우리들 정서가 아직 애틋하고 촉촉한 구석을 지니고 있다는 걸 확인한 일입니다. 내면 저 깊숙이 일말의 인간적인 면이 오롯이 건재하고 있었던 거죠. 의협심과 약자에 대한 동감의 마음도 여전했고요. 국민장이 진행되는 동안 직접 봉하마을 상가를 찾아 조문하려는 행렬이 때 이른 폭염과 불편한 교통여건에도 불구하고 몇 킬로미터에 걸쳐 장사진을 이룬 모습을 보고 있자니 정말 뭉클했답니다.

그러던 어느 날인가 난데없는 장대비가 쏟아져 미처 채비를 갖추지 못한 이들은 굵은 빗발을 고스란히 맞을 수밖에 없게 된 상황이 벌어졌지요. TV뉴스 화면에 비친 그 안쓰러운 모습이라니. 눈물인지 빗물인지 모를 액체가 연이어 흘러내렸고, 사랑하는 이를 잃은 때문인지 빗줄기 탓인지 모르겠지만 고개를 숙이고 힘겹게 버텨내는 모습이 어찌나 처연하던지. 그런 가운데서도 행렬은 조금의 흐트러짐도 없이 묵묵히 조문 순서를 기다리고 있었는데 그때 불현듯 내 머릿속을 쾅쾅 울리는 게 있었습니다. 일순간 뇌리에 가득 차오른 그 소리의 정체가 뭔지 가다듬어보니 그건 내 젊은 날 의식과 감성을 고양하고 사로잡았던 노래, 바로 "어디에 있었니? 내 아들아. 어디에 있었니? 내 딸들아"로 시작되는 〈소낙비〉였습니다.

고인이 된 김광석 노래를 본인보다 더 김광석답게, 장엄하게 부르는 이

정열이란 가수가 있습니다. 직접 공연하는 모습은 한 번도 본 적이 없지만 언젠가 실황 동영상을 통해 그가 이연실이 불렀던 〈소낙비〉를 포효하듯 부르는 걸 보고 그만 매료되어버렸답니다. 이연실의 그것과는 또 다르게 내면의 떨림까지 담아 결곡하면서도 강력한 톤으로 내지르는 그의 노래에 한동안 먹먹해진 마음결을 추스를 수 없었는데, 봉하마을 소낙비를 본 순간 그때 들었던 웅혼하면서도 비장한 이정열의 〈소낙비〉가 살아났던 것입니다. 그러면서 내 청소년 시절 한때를 흠씬 적셨던 그 노래, 이연실의 〈소낙비〉에 관한 기억들이 꼬리를 물고 떠오르며 눈에 선하게 그려졌답니다. 데까당하면서 의미심장한 가사에 단번에 필이 꽂혀 노래에 관한 자료란 자료는 모조리 뒤지던 시절이 말입니다. 알고 보니 그건 밥 딜런의 〈A Hard Rain's A-Gonna Fall〉을 번안한 것이었지요.

처음엔 원문을 전부 볼 수 없어 그저 그러려니 하는 정도였는데 나중에 구해서 읽어보다 그만 아찔해졌답니다. 그 어떤 문명비판서나 깊이 있는 시(詩)보다 더 나아간 것이었기 때문이었지요. 한참을 빠져들어 정신 놓고 있다 겨우 호흡을 고르고 나서 보니 이건 바로 천재의 노래라는 생각이 문득 들었습니다. 그러면서 지적인 자극에만 그치는 것이 아니라 내 감성에 바로 와 닿는 것이 여간 강력한 흡인력을 지니고 있는 게 아님을 단번에 온몸으로 알아차렸답니다.

내용을 곰곰 따져보니 이 노래는 1962년 쿠바 미사일 위기로 인해 초래된 당시의 일촉즉발의 상황에 대해 섬뜩하게 경고한 메시지였습니다. 미소 양국의 냉전이 치열하게 전개되던 때 벌어진 전 인류적 위기를 에둘러 노래한 것이었죠. 여기서 'hard rain'은 미사일이나 이를 사용한 폭격을 의미한다 했습니다. 앞부분 도입부에선 나지막하게 읊조리고 있어 어쩜 유약한 듯 보이지만 그 어떤 사자후보다 강력한 메시지를 담고 있기에 발언의 무게가 여간 심장한 게 아니랍니다. 가슴의 떨림이 그걸 오롯이 증명해주었으니까요. 그러면서 점차 힘을 더해가던 딜런의 목소리가 'And it's a hard, and it's a hard'를 거듭하며 포효하듯 내지르더니 이내 'It's a hard rain's a gonna fall'로 결국 떨어져버리듯 마무리하고 있었습니다. 그 안타까움과 간절함이라니.

A Hard Rain's A-Gonna Fall 세찬 비가 내리려고 해

Oh, where have you been, my blue eyed son?
어디에 가 있었니, 푸른 눈동자의 내 아들아

Oh, where have you been, my darling young one?
어디에 가 있었니, 사랑하는 얘야

I've stumbled on the side of twelve misty mountains
난 열두 개의 안개 자욱한 산중턱을 발견하기도 했고

I've walked and I've crawled on six crooked highways
여섯 개의 구부러진 고속도로 위에서 걷고 그리고 기기도 했단다

I've stepped in the middle of seven sad forests
일곱 개의 슬픈 숲의 한가운데에 들어가기도 했고,

I've been out in front of a dozen dead oceans
열두 개의 죽은 바다의 앞에 닿기도 했단다

I've been ten thousand miles in the mouth of a graveyard
묘지의 입구에서 10,000마일을 가보기도 했지

And it's a hard, and it's a hard, it's a hard, and it's a hard
아주 세찬, 아주아주 세찬

And it's a hard rain's a gonna fall
세찬 비가 오려고 해

Oh, what did you see, my blue eyed son?
무엇을 보았니, 푸른 눈동자의 내 아들아

Oh, what did you see, my darling young one?
무엇을 보았니, 사랑하는 얘야

I saw a newborn baby with wild wolves all around it
나는 야생늑대들이 둘러싸고 있는 갓 태어난 아기를 보았고,

I saw a highway of diamonds with nobody on it
그 어느 누구도 가보지 못한 다이아몬드로 덮인 고속도로를 보았단다

I saw a black branch with blood that kept drippin'
뚝뚝 떨어지는 피로 얼룩진 검은 강줄기를 보았지

I saw a room full of men with their hammers a bleedin'
그리고 손에 피범벅이 된 쇠망치를 들고 있는 사내들로 꽉 찬 방과

I saw a white ladder all covered with water
물에 젖은 하얀 사다리를 보았어

I saw ten thousand talkers whose tongues were all broken
혀가 찢어져버린 10,000명의 수다쟁이들과

I saw guns and sharp swords in the hands of young children

어린아이들의 손에 쥐여진 총과 날카로운 칼도

And it's a hard, and it's a hard, it's a hard, it's a hard
아주 세찬, 아주아주 세찬

And it's a hard rain's a gonna fall
세찬 비가 오려고 해

And what did you hear, my blue eyed son?
그리고 무엇을 들었니, 푸른 눈동자의 내 아들아

And what did you hear, my darling young one?
무엇을 들었니, 사랑하는 얘야

I heard the sound of a thunder, it roared out a warnin'
나는 경고라도 하려는 듯 우르릉거리는 천둥소리를

Heard the roar of a wave that could drown the whole world
온 세상을 삼킬 수 있을 만치 거대한 파도소리를

Heard one hundred drummers whose hands were a blazin'
손이 번쩍 빛을 내며 움직이는 100명의 드러머들의 북소리를

Heard ten thousand whisperin' and nobody listenin'
어느 누구도 듣지 않는 10,000개의 속삭임을

Heard one person starve, I heard many people laughin'
굶어 죽어가는 한 사람의 목소리와 많은 이들의 웃음소리를

Heard the song of a poet who died in the gutter
빈민굴에서 죽은 한 시인의 노래를

Heard the sound of a clown who cried in the alley
뒷골목에서 광대가 외쳐대는 소리를 들었단다

And it's a hard, and it's a hard, it's a hard, it's a hard
아주 세찬, 아주아주 세찬

And it's a hard rain's a gonna fall
세찬 비가 오려고 해

Oh, who did you meet, my blue eyed son?
누구를 만났니, 푸른 눈동자의 내 아들아

Who did you meet, my darling young one?
누구를 만났니, 사랑하는 얘야

I met a young child beside a dead pony
나는 죽은 조랑말 곁에 선 어린아이를

I met a white man who walked a black dog
검은 개와 걸어가는 백인 남자를

I met a young woman whose body was burning
몸에 화상을 입은 젊은 여자를

I met a young girl, she gave me a rainbow
내게 무지개를 준 한 어린 소녀를

I met one man who was wounded in love
사랑에 상처입은 한 남자를

I met another man who was wounded with hatred
증오로 상처받은 또다른 한 남자를 만났단다

And it's a hard, it's a hard, it's a hard, it's a hard
아주 세찬, 아주아주 세찬

It's a hard rain's a gonna fall

세찬 비가 오려고 해

Oh, what'll you do now, my blue eyed son?
이젠 무얼 하려고 하니, 푸른 눈동자의 내 아들아

Oh, what'll you do now, my darling young one?
이젠 무얼 하려고 하니, 사랑하는 얘야

I'm a goin' back out 'fore the rain starts a fallin'
나는 비가 내리기 이전으로 돌아가려고 한단다

I'll walk to the depths of the deepest black forest
깊고 어두운 숲의 한가운데로 걸어갈 거란다

Where the people are many and their hands are all empty
그들의 손에 아무것도 쥐지 않은 많은 사람들이 있는 곳

Where the pellets of poison are flooding their waters
그들이 마실 물 속에 독이 넘치는 곳

Where the home in the valley meets the damp dirty prison
습기 차고 더러운 감옥을 대신할 계곡의 집이 있는 곳

Where the executioner's face is always well hidden
사형 집행인의 얼굴이 언제나 잘 감추어지는 곳

Where hunger is ugly, where souls are forgotten
배고픔이 추한 곳, 영혼이 잊혀진 곳

Where black is the color, where none is the number
검은색만이 존재하고, 숫자라고는 없는 그곳으로

And I'll tell it and think it and speak it and breathe it
난 산으로부터 말하고, 생각하고, 이야기하고, 숨쉬고, 표현할 거야

And reflect it from the mountain so all souls can see it
그래서 모든 영혼이 그것을 볼 수 있게

Then I'll stand on the ocean until I start sinkin'
그리고 잠기기 시작할 때까지 넓은 바다에 서 있을 거야

But I'll know my song well before I start singin'
그렇지만 노래를 시작하기 전에 이미 난 내 노래를 잘 알고 있겠지

And it's a hard, it's a hard, it's a hard, it's a hard
아주 세찬, 아주아주 세찬

It's a hard rain's a gonna fall
세찬 비가 오려고 해

그렇습니다. 세상은 좀처럼 바뀌지 않고 여전히 깊은 어둠의 미망에 잠겨 있습니다. 전직 대통령까지 죽음으로 몰고 간 오늘 여기 이 참혹한 질곡이 바로 딜런이 마지막 부분에서 경고한 습기 차고 더러운 감옥 같은 곳, 사형 집행인 같은 이들이 득시글거리고 배고픔과 추함으로 가득한 땅이 아닐까요. 이러니 한바탕 소낙비가 원없이 퍼부었으면 하는 마음 간절할밖에요. 물론 그 비는 원자탄을 퍼붓는 것 같은, 아니 기득권층의 아집과 탐욕을 충족시키기 위한 사악한 소낙비 말고요, 계산적인 이윤 추구에 급급하지 않고, 모든 영혼이 자유롭게 말하고 생각하며 숨쉴 수 있는, 그리하여 누구나 아무것도 손에 쥐지 않고도 마음껏 자기 삶을 구가할 수 있는 새 세상을 열어나가는 순정한 소낙비여야 하겠지요. 하여 모든 추한 것들이 일거에 쓸려내려가 다시는 우리 아름다운 공동체를 넘보지 못하게끔 말입니다. 그게 바로 밥 딜런이 꿈꾸었던 소낙비 내리기 이전, 원자

탄이 인류를 위협하기 전의 깊고 고요하고 평화로운 숲의 모습일 테니까요. 그런데 지금 그걸 꿈꿀 수 있을까요? 이 사악한 a hard rain's a gonna fall의 세상에서 말입니다. 도무지 막막하기만 합니다. 하지만 누가 알겠습니까? 우리들 작은 힘 모아모아 결국은 이뤄낼 수 있을지, 그 대답은 오직 바람만이 알겠지요.

The answer is, my friend, is blowing in the wind
The answer is blowing in the wind.

05

모든 패배자를 위한 음악일기

내 안의 바비를 찾아서

앤더쑨 http://blog.yes24.com/twestine

블로그 축제 우수상

The Libertines—The Best Of The Libertines

The Libertines | Beggars Banquet | 2008

1997년 영국 런던에서 결성된 록밴드 The Libertines는 Carl Barat, Pete Doherty, John Hassal, Gary Powell로 이루어졌다. 개라지 록의 리바이벌이라 칭송되며 UK차트 싱글 1, 2위를 연이어 차지하여 데뷔부터 줄곧 많은 센세이션을 일으켰으나 2004년 멤버들 간의 불화, 보컬 피트 도허티의 약물복용 등으로 곤욕을 겪으며 해체되기에 이른다. 특히 보컬 피트 도허티는 톱 모델 케이트 모스와의 열애로도 수많은 타블로이드를 장식했다.

장면 하나

2008년 7월의 어느 오후. 스페인의 밤 아홉시는 낮 동안 이글거리던 태양이 비교적 온화한 모습으로 대지를 따스하게 감싸주는 시간이다. 그럼에도 바리케이드를 쥐고 있는 손아귀에는 여전히 땀이 고여 있다. 긴장감 혹은 주변을 둘러싸고 있는 타인의 열기일는지도 모르겠다. 이 년의 시간을 돌아왔다. 어쩌면 이 순간을 위해, 아니 어쩌면 이 순간을 통해 이 년의 시간 아니 그 이전부터 나를 혼란스럽게 했던 주술을 깨뜨리기 위해. 기자들이 커다란 카메라를 들고 무대와 바리케이드 사이를 빼곡히 메우기 시작한다. 이제 곧 시작이다. 순간 카메라 렌즈가 나를 향한다. 그리고 그가 무대에 서 있다.

"꺄아악!"

빠돌이? 삼십대 중반인 나에게도 그 단어가 허락된다면 기꺼이 날 빠돌이라 부르겠다. 그랬다. 난 빠돌이였다. 철없고 이해 불가능하고 현실감각 제로인 패배자였다. 이 이야기는 그런 빠돌이에 관한 것이다.

장면 둘

80년대 후반. 음악은 나에게 포르노였다. 온전한 형태, 그러니까 금지곡이 없는 수입반을 갖고 있는 사람이 신처럼 추앙되던 시기였고, 삼십 센티미터 직경의 검정색 플라스틱이 십이 센티미터 직경의 CD를 크기로 압도하던 시기였으며, 믹스테이프 하나로 친구들을 사로잡을 수 있었던, 록음악도 충분히 사회적일 수 있던 때가 그즈음이었다.

"welcome to the jungle"

음악은 카타르시스의 전도사였고, 그중에서도 헤비메탈은 포르노와도 같았다. 현실을 벗어나게 해주는 자극적인 오르가슴. 그럼에도 그것은 공유 가능한 형태였다. 메탈리카와 메가데스의 시기는 록음악의 냉전시대였

으나, 그럼에도 모두가 본 조비라는 공공의 적을 비웃었고, U2를 제3세계에서 온 경외의 대상으로 추앙하면서도 남몰래 밀리 바닐리의 앨범을 들으며 토끼춤을 연마하던.

하지만 너바나와 함께 시작된 90년대, 이십대에 듣는 음악은 드럭이 되어버렸다. 칠십 여분이 수록되는 CD에 맞추어 음반이 제작되면서 더블앨범으로 제작된 LP를 사는 것보다 CD를 사는 것이 경제적으로 보였고, 누군가는 LP를 몰아내려는 필립스와 소니가 후원하는 음반업계의 음모라며 울분을 토했으나 그런 외침은 묻혔다. 모두들 휴대용 CD플레이어에 이어폰을 꽂기 시작하면서 음악은 개인적인 것이 되어갔다. 아니, 점점 더 나는 사회로부터 멀어지기 시작했다.

사회에서 내 존재는 점이 되어갔다. 턴테이블 위에서 함께 질주를 하고 있던 우리는 판이 튀면서 하나둘 튕겨져나가버린 것이다. 함께 커다란 원을 그리고 그 안의 한 부분이었던 나는 그 큰 원 안에서 이탈되어 저 멀리 떨어져 있는 한 개의 점이 되어갔다. 붓에 묻힌 물감이 도화지의 목적지에 도착하기 전 중간에 떨어져버린 의미 없는 한 개의 점. 그것이 나였다.

"all apologies"

그렇다고 해서 고립되었다고 생각한 것은 아니었다. 아니, 그런 생각을 할 필요가 없었다.

일종의 트랜스 상태가 된 것이다. 백 미터 달리기에서 온 힘을 다해 뛰다가 어느새 자신이 뛰고 있다는 사실도 잊은 채 무작정 달리게 되는 그런 상태. 내가 왜 음악을 듣는지. 그 생각을 하고 있었을 즈음 난 이미 길을 잃고 있었다. 지금 내가 가고 있는 길이 과연 무엇을 위한 것인지 알 수가 없었다. 점이 되어버린 인생.

장면 셋

박스세트, 디럭스 에디션, 5,000장 한정 발매, 투어 에디션, 일본 발매 한정판, 예약주문 한정 12″ 미발매 라이브 증정. 초판 한정 디지팩, 리마스터 버전, DVD 보너스 수록……

그런 시절이 있었다. 앨범의 타이틀에서부터 곡의 순서까지 외울 수 있었던 시절. LP의 어느 지점에서 어떤 곡이 시작되는지 기억하고 있던 시절. 하지만 어느 순간 앨범의 타이틀조차 제대로 기억하지 못하게 되었고, 급기야는 앨범 재킷만 희미하게 기억할 수 있게 되었다. 그렇게 삼십대를 맞이하게 되었다.

음악은 어느새 소리가 아닌 이미지가 되어버렸다. 듣는 행위가 아닌 사는 행위, 쇼핑의 대상이 되어버린 것이다. 자는 시간, 회사에서의 시간 등을 제외하고는 어김없이 해외 음악사이트들을 돌아다니면서 소위 말하는 "요즘 뜨는" 음악들이 무엇인지 찾아다녔다. 그러고는 온라인 음반매장의 구매버튼 클릭. 국내 주문시 최장 3일. 해외 주문시 5일에서 보름. 그 기다림의 시간이 내 일상이 되어갔고 사이클이 되었고 삶의 목표가 되어

가고 있었다.

그랬다. 삼십대 음악은 또다른 쾌락의 도구가 되어 있었다. 쇼핑중독. 컬렉션의 품목. 그것은 일종의 마스터베이션이었다. 이십대에 사회에서 튕겨져버린 나에게 동시대의 음악을 듣는 것은 사회에서 뒤처지지 않기 위한 방법이라고 항변하기 위한 증거가 필요했다.

그러던 어느 날. 그날도 무의식적으로 인터넷 서핑을 하다 NME에서 그들의 기사를 보게 되었다.

장면 넷

"저 여기 주소를 찾고 있는데, 저 집이 맞나요?"

"음…… 맞는 것 같은데요."

2006년 여름. 버스 몇 정거장 거리에 브릭 레인이 있고 쇼디치와도 가까운 동네이긴 하지만, 관광객은커녕 현지인조차 거의 눈에 띄지 않는,

그저 그런 평범한 런던 변두리. 난 두근거리는 심정으로 다시 한번 확인해야 했다. 처음으로 밟아본 외국 땅에서, 구글 검색으로 찾아낸 지도 한 장 달랑 들고 길을 찾아다니는 것이 쉬운 일은 아니었다. 하지만 그곳을 꼭 가봐야 했다.

티스데일 a12번가 알비온 룸(Teesdale street a12, albion room)

다시 이전 장면으로 돌아가보자. 그러니까 음악 자체가 아닌 음반의 노예로 살던 시기. 음악과 삶이 분리된 채 대량 복제된 플라스틱 합성수지 덩어리에 싱크로되어 속물로 지내던 그 시기. 대량 복제된 인생을 생각 없이 살던 그 시기 말이다.

그 시기의 끝무렵, NME에서 보게 된 리버틴스의 이야기. 피트 도허티의 이야기와 음악은 삶과 음악이 어떻게 싱크로될 수 있는지 일깨워주기 시작했다. 그 설명하기 힘든 감정. 주체할 수가 없었다. 처음에는 무작정 그들의 앨범이며 싱글 들을 찾아다니기 시작했다. 하지만 그것으로도 채워지지 않는 그 무엇. 언젠가부터 사라져버린 내 삶에서의 열정을 다시 찾을 수 있을 것만 같았다. 하지만 도무지 답이 보이지 않았다.

런던행 항공권 클릭. 호텔 예약 클릭.

그렇게 난 런던으로 향했다. 어쩌면 그곳에 잃어버린 내 삶이 있을지 모를 거라는 막연한 희망을 안고서. 그 순간 나는 오래 전에 봤던 영화 〈미스터리 트레인〉의 준이었고 미쓰코였다.

런던에서 나는 리버틴스가 결성했을 무렵 머물던 집에서부터, 공연하던 클럽 등을 찾아다녔다.

하지만 그것은 그저 흉내내기에 지나지 않았다. 아무런 의미도 없었다. 가치를 조금이라도 부여하자면 이런 것이 아니었을까. 내 꺼져가는 삶을 그대로 방치하지만은 않았다는, 점이 되어버린 내 인생을 다른 점과 연결하기 위해 노력했다는. 하지만 여전히 변명거리에 지나지 않는 유치한 십대의 행동이었다. 게다가 그것이 삼십대라면 이야기가 또 달라진다. 안쓰러움. 한심함. 값싼 동정. 당연히 변하는 것은 없었다. 일상으로의 복귀.

다시 장면 하나

눈앞에 피트 도허티가 서 있다. 더이상 환상이 아니었다. 과거가 아닌 현재였고 현실이었다. 물론 리버틴스는 해산해버린 상태였다. 하지만 그것은 전혀 중요하지 않았다. 그도 역시 패배자였다. 록페스티벌 메인 스테이지의 헤드라이너가 보장된 밴드를 버리고 관중들도 아직 모이지 않은 시간의 첫 무대에 서는 밴드의 일원. 그것이 그 순간 그와 나를 연결해 주고 있었다.

우린 모두 패배자였다.

인터넷에서 쉽게 다운받을 수 있는 음악을 돈을 주고 사다니. 나는 경제감각 제로인 멍청이이다. 세상은 이미 빛의 속도로 달려가고 있는데 쌓여가는 음반을 어떻게 정리해야 할지 고민을 하고 있다니. 주식, 펀드, 부동산 동향을 살피며 살림살이를 걱정하고 있을 나이에 『하이 피델리티』의 로브처럼 음반을 어떤 순서로 정리할 것인지를 생각하고 있다니. 나는 구제불능의 경제감각 제로인 멍청이이다. 그랬다. 돈이 인생이 목표가 아닌 이상 하기 싫은 일을 하면서 억지로 살아갈 필요가 전혀 없었다. 그랬기에 나는 패배자였지만 어떤 의미에서 자유인이었다.

하지만 패배자이면 또 어떠한가. 현실감각 빵점이라는 소리, 아직도 철이 덜 들었다는 소리 좀 들으면 어떠한가. 그런 소리에 민감하게 반응할 필요가 없었다. 대량 복제된 삶이 싫다면 스스로 삶을 만들면 되는 거였다.

2008년 봄, 그렇게 나는 직장을 그만두고 런던행 비행기에 몸을 싫었다.

세상엔 여러 가지 길이 존재한다. 다만 그것을 보지 못할 뿐이다. 그 길을 보기 위해 난 여행을 선택했고 과감히 패배자가 되었다. 그런 패배자에게 세상은 더 넓게 열려 있었다.

don't dream it, be it

스페인에서의 7월 그날 밤. 질 좋은 맥주가 아닌 싸구려 맥주를 고르느라 계산기를 두드리고 있어야 했지만 난 행복한 패배자였고 더이상 애처롭게 떠다니는 점이 아니었다.

06

Radiohead의 〈Creep〉과 바르셀로나의 여름밤

eusia http://blog.yes24.com/eusia

블로그 축제 우수상

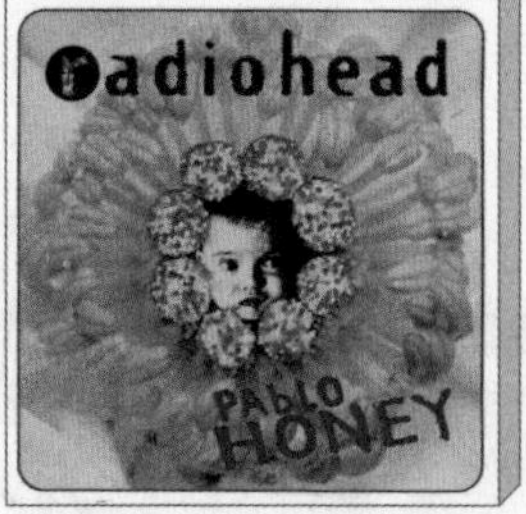

Radiohead — Pablo Honey
Radiohead | EMI | 1993

지금까지도 라디오헤드라는 밴드 명을 얘기할 때 줄기차게 회자되고 있는 곡 〈Creep〉은 너바나와 펄 잼의 얼터너티브 록이 메인스트림을 평정했던 시기에 홀연히 모습을 드러냈다. 메탈의 기조와 뚜렷한 경계선을 그은 '모던 록의 명곡'으로 자리를 굳히며 당시 젊은 록밴드들이 다투어 연주했을 만큼 그 파장이 엄청났다. "난 정말 잘나지 못한 얼간이야!"라는 비관이 도드라진 이 곡은 영국 차트와 빌보드 차트에서 동시에 톱20를 기록했으며, 젊은이들의 상심과 방황을 그려내 90년대 X세대의 정서를 대변하는 곡이 되었다.

남의 옷을 걸쳐입은 듯 부쩍 커버린 몸과 달리 여린 마음을 가졌던 십대, 그리고 어른이라는 이름을 부여받았지만 여전히 세상을 알 수 없고 이해할 수 없는 것이 많았던 이십대의 초반에는 강해지라는 말보다는 약해도 괜찮다는 위로가 더 마음에 와 닿았다. 누구에게도 이해받지 못할 거라는 두려움과 어디에도 속하지 못할 것 같다는 생각, 본연의 모습을 들키기 싫은 마음을 가만히 만져주었던 노래가 바로 라디오헤드의 〈Creep〉이다. 고등학교 밴드부의 단골 노래로 처음 접한 그 노래는 젊다고 하기에도 너무 젊었던 어린 시절을 함께한 노래다.

그 시절, 〈Creep〉 하면 떠오르는 알싸한 추억 하나가 있다.

"그녀에게서 나는 배, 나무, 뭐 그런 쉬운 단어들을 배웠어. 그녀는 어릴 때 왔기 때문에 다른 단어들은 모른다고 했어. 나는 그걸 다 기억하려고 노력했지만 이제 다 잊어버렸어."

처음 내가 그에게 다가가서 가방이 열렸다고 말해주었을 때, 나는 그가 내 곁으로 다가올 것이라고는 결코 생각하지 않았었다. 하지만 그는 내게로 왔고, 내가 어디에서 왔는지를 궁금해했다.

"나는 한국에서 왔어. 한국을 알아?"

그러자 그는 가볍게 고개를 끄덕였다.

"전에 한국인 친구가 있었어."

가우디가 설계한 구엘 공원에서, 우리는 그렇게 서로의 하루 동행이 되었다.

열기로 가득한 스페인의 바르셀로나의 거리를 걸으며 우리는 서로에 대해 많은 것을 얘기하지는 않았다. 이국에서 만나는 여행자들이란 모두가 어느 정도는 외로운 법이어서 서로에 대해 끌리지만, 만남이 우연인 것과 같이 헤어짐 역시 갑작스러울 수 있음을 알아 서로 깊게 알려고는 하지 않는 것이다. 우리는 걸었고, 가방 안에서 부스러진 감자칩을 나누어 먹었다. 그리고 'Travel bar'라는 카페의 야외테이블에 앉아 가벼운 음료수를 주문했다.

"여자친구가 있니?"

사소한 대화가 오간 뒤 내가 그에게 물었을 때, 그는 그런 것 따위엔 관심이 없다는 듯 지루한 표정을 지었다. 그러곤 이내 약간의 쓸쓸함을 내비치며 덧붙였다.

"음, 가끔 만나는 사람들은 있어. 하지만 심각한 사이는 아니야. 심각해지는 것을 내가 피해. 아까도 말한 그 한국인 여자친구와는 잘 지냈었는데……"

나는 말줄임표 뒤로 이어졌어야 하는 말이 무엇인지 묻지 않았다. 그녀에게 무슨 일이 있었는지, 아니 그들에게 무슨 일이 있었는지를.

"포르투갈어를 배우고 싶어."
"포르투갈에 가고 싶니?"
"포르투갈만 포르투갈어를 쓰는 것은 아니야."

나는 그때 역시 묻지 않았다. 그녀가, 너의 금발머리를 검은색으로 물들이게끔 한 그녀가 브라질에 있니, 하고 묻지 않았다. 그녀는 이제 네덜란드어를 잊어버렸니, 그래서 너는 포르투갈어를 배우고 싶은 거니, 하고 묻지 않았다. 그곳에 가서 그녀를 보고 싶니, 그런 거니, 하고도 묻지 않았다.

시간은 흘렀다. 밤이 되고 우리는 한 술집에 함께 앉았다.

"노래를 좀 신청하고 올게."

우리는 술잔을 기울였다. 상그리아는 포도주에 여러 가지 과일을 넣어 아주 단 맛이 났다.

"드디어 나오는군."
"〈Creep〉이구나?"
"〈Creep〉을 알아?"
"응. Radiohead. 슬픈 노래야."

"나는 슬픈 노래를 좋아해."

우리는 말없이 다시 술잔을 기울였다. 이상하게 슬픈 분위기에서의 단맛은 오히려 쓴맛보다 더 가슴을 아리게 했다.

But I'm a creep.
I'm a weirdo.
What the hell am I doing here?
I don't belong here.

하고 가수는 노래하고 있었다.

너는 creep이 아니야, 너는 좋은 사람이야, 하고 나는 위로해야만 했다. 네 잘못이 아니야, 네가 나빠서가 아니야, 하고 나는 말했어야 했다. 하지만 그러지 않았다. 그리고 우리는 밖으로 나왔다. 여름임에도 밤공기는 쌀쌀했다. 우리는 간단히 인사를 나누었다. 다음 약속은 없었다. 다만 언젠가 우연히 다시 만날 수 있는 기회가 있기를 바랄 뿐. 그는 나를 안았다. 그러곤 따뜻한 몇 마디 말을 했다. 그 짧은 순간에 나는 알게 되었다.

왜 그가 고개를 숙인 채 눈만을 들어 먼 그림을 바라보듯 나를 보았는지를. 그렇게나 쉽게 술잔을 비우고 또 따라야 했는지를. 한여름의 바르셀로나. 그 안에서의 나는, 한 남자의 기억 속에서 탈출한, 전혀 다른 사람이었다는 것을. 그에게 배, 나무 등의 단어를 가르친 검은 머리의 그녀가 되어 잠시 동안 그의 아픔을 매만져준 거란 것을.

그날 이후로도 한동안 나는 〈Creep〉을 들었다. 옥스퍼드에서 만나 팀을 결성하고 음반을 발매했지만, 나는 이곳에 속해 있지 않아, 하는 가사처럼 고국인 영국에서는 큰 반향을 일으키지 못했던 〈Creep〉. 미국에서 큰 인기를 끌어 전 세계적으로 알려지게 되었지만 라디오헤드 자신들조차 싫어하게 되었다는 〈Creep〉(초기 그들이 공연할 때마다 대중들이 〈Creep〉을 공연하기를 원하고, 그 곡이 끝나면 공연장을 나가버려서 〈Creep〉을 싫어하게 되었다고 한다). 하지만 여전히 〈Creep〉은 1993년 발매 당시와 같은 몽환적인 분위기의 사운드와 냉소적인 가사로 많은 이들에게 오히려 설득력 있는 위로를 전하고 있다.

앨범을 낼 때마다 우려하는 사람들의 목소리를 불식시키는, 변화하는 라디오헤드의 내일이 기대되지 않은 것은 아니지만 그래도 라디오헤드 하면 〈Creep〉이라는 공식은 한동안 계속될 것 같다. 적어도 나에게만은 그렇다.

07

비의 일기장, 기억을 위한 사진들

빵굽는타자기 http://blog.yes24.com/jamwithone

블로그 축제 우수상

「기억을 위한 사진들」
봄여름가을겨울 | 동아기획 | 1993

댄스의 혁명이 우리나라를 강타할 때 우리는 봄여름가을겨울의 최고 걸작을 만났다. 그렇지만 그 태풍의 한복판을 빠져나갈 수 없었던 이 앨범에 '저주받은 걸작'이라는 수식을 붙일 수도 있을 것이다. 전작의 성공에 의기양양한 이들은 다시 미국의 뮤지션들과 뭉쳤고, 이번에는 더 많은 세션들을 불렀으며 유학중인 한충완과 한상원을 합세시켰다. 그리고 음악에 대한 자신감으로, 대중적인 취향을 과감히 털어버리고 다양한 음악패턴과 심오한 연주 기교, 실험성 짙은 편곡과 보컬의 숙고 등, 앨범의 표지만큼이나 다층적인 추억을 이야기한다. 완전히 판도가 바뀌어버린 가요계를 정면 돌파한 이 음반이 가진 미덕은, 자신들의 철학을 고집스럽도록 당당하게 내세웠다는 데 있을 것이다.

어느때부터인지
어디선가 봄여름가을겨울의 노래가 들려오면
나는 마치 내 낡은 일기장을 펼쳐보는 듯한 착각에 빠지게 된다.
먼지를 수북히 뒤집어쓴 그런 일기장을 우연히 발견하곤,
한 장 한 장 잊혀진 기억들을 되짚어가는 그런 기분...

위의 문장들은 1998년에 발매된 봄여름가을겨울의 베스트 앨범 'Best of the Best'의 속지에 씌어진 김종진씨의 글을 조금 변형해본 것이다.

음악이 낡은 기억이 되어 우연히 눈에 띈 일기장처럼 느껴진다는 이야기는 얼핏 따뜻하고 로맨틱하게 들릴 수도 있겠지만, 엄밀히 말하자면 매력적인 이야기는 아니다.

그것은 바쁘고 고된 삶에 치여 음악을 들을 여유 없이 하루하루를 보내던 한 중년의 사나이가 새벽까지 이어진 혼탁한 회식을 마치고 비틀비틀 밤거리를 걷다가 어디선가 들려오는 〈내가 걷는 길〉을 듣고서 한.참.을. 잊고 지내던, '한때' 내가 사랑했던 봄여름가을겨울의 노래를 떠올리는 풍경을 상상하게 하는데

내게 있어 '내 삶의 음악'이란, '한 시절' 내가 사랑했던 '지금은 잊혀진' 음악들이 아니라 언제나 내 삶의 곁에 있는, 힘들고 지칠 때나, 행복한 순간들이나 늘 함께하는 그런 음악들이어야만 하기 때문이다.

그렇기 때문에, 나는 이 '감사의 글' 의 전문(前文)을 다시 한번 고쳐써야만 한다.

어느 때부터인지
비가 내리는 날이면,
늘 '기억을 위한 사진들' 을 펼쳐보는 습관을 갖게 되었습니다.
그것은 마치 비 오는 날이면 꼭 기록해야만 하는
'비의 일기장'과 같은 것입니다.
일기의 첫 문장 속에는 늘 이별과 슬픔,
그리움과 미련의 단어들이 있습니다.
그리고, 마지막 문장은 항상 용서와 화해,
축복과 배려의 단어들이 담겨집니다.

봄여름가을겨울을 처음 만난 것은 초등학교 오학년 때의 기억이다. 당시에 김종진씨와 전태관씨는 모 제화회사 광고에 출연중이었고, 큰누나와 큰누나의 남자친구(항상 커다란 통기타 케이스를 짊어지고 등장하던)나 되어야 이해할 수 있는 그런 '어른들의' 가수처럼 느껴졌다. 이런 나의 선입관을 한방에 뒤엎은 것이 바로 밴드의 전설적인 노래 〈어떤 이의 꿈〉이다.

당시 한 미술사생대회에 나갔다가 입상, 그 상품으로 받게 된 것이 쬐끄만 스테레오 카세트 플레이어였는데 시상식을 마치고 집에 돌아와서,

'나도 이제 내 스테레오가 생겼구나!' 감개무량했던 기억이 생생하다. 그리고, 떨리는 손으로 라디오를 틀었을 때, 타이밍 좋게 터져나오던 〈어떤 이의 꿈〉도……

살다보면 그냥 흘려듣다가 좋은 노래, 그렇고 그런 노래, 쓰레기 같은 노래, 듣기 편한 노래, 신나는 노래 등등 별의별 수많은 노래들을 스쳐 지나가게 되는데 다른 사람들은 어떨지 모르겠지만, 그중에는 그냥 '좋다'가 아니라, 유독 '멋지다!' 라는 느낌을 주는 노래가 있다.

〈어떤 이의 꿈〉이 바로 그런 노래였다. 멋지다…… 다른 수식은 전혀 필요치 않았다.

그렇게, 나의 첫 스테레오와 함께 봄여름가을겨울과의 추억이 시작되었다.

물론 당시에 2집을 그렇게 많이 사랑한 것 같지는 않다.

사실 초등학생이 2집의 멋을 느낄 정도로 성숙하기란 불가능했을 테니까.

하지만 이 밴드는 내게 특별한 의미가 있었다.

어린 시절에 내가 좋아했던 음악들은, 대부분 다섯 살 손위의 누님께서 즐겨 들으시던 것들이었다. 이문세, 시인과 촌장, Wham!, 에어 서플라이 등등…… 그런데 처음으로 내 손으로 골라 듣기 시작했던 게 바로 봄여름가을겨울이었다. 그것은 밴드와 나 사이에 어떤 결속감이랄지, 이 팀은 나만의 자랑이다! 랄지…… 그러한 특별한 의미를 부여했었다.

봄여름가을겨울의 네번째 앨범 '기억을 위한 사진들'은 1993년에 발매되었다.

이에 앞서 밴드는 1992년에 '농담, 거짓말 그리고 진실'이라는 타이틀의 질적으로나 양적으로 아주 '듣기에 좋은' 세번째 앨범을 제작한 바 있었다. 세번째 앨범이 첫 인상부터 듣는 이의 마음을 빼앗는 외형적 매력이 아주 뛰어난 작품이었다면 네번째 앨범에서의 밴드는 그것과는 너무도 다른 모습을 보여주고 있었다.

냉정했다…… 차가웠고, 어두웠으며…… 꼭 문장 하나만큼의 표현을 아끼면서 청자와의 거리를 유지하고 있었다.

무엇이 이들을 이렇게 변하게 만들었을까.

'기억을 위한 사진들'을 이해하기 위해서는 스페인 출신으로, 라틴아메리카를 무대로 활동하면서 많은 작품들을 공개해온 사진작가 페드로 마이어의 도움을 받을 필요가 있다.

1991년에 처음으로 사진에 사운드를 결합하여 CD-ROM으로 제작한 'I Photograph To Remember' 속에는 페드로 마이어의 아버지와 어머니 모습이 담겨 있다.

그들의 결혼식 사진에서부터, 행복했던 순간들, 그리고 아이를 얻는 기적의 순간, 병마와 싸우는 순간, 죽어가는 어머니의 모습, 어머니의 죽음과 아버지의 죽음. 장례식……

페드로 마이어는 특별히 부모의 마지막 모습을 숨김없이 사실 그대로 담아내면서 감상자에게 단순히 감동이나 공감과 같은 감정을 훨씬 뛰어넘는 강력한 감정의 흔들림을 유도해낸다(이 작품집은 http://www.pedromeyer.com/galleries/i-photograph에서 전작을 감상해볼 수 있다).

그리고 봄여름가을겨울은 페드로 마이어의 이 작품집에 영감을 얻어 동명의 타이틀을 지닌 네번째 앨범을 제작하게 되었다.

*

나는 1994년의 늦은 겨울에 처음으로 가족을 잃는 경험을 했다.

냉정한 가족들은 늘 할아버지가 돈을 모으는 법만 아셨지, 제대로 쓰는 법은 모르신다며 어린 내 앞에서도 이러쿵저러쿵 많은 이야기들을 했었다. 나는 그들의 말을 전혀 이해하지 못했었고, 내게 할아버지는 그저 모터사이클을 좋아하시는 멋쟁이 영감님일 뿐이었다.

할아버지의 바이크 뒷자리에 앉아 보문산 기슭까지 봄바람을 맞으며 달려가 함께 케이블카를 타고 산을 오르던 기억은 내 유년기의 가장 행복했던 순간 중 하나였다.

할아버지는 마지막 몇 개월을 우리집에서 보내셨는데 늘 호탕한 목소리에, 당신의 자식들에게 짐이 되기를 거부하셨던 그 강인함을 모두 잃고 그저 나약한 어린아이 같은 모습으로 조기구이가 드시고 싶으시다며 가족들을 닦달하던 실망스런 모습을 보여주셨던 것으로 기억한다.

할아버지는 나와 나눈 마지막 대화에서 두 가지 당부를 하셨는데

첫번째가 '신발은 늘 가장 좋은 것으로 신어야 한다'였고
두번째가 '이마가 좁은 여자친구는 만나지 말거라'였다.

그리고 며칠이 지나, 할아버지는 세상을 떠나셨다.

그것은 내가 접했던 누군가의 첫번째 죽음이었지만 나는 거의 눈물을 흘리지 않았던 것 같다. 나는 멋진 분이셨던 할아버지의 초라한 마지막에 많은 실망을 했었던 것 같다.

*

이상한 일이지만, '기억을 위한 사진들'을 가깝게 느끼게 된 것은 아마도 그 이후부터였던 것 같다.

이 레코드는 영원과 상실에 대한 단어들과, 해답을 찾지 못한 질문들로 가득 차 있다. 나는 이 앨범을 '이해하게' 된 것이 아니라, 단순히 '가깝게' 느끼기 시작했던 것이다.

1994년 늦은 겨울의 감정들을 정리하기까지는 정말 많은 시간이 필요했다.

삶의 어느 순간부터는 영원히 변하지 않을 것 같았던 내 주위의 많은 것들이 변해감을 느끼게 된다. 그 당시에는 알 수가 없지만, 어떤 일들은 우리 삶의 갈림길이 되고 교차로가 되며, 이정표가 되어 남겨진다.

시간이 흐른 뒤에야 그 의미를 알 수 있게 된다.

나는 여전히 가장 좋은 운동화와, 가장 훌륭한 구두를 고르고 이마가 좁은 여자는 될 수 있으면 피하면서 세상을 살아간다.

지금은 철거되어 사라진 보문산 케이블카 자리를 찾아가보기도 한다.
할아버지의 얼굴은 거의 떠오르지 않지만, 가끔은 그때의 바람의 향기와 바이크, 그의 체 취를 떠올리며 눈물을 흘리기도 한다.

*

나는 그 이후로도 몇 번, 집안의 어른들과 친구의 가족, 혹은 친구의 죽음을 겪어야 했다.

아니, 비단 죽음뿐만 아니라 사랑과 이별, 그리움과 상실 같은 감정들. 그것들은 나의 세상이 변해가는 데 있어 작지 않은 지표들이 되었다.

하지만 '기억을 위한 사진들'을 죽음이라는 경험에 한정해서 얽매어두지 않고 '비'와 엮어둔 것은 아마도 비 내리는 날의 그 특별한 풍경과, 향기에서 비롯된 것이리라.

묻어두었던 마음 이곳저곳 상실의 상처들이 되살아나고, 사랑하는 이를 향한 그리움의 마음이 커져만 가고, 혼자 있는 시간의 외로움의 빛이 한층 더 짙어지는 그러한 비 내리는 날.

나는 언젠가부터 비와 함께 감정의 마루를 정리하는 습관을 갖게 되었던 것이다.

물론 〈잃어버린 자전거에 얽힌 지난 이야기〉와 〈안녕, 또다른 안녕〉 사이에 들려오는 빗소리의 영향도 있었을 테고, 마치 하루 종일 내린 비가 그친 투명한 가을밤에 창가에 기대어 들어야 할 것 같은 〈영원에 대하여〉가 그런 식으로 나의 마음을 이끄는 것일지도 모른다.

이 세계에 대재앙적인 가뭄이 닥쳐오지 않는 한, 비는 앞으로도 계속 내릴 것이기에 '기억을 위한 사진들'은 앞으로도 계속, 내 마음 곁에 놓여 있을 것이다.

이상하게 들리겠지만, 이 글은 전체적으로는 '감사의 글'이다.

나이가 많은 밴드가 더이상 예전과 같이 놀라운 창작물을 만들어내지 못하더라도 그들의 현재를 응원할 수 있는 것은 마음의 빚 때문인지도 모른다.

기억은 희미해져가는 법이지만 어떤 종류의 기억에는 추억이 쌓여서 그 깊이가 보다 깊어지는 것처럼 그저 흥얼거리며 쉽게 잊혀지곤 하는 유행가들 속에서도 몇몇 특별한 노래들은 추억을 가득 머금고 영원히 우리의 곁에 남겨진다.

그것은 그들 노래들이 우리에게 '제대로 첫 키스 성공하는 법'이나 '이별에 대처하는 훌륭한 자세' 등에 대해서 '해답'을 제시했기 때문이 아니고

우리가 처음 키스를 나눈 그 거리 위 풍경의 일부로서
우리가 서로를 떠나보내던 그 순간 어디선가 들려오던 공기의 떨림으로서 그 순간순간의 곁에 단지 '머물러주었기' 때문이다.

"그냥 곁에 있어줘서 고마워……" 같은 종류의 '마음의 빚'인 것이다.

나도 역시 봄여름가을겨울에게는 깊은 마음의 빚을 지고 있다.

내가 지난 시간을 지나쳐 오는 데 있어
마음의 크고 작은 지표를 세우는 동안,
가장 가까이에 있었던 레코드가 바로 '기억을 위한 사진들' 이었다.

이 아름다운 레코드를 녹음해준 밴드 봄여름가을겨울에게 고맙다는 말을 전하고 싶다.

생애 마지막까지 곁에 머물기 위해

초오록별 http://blog.yes24.com/chungyee

블로그 축제 네티즌상

Il Divo — Ancora

Il Divo | Sony Music | 2006

Sony Music Entertainment Korea Inc. 제공

Il Divo(일 디보)는 사인조 팝페라 그룹으로 이미 데뷔 앨범을 통해 실력과 인기를 검증받았다. 정식 음악교육을 받은 네 멤버의 노래실력은 탁월하며, 성악의 테너와 바리톤의 음성부터 전형적인 팝 보컬까지 각기 다른 음색이 완벽한 조화를 이룬다. 고풍스럽고 편안한 분위기와 노래라면 자신 있는 네 남자의 음성이 은은하게 가슴을 찔러온다. 촉촉하고 따뜻하며 부담 없이 듣기에 딱 좋은, 웰 메이드 팝 앨범이다.

2005년 12월, 아니면 2006년 1월이었나보다. FM에서 머라이어 캐리의 〈Hero〉를 리메이크한 노래가 자주 나왔었다. 분명 영어가 아닌, 알아들을 수 없는 언어로 남자들 몇 명이 같이 부르는 것 같았다. 집안일을 하며 배경음악 삼아 라디오를 들었기에 가만가만 부르는 부분은 늘 못 듣고 볼륨이 커지는 부분만 귀에 들어왔는지, 바리톤 같은 남자 음색이 솔로 어쩌고 하며 뭐라뭐라 큰 소리로 질러대는 부분이 귀를 잡아끌었다. 어느 날 작정하고 진행자의 멘트를 들어보니 '일 디보'라는 그룹이 부르는 〈Héroe〉란다.

외국 검색엔진에서 검색을 해봤다. 서로 국적이 다른 네 남자가 모인 팝페라 그룹인데 실력 못지않게 잘생긴 외모로도 인기를 끈다나…… 사진을 보고는 바로 실망했다(그때 봤던 사진에 문제가 있었다!). 하지만 노래만은 썩 마음에 들었기에 어둠의 경로를 통해 1집과 2집을 구해 들었다. 노래가 무척…… 좋았다. 몇 개 안 되는 영어 노래를 빼고는 도무지 가사를 알아듣지 못했음에도 이상하게 마음을 끄는 구석이 있었다. 어떤 노래가 원곡이고 어떤 노래가 리메이크인지도 몰랐지만, 국적만큼이나 다른 네 사람의 개성 있는 음색의 어울림, 그리고 처음에는 들리지 않았던 한 사람의 맑은 소리가 점점 마음을 울렸다. 원래 사람 목소리를 좋아하기는 했지만 거의 클래식만 듣던 내가 이들의 음악을 듣는 시간이 점차 늘어갔다. 특히 1집 수록곡인 〈Passerà〉는 하루 종일 이 한 곡만 듣는 날도 많았다. 우울하거나 마음이 아픈 날은 거의 이 곡만 들었나보다. 음악을 들으며 조금 찔끔거리고 나면 마음이 편안해지곤 했었다.

2006년 겨울, 3집이 출시되었다. 역시나 어둠의 경로로 들었다. 나를 실망시키지 않았다.

그리고, 2007년 1월, 이들이 한국에 왔다. 이틀에 걸쳐 내한공연을 한 것이다. 공연 일정을 여기저기서 들어 알고는 있었지만 그다지 공연을 봐야 할 필요성은 느끼지 못했다. 노래를 듣는 것으로 충분히 만족스러웠다. 집이 서울이었다면 혹시 갔을까……

2007년 3월, 또 한번 어둠의 경로를 통해 일 디보가 미국 LA에 있는 'Greek Theatre'에서 공연한 실황을 담은 DVD를 보았다. 밤 열한시, 식구들이 모두 자는 시간에 서재에서 소리도 키우지 못하고 보았던 그날을 잊을 수 있을까…… 가슴이…… 터져버릴 것 같았다. 음악을 들으며, 공연 장면을 보며, 그런 느낌을 받으리라고는 생각해본 적이 없었다. 다음날, 식구들이 출근하고 등교하기를 기다렸다가 소리를 제대로 키우고 다시 보았다. 가장 먼저 든 생각이 '미안하다'는 것이었다. 어둠의 경로를 통해 이들의 음악을 들은 것이 그렇게 미안할 수가 없었다. 그리고, 알면서도 가지 않은 이들의 내한공연이 천추의 한……으로 남았다.

그제야 국내에서 이들에 대한 정보를 찾기 시작했고 결국은 삼십대 중반의 아줌마가 팬카페라는 곳에 발을 디뎠다. 십대에도 이십대에도 안 해본 짓을…… 이어서 이들의 음반과 DVD와 책을 모두 구입하지 않을 수 없었다.

나의 하루도 달라졌다. 한마디로, 하고 싶은 일이 많아졌다.

대학에서 영어를 전공했지만 직장을 그만둔 이후로는 아이들에게 책을 읽어주는 정도 외에는 별로 공부를 하지 않았었다. 일상생활에서 크게 필요성을 느끼지 못했기 때문이었다. 그런데 어느 날 일 디보의 인터뷰 영상을 보면서 말 그대로 '열을 확' 받았다. 도대체 왜 이 사람들의 말을 내가 알아들을 수 없단 말인가! 기사를 읽고 영상을 보고 영자신문과 뉴스도 보기 시작했다. 아주 무지한 상태는 아니라 차츰 나아져서 그나마 다행이었다.

일 디보의 노래는 70% 이상이 스페인어로 되어 있다. 스페인 멤버가 있기도 하지만 스페인어가 로맨틱한 노래를 하는 데 여러 가지로 적합하다는 것에 전 멤버들의 의견이 일치하는 모양이다. 노래를 따라 부르고 싶어도 이해하지 못하는 언어를 무작정 외우려니 공부하기로는 많이 늦은 나이에 쉬운 일이 아니었다. 결국 스페인어 교재를 사서 독학을 시작했다. 영어나 완벽하게 하지, 라는 남편의 구박을 꿋꿋하게 물리치며, 십 분 전에 본 단어의 뜻을 바로 잊어버리면서도, 오늘도 틈틈이 스페인어 책을 본다. 생각지 못했던 파급효과는, 이런 엄마를 보면서 초등학교 오학년인 딸은 프랑스어를, 일학년인 아들은 이탈리아어를 공부하겠다고 나섰다는 거다. 'Bonne nuit' 하는 딸과 'Buona notte' 하는 아들에게 'Buenas noches' 하는 기분, 그거 꽤 괜찮다. 이제 겨우 인사말하면서 언젠가 유럽여행갈 날을 꿈꾸는 우리…… 전 세계에 포진한 일 디보 팬들(우리는 우리 스스로를 디보의 여성형인 '디바'라 부른다. 하지만 일 디보의 팬 중

삼분의 일 이상은 남성들이다), 디바들과 친구로 지내고 있으니 비행기 삯만 마련한다면 기꺼이 나를 재워줄 집들이 있을 것 같기도 하다.

이렇게 살다 어느 날 자고 일어나니 일 디보 팬카페의 매니저가 되어 있더라.

카페를 관리하고 정기 모임을 준비하기 위해 이미지 편집, 영상 편집과 변환 등 별별 프로그램을 다 배웠다. 물론 초보 수준에 불과하지만 이걸 누가 시켜서 했다면 참 괴로웠을지도 모르겠다.

그리고 지난 11월, 오랫동안 기다리던 일 디보의 4집 'The Promise'가 출시되었다. 내게도, 팬카페 모든 회원들에게도 일 디보의 4집은 정말이지 특별하다. 이전 음반들과는 다른 분위기의 곡도 많이 있지만, 무엇보다 음반 속지에 들어가는 노랫말의 번역을 온전히 팬카페 회원들의 손으로 했기 때문이다. 음반 출시 전 거의 한 달 동안 우리말을 다듬으며 준비한 결과다. 곡을 듣지 못한 상태에서 음반사에서 받은 가사만을 가지고 작업을 한 터라 아쉬움이 많았고, 나중에 보니 잘못된 가사도 있었지만, 아마도 팬카페 회원들이 나서서 정식 음반의 가사 작업을 한 것은 비슷한 사례를 찾기가 쉽지 않을 것이다. 실수마저도 소중하다고 할 수밖에 없다.

이제 보니 재미있는 건, 나는 분명히 일 디보의 노래가 좋아서 어찌어찌 팬카페에 오게 된 것인데, 이제는 일 디보가 더 좋은지 팬카페 식구들이 더 좋은지 도무지 알 수가 없다는 것이다.

내 아이들에게 기꺼이 이모가 되어주는 사람들, 내가 잊고 지나가는 기념일을 챙겨주는 사람들, 내게 일어난 기쁜 일을 나보다 더 기뻐해주는 사람들, 내가 마음 아파할 때 같이 아파해주는 사람들…… 아름다운 음악을 사랑하는 사람들이어서 이들도 이토록 아름다운 것일까. 나는 늘 팬카페 식구들에게 말하곤 한다. 여러분을 가족같다, 고 하는 것은 맞는 말이 아니라고…… 이미 여러분 모두는 내게 가족이라고…… 나이가 들수록 새로운 친구를 사귀는 일이 쉽지 않다. 그런데 친구를 넘어 가족이 되는 사람들이 삼천 명이나 있다는 건 정말 대단하지 않은가.

어느 날 귓가에 울렸던 노래 한 소절이 나에게 이런 많은 변화를 가져다주었다면, 이것을 우연이라 부르는 것은 옳지 않을지도 모르겠다.

4집 수록곡 〈She〉에는 이런 구절이 있다.

She forse l'amore troppo atteso che
그녀 어쩌면 오랜 세월 기다려온 사랑

Dall'ombra del passato torna a me
지난 추억의 그림자로부터 내게로 돌아온 사람

Per starmi accanto fino a che vivro
생애 마지막까지 곁에 머물기 위해

('Il Divo-Korean Divas' 번역)

일 디보의 음악과 코리안 디바스는 내게 늘 뭔가를 하고 싶게 만드는 원동력이다. 그 힘이 내 생의 마지막까지 함께하기를 바라는 마음이다.

심사평

몰입의 기억,
그리고 생생하고 세세한 글쓰기

김연수 · 소설가

올리신 글들은 모두 잘 읽었습니다. 책을 읽고, 음악을 듣고, 영화를 보는 일은 모두 개인적인 일일 테고 그 감상은 모두 하나씩 존재할 만한 값어치가 있는 것일 텐데 그중에서 몇 편의 글을 뽑는 일은 너무나 힘들었습니다. 세상에는 자신의 마음을 표현하는 여러 가지 방법이 있겠죠. 이번에는 글로 표현하는 방법에 대해서만 따져본 것입니다. 글로 잘 표현하든 표현하지 못하든 책을 읽고 음악을 듣고 영화를 보면서 감동을 받을 때, 여러분의 삶이 비록 전부는 아니겠지만 어딘가 조금씩 바뀌었다는 사실만은 변함이 없겠지요. 사랑에 빠진다고 얼굴이 바뀌지는 않겠지만, 어딘가 달라졌다는 느낌을 주는 것처럼 말이죠. 그 달라졌다는 느낌은 혼자서 배시시 웃는 미소가 예전보다 조금 더 많아졌다는 사실에서 오는 것일 수도 있어요. 과연 그 정도로 사랑에 빠지면 우리가 완전히 다른 사람이 된다고 말해도 되는 것일까요? 우리가 지치지 않고 책을 읽고 음악을 듣고 영화를 보는 이유는 바로 그 때문이겠지요.

사랑이 우리에게 주는 건 뭘까요? 누군가를 사랑할 때 대기업에 취직할 수 있거나 노후를 보장받을 수 있다면 얼마나 좋을까요? 하다못해 용돈이라도 받을 수 있다면. 아, 쓰고 보니 이건 범죄행위군요. 맞아요, 법률은 돈으로 사랑을 사는 일을 범죄행위로 규정해놓았어요. 사랑은 정말 무용한 행위입니다. 무용할 뿐만 아니라 많든 적든 우리의 인생을 탕진하게 만드는 일입니다. 시간도 빼앗기고 돈도 쓰고. 그럼에도 사람들이 사랑하는 이유는 뭘까요? 아마도 사랑은 사랑하는 동안에 우리를 충분히 몰입시키기 때문일 겁니다. 그 몰입의 기억은 삶을 대하는 우리의 태도를 완전히 바꿔놓지요. 저는 책을 읽고 음악을 듣고 영화를 보는 일이 누군가를 사랑하는 일과 같은 것이라고 생각합니다. 실용적인 사랑이 없듯이 실용적인 독서나 청취나 관람도 없습니다. 단지 인생의 한 시기를 어떤 대상에 몰입했다는 그 기억만이 남는 것뿐이죠.

책이나 음악이나 영화에 대해서 쓴 글보다는 그 몰입의 기억에 대해서 쓴 글에 더 큰 점수를 줬습니다. 학교에서라면 이렇게 쓰면 안 된다고 말할지 모르지만, 블로그에서는 완전히 다르겠지요. 몰입은 세상에서 둘도 없는 속박처럼 여겨지겠지만, 그보다 큰 자유는 없습니다. 뭔가를 쓴다면 사랑에 대해, 그리고 자유에 대해, 그게 정말 눈앞에 있는 것처럼 생생하고 세세하게 씁시다. 생생하고 세세하게 상상하는 것들은 실재합니다. 그러므로 심사의 기준은 이 두 가지였습니다. 몰입의 기억, 그리고 생생하고 세세한 글쓰기. 뽑히신 분들에게 축하의 말씀을 드려요. 다들 거울을 한번 보세요. 예전과는 어딘가 좀 달라졌을 겁니다.

좋은 글은 언제나 정확하고 간결하고 독창적이다

김혜리 · 〈씨네21〉 기자

좋은 글의 조건은 한결같다고 믿는다. 신문, 전문지, 단행본, 블로그 등등 글쓰기의 윈도는 무수하지만, 어떤 창을 통해 세상에 던져지건, 좋은 글은 언제나 정확하고 간결하고 독창적이다. 재미와 아름다움은 그로부터 자연히 흘러나온다. 매체와 독자의 특성을 파고들어 맞춤하게 써낸 글—'뛰어난 신문기사'라든가 '오직 블로그이기에 쓸 수 있는 흥미로운 글' 같은—을 가려내는 것은 중요하지만 다음 순서일 것이다.

블로그 축제에 참여한 포스트를 감히 심사하면서 유별난 독법을 적용하지는 않았다. 쓰고자 하는 바가 분명하고, 그것을 효율적인 구조와 정직한—그래서 아름다운—문장에 담은 글을 찾으려 했다. 블로그에 특별히 허락된 유연한 문체와 행간의 활용, 이미지 첨부 기능을 능숙하게 활용한 경우도 눈여겨보았다. 많은 후보작이 '내 인생의 책/음악/영화'라는 가제를 염두에 두고 있었다. 그러나 '유년에는 무슨 책, 십대에는 무슨 음악' 하는 식으로 당시의 추억과 탐닉한 책/음악/영화를 이어붙이는 글의 형식은 지루하고 억지스러워 보이기 쉽다. 과연 누가 그것을 궁금해할 것인가를 생각해보아야 하며, 적어도 가상의 독자가 궁금해할 빌미를 글의 입구에서 던져야 한다. "지나간 모든 것은 중대하고 운명적이었다"는 기계적 노스탤지어만큼 맥 빠지는 것도 없으니, 무작정 영화와 추억을 짝짓기보다는 진실로 할 말이 있는 한 편의 텍스트에 집중하는 편이 안전하다. 아무 에피소드가 없다 해도 한 편의 영화를 자기만의 시선으로 뚫어지게 응시한다면 어느새 필자의 삶이 글 속에 들어간다고 생각한다.

그러저러한 함정과 덫을 뛰어넘거나 발목을 깊이 빠뜨리지 않은 일곱 편의 글을 영화 부문 우수상 수상작으로 골랐다. 가난했던 젊은 날 사랑의 시작을 블록버스터 시리즈 〈엑스맨〉과 묶어 추억한 **몽상가**님의 「**영화를 잃고 사랑을 얻었네**」는 문장만 두고 보면 대상 후보로도 손색이 없다고 보았다. 쉽게 씌어진 것처럼 보이지만 맑게 빛나는 몇몇 표현의 정직한 울림이 오래 남는다. 추억담은 막연하고 관념으로 포장되기 십상인데, 필자는 '그날' 일어났던 일의 향기와 온기를 보존한 채 옮겨놓고 있다. 픽션이었다면 동화적인 결말이 흠결이었겠으나, 엄연한 사실이니 오직 축하드릴 따름이다! **이목지기**님의 「**내 인생의 영화 〈와이키키 브라더스〉**」는 2002년에 보게 된 한 편의 영화와 그해 당선된 대통령이 지금까지 필자에게 남긴 메아리를 성실히 진술했다. 영화의 핵심을 잘 꿰뚫고 있는 글이며, 자신의 노래를 울면서라도 끝내 불렀던 영화 주인공과 정치인을 회상하는 데에 그치지 않고, 그 동안 노래 부르지 못한 우리의 시간을 반성하는 데에까지 우직하게 나아가는 힘이 귀해 보인다.

서간체로 씌어진 **사유리와 히로키**님의 「**내 생의 알프레도 아저씨(들)에게**」는 매우 매끄럽게 읽힌다. 많은 팬을 거느린 블로그 글의 한 유형이 아닐까 싶다. 블로그가 부여하는 문체의 자유를 맘껏 누린 글로써, 중간중간 문장부호를 활용하고 명사형으로 문장을 마무리하며 원활한 리듬을

탔다. 괄호는 남용된 경향이 있다. 캐릭터에 관한 연서인지 배우에 관한 연서인지를 정리하거나, 그것을 구분하지 않는 사연을 밝혔더라면 더욱 명쾌했을 것이다. 글의 모티프인 〈시네마천국〉의 알프레도 아저씨 이야기가 강한 반면 '내 인생의 알프레도'로 거명된 추억 속 인물의 범위는 다소 모호해서 뒷심이 딸린다. 힘이 떨어진다. 인식하는 사연을 여기게 된 경위를 밝혀주었으면 좋았을 것이다. 괄호를 너무 많이 쓰지 않는 것이 좋겠다.

은이후니님의 「〈파리, 텍사스〉에서 사막의 환(幻)을 보다」는 빔 벤더스 영화의 이미지와 사운드를 다량의 정보와 더불어 착실히 전달했다. 늙은소님의 「소년은 성장한다, 과거를 딛고」는 텍스트에 잘 부합하는 정신분석이론으로 영화를 해설한 글이다. 영화잡지 기사에 가까워 보이는데, 독자에게 도움이 되는 단정한 글이다. 전체적으로 좀더 숨을 돌려가며 주관적 감상의 비중을 높였다면, 마지막 문단에 들어간 배우에 관련된 소회가 덜 갑작스러웠을 것 같다. 주디애보트님의 「나는 그때 발레교습소가 왜 그렇게 좋았을까?」는 욕심과 꾸밈이 없는 글이다. 성공하라고 윽박지르지 않는 청춘영화를 보면서도 영화를 찍고 있는 젊은 배우가, 꿈이라도 지닌 극중 캐릭터가 부러웠던 필자에게 공감할 독자가 많을 것이다. 청춘의 한복판에서 청춘이 그리운, 현재진행형의 글이라 눈길을 끌었다. 밤비님의 「자연의, 삶의 여정의 아름다움을 보여주는 다큐멘터리 영화 〈Earth〉」는 많은 사람이 보지 못한 기록영화 〈지구〉를 권하고 있다. 자연의 아름다움과 경이로움이 전부가 아니라, 생존의 숭고함과 상생의 섭리가 영화의 심장임을 파악했다. 그 대목에 보다 무게를 실어 글의 중심을 세우는 한편, 문장을 좀더 분할했더라면 훨씬 명료한 글이 됐을 것이다.

'내 인생의 책' 부문의「내 안의 '섬'을 찾아서」(은이후니님)는 글에 담긴 통찰력부터 세월의 흔적이 침전된 사진을 곁들인 편집에 이르기까지 대상으로서 부끄럽지 않은 글이라고 생각한다. 한 권의 책이 부추긴 길고 짧은 여행의 체험을 삶이라는 더 긴 여정으로 무리 없이 확장했다. 대상을 놓고 경합한 '내 인생의 음악' 부문 우수상 수상작「모든 패배자를 위한 음악일기—내 안의 바비를 찾아서」(앤더쑨님)는 글의 토막토막이 하나의 인상적 장면을 즉각적으로 떠오르게 하는 연출력이 인상적이었다. 시대의 흐름과 더불어 음악을 듣는 방식에 일어난 변화를 기술한 이 글은, 개인의 내밀한 추억이 세대의 집단경험으로 유효하고 비단 음악뿐 아니라 삶의 양식에 일어난 변이를 더듬게 해준다는 점에서 흥미롭다. 이를테면 "사회에서 내 존재는 점이 되어갔다. 턴테이블 위에서 함께 질주하고 있던 우리는 판이 튀면서 하나둘 튕겨져나가버린 것이다" 같은 부분.

심사를 마치고 나니 개별 포스트를 저울질하는 작업을 넘어 하나의 블로그로서 이뤄낸 스타일과 완결성을 살피는 방식으로 이 축제가 변화하면 어떨까 하는 생각도 스쳐간다. 내실 있는 블로그들이 방문의 발길들로 연결되어 멋진 성과를 이루는 광경이 그려진다.

다른 이의 경험과 생각을 나눌 수 있었던 즐거운 역할

김윤아 · 가수(자우림)

'내 인생의 음악'이라는 지극히 개인적인 주제의 블로그 축제, 그리고 '심사위원'이라는 역할. 뭔가 부끄러웠습니다. 스포츠라면 기록이 있고 규칙이 있고 누가 일등인지 이등인지 전혀 망설이지 않고 '심사'할 수 있겠지만, 타인의 인생의 궤적을 저울질해야 한다니요.

세상에는 정말 많은 음악들이 있고 그보다 더 많은 사람들이 있습니다. 저는 한 사람 한 사람의 취향은 다른 누구의 취향과도 같지 않고 어떤 쪽이 더 우월하다고 함부로 말할 수 없다고 생각하고 있습니다. 그 취향이 개인의 인생에 의미 있는 사건과 연결되어 있다면 더더욱 그렇습니다. 그러나 주제를 알기 전에 이미 수락한 역할이었던지라 경건한(!) 마음으로 나름대로의 원칙을 정해 후보작들을 살펴보았습니다. '내 인생의 책/영화/음악'이라는 주제에 개성 있는 방식으로 부합할 것, 단순한 평론조의 글이 아닐 것, 블로그 축제이니 만큼 읽는 재미가 있을 것, 소재가 된 음악을 듣고 싶은 충동을 느끼게 해줄 것, 정도의 원칙입니다.

故김광석의 노래들을 인생의 모퉁이모퉁이에 배치하신 21cbach님의 글은 마치 80, 90년대를 배경으로 한 청춘영화 같아 좋았고, 데프콘의 〈힙합유치원〉을 세계관과 묶어주신 달새님의 글은 무엇보다 주제에 공감할 수 있고, 이런 분들이 많으면 세상이 좀더 살 만할 텐데, 하는 생각이 들어 좋았습니다. 빵굽는타자기님의 봄여름가을겨울에 대한 글은 멋쟁이 할아버지가 등장하셔 좋았고, 모차르트의 음악을 사랑하시는 아르뛰르님의 「Dear 볼페를」은 여러 분야에 걸친 지식을 즐겁게 나누고 계신 모습이 좋았고, 언급되고 있는 곡들을 당장 듣고 싶은 충동을 느끼게 해주는 힘도 좋았습니다. 밥 딜런의 〈A Hard Rain's A Gonna Fall〉을 소재로 한 안또니우스님의 글은 노래가 워낙 강력한 메시지를 담고 있는 슬픈 곡인지라 그에 걸맞은 사색이 들어 있어 좋았습니다.

몇 번의 예심과정을 거쳐 심사의 마지막 부분에 블로그 축제 전체의 대상 후보를 세 편 골라달라는 메일을 받고 제가 보낸 세 편의 글 중 음악 부분의 후보작들은 앤더쑨님의 「모든 패배자를 위한 음악일기—내 안의 바비를 찾아서」와 eusia님의 「Radiohead의 〈creep〉과 바르셀로나의 여름밤」입니다. 일단 두 편 모두 문학적이며 두 분의 청춘 자체가 느껴진다는 공통점을 가지고 있었습니다. 문장과 글을 구성한 방식에서도 앤더쑨님과 eusia님의 개성이 많이 느껴져, 만나지 않고도 두 분의 친구가 된 것만 같은 생각도 들었습니다. 제가 70년대에 태어났기 때문에 두 분의 감성의 흐름에 더 많이 공감할 수 있었을 지도 모르겠습니다(「모든 패배자를 위한 음악일기—내 안의 바비를 찾아서」는 대상 최종 후보 두 편 중 한 편이 되었습니다).

그리고 대상 후보는 분야 구분 없이 세 편을 고르기로 되어 있어 '내 인생의 책' 후보들 중에서도 한 편을 골랐습니다. 루드빅님의 「우리는 무엇을 알아야 할까?」입니다. 리처드 도킨스의 고전 『이기적 유전자』 덕분에 두려움에서 벗어나 평안을 얻었다는 이야기가 제게도 위안이 되었습니다. 또 과학 분야의 서적이 소재인데다가 감성이 앞세워진 글이 아니라는 점도 좋았습니다.

그리고 이런 여러 단계의 심사를 거쳐 대상작으로 선정된 은이후니님의 「내 안의 '섬'을 찾아서」. 단정하고 힘 있는 문장과 70, 80년대에 청춘을 보낸 선배님들의 치열함과 갈증 그리고 순수함이 느껴지는 멋진 글입니다.

창작하는 직업을 가진 터라 저는 항상 타인의 인생과 감정이 궁금합니다. 제가 직접 경험할 수 있는 것은 너무나 한정적입니다. 김윤아라는 인간만을 소재로 음악을 만들어야 한다면 그것은 참 답답한 노릇일 것입니다. 저의 역할 자체는 부끄러웠지만 이 역할을 통해 다른 이들의 경험과 사고방식을 나누어 가질 수 있어 즐거웠습니다. 누구나 블로그를 통해 자신의 이야기를 풀어놓는 지금, 저는 즐거이 블로그의 바다를 헤엄치며 타인들의 머릿속과 가슴속을, 숨겨진 거짓말과 진실을 염탐합니다. 그리고 그 사이버 유영은 제 음악들 속 어딘가에 상상의 씨앗으로서 심어집니다. 모두에게 감사합니다.

YES24 블로거 29인의 내 삶의 쉼표,

초판인쇄 | 2009년 9월 16일
초판발행 | 2009년 9월 25일

지은이 YES24 블로거 29인
펴낸이 강병선
펴낸곳 (주)문학동네
출판등록 1993년 10월 22일 제406-2003-000045호
주소 413-756 경기도 파주시 교하읍 문발리 파주출판도시 513-8
전자우편 editor@munhak.com | 전화번호 031)955-8888 | 팩스 031)955-8855

ISBN 978-89-546-0898-5 03810

* 이 도서의 국립중앙도서관 출판시도서목록(CIP)은 e-CIP 홈페이지(http://www.nl.go.kr/ecip)에서
이용하실 수 있습니다.(CIP제어번호: CIP2009002848)

* 이 책에 사용된 사진 중 일부는 저작권자를 찾지 못했습니다.
저작권자가 확인되는 대로 정식 동의 절차를 밟겠습니다.

* 이 책에 소개된 도서 및 음반의 발행일은 YES24에 등록된 자료를 바탕으로 했습니다.
실제 초판일과는 다를 수도 있습니다.

www.munhak.com